王稼句，苏州人，学者，散文家，著作八十馀种，所辑民国文献有《吴门柳——名人笔下的老苏州》《姑苏斜阳》《无锡纪行》《昆明梦忆》《桂林风烟》《古保圣寺》《书情画意》《先秦吴越文化研究资料汇编初集》等。

民国分省游记丛书

風日晴和

民国浙江游记

王稼句 编

南京师范大学出版社
NANJING NORMAL UNIVERSITY PRESS

图书在版编目(CIP)数据

风日晴和：民国浙江游记 / 王稼句编. --南京：南京师范大学出版社，2017.10

ISBN 978-7-5651-3515-6

Ⅰ. ①风… Ⅱ. ①王… Ⅲ. ①游记—作品集—中国—民国 Ⅳ. ①I266.4

中国版本图书馆 CIP 数据核字(2017)第 260726 号

书　　名	风日晴和：民国浙江游记
编　　者	王稼句
责任编辑	张元卿
出版发行	南京师范大学出版社
地　　址	江苏省南京市玄武区后宰门西村 9 号(邮编：210016)
电　　话	(025)83598919(总编办)　83598412(营销部)　83598297(邮购部)
网　　址	http://www.njnup.com
电子信箱	nspzbb@163.com
照　　排	南京理工大学资产经营有限公司
印　　刷	江阴金马印刷有限公司
开　　本	787 毫米×1092 毫米　1/32
印　　张	12.875
字　　数	180 千
版　　次	2017 年 10 月第 1 版　2017 年 10 月第 1 次印刷
书　　号	ISBN 978-7-5651-3515-6
定　　价	52.00 元

出 版 人　彭志斌

出版弁言

《民国分省游记》是以省以及省级市为单位，用游记来呈现民国历史文化生态之丛书。选文首重史料性，同时兼顾文学性与科学性。科学艺术类考察记，凡记载社会生活较丰富者，均酌情收录。故本丛书所收录之游记，并非皆是传统意义上之文学性游记。

丛书之推出，既想以史料之展示，来复原一些消失之历史细节，也想与读者一道重温先贤观察社会历史之角度与情怀，因此，丛书之核心是呈现细节与情怀，在内容上并不求全。

在整理游记资料时，我们确定了如下一些原则：

一、繁体字、异体字改为标准简化字，原文误植径改；模糊难辨之字，以□代替。

二、当时的习惯用法，如“那末”、“计画”、“莫有”等，今人理解不致产生歧义，故一仍其旧。

三、文中标点，在基本尊重原样的基础上，按今天的使用习惯酌情做了更改。

四、特殊名词术语和需要注释的词语，在脚注中以编者注的形式略作说明。

希望由此呈现的文本能得到读者的认可。

民国二十年，张元济赠傅增湘诗有句云：“我为古人薪续命，更从新法试留真。”本丛书之出版，亦同斯旨。“续命”，是通过“重游”来克绍先贤之徽猷，承续文化之慧命。“留真”，则非仅为册府增一写真集，亦以待续命之人。

尽力而为，总是想多留几粒结缘豆。区区此意，读者鉴之。

南京师范大学出版社

前 言

清代浙江辖十一府，俗谓之“上三府”“下八府”，那是以钱塘江为界的，“上三府”是杭州、嘉兴、湖州，“下八府”是宁波、绍兴、台州、金华、衢州、严州、温州、处州。民国北洋政府时期，全省分钱塘、会稽、金华、瓯海四道；南京政府时期，初期实行省县二级制，全省八十一县，人们一般仍以旧府属归之。建置而外，又有“两浙”说，以“上三府”为浙西，“下八府”为浙东。这个说法，源于北宋熙宁中所设的两浙路，因浙西路治杭州，浙东路治越州，故以此分东西。“两浙”说，虽是约定俗成，但概念模糊，并不符合全省的客观布局。如果按方位来区划，则相对比较科学，全省可分东南西北四区，杭州、嘉兴、湖州属浙北，宁波、绍兴属浙东，严州、金华、衢州属浙西，台州、温州、处州属浙南。

就地理形胜来说，浙北和浙东的杭州湾两侧为平原，通称杭嘉湖平原和宁绍平原，湖泊众多，水港交错；浙东宁绍平原之南多丘陵，主要有会稽山、四明山、天台山、大盘山；浙西亦多丘陵，主要有白际山、天目山、昱岭山、千里岗山、龙门山；浙南更多丘陵，主要有仙霞岭、洞宫山、雁荡山、括苍山。境内河流大都与山脉走向平行，也有切割山脉呈格状分布的，主要有苕溪、钱塘江、曹娥江、甬江、椒江、瓯江、飞云江、鳌江八大水系，以及京杭运河的嘉兴、杭州段。湖泊以浙北居多，杭州西湖、嘉兴南湖、绍兴东湖、鄞县东钱湖称四大名湖。浙省东濒大海，岸线曲折漫长，半岛、港湾众多。沿海岛屿星罗棋布，宛如串珠，以舟山为最大。曹聚仁《我与我的世界·浙东》对浙江山水做了概括："浙西多水，除了於潜、昌化这一边，都是一苇可航。浙东呢，除了绍兴是水乡，温州、宁波沿海滨，其他各县，都是山岭重叠，严州、台州、处州各府更是崇山峻岭，仿佛太行王屋的山区。"

旧时浙江旅游，一般都循水路而行，浙北三府，游屐踵接，尤以杭州西湖为最；浙西则沿富春江而上，至淳安而止；渡钱塘江而南，迤逦浙东，山阴道上，甬江两岸，秀色可餐。至于上天台、入雁荡者,寥寥无几,如徐霞客、王季重、潘次耕辈偶以一游,叹为奇观,所留文字,也让不得以游的芸芸众生,心向往之,梦萦绕之。

这一状况,随着民国新式交通格局的形成而很快改变。

在铁路建设上,有两条干线。一条是沪杭甬铁路,上海至杭州段早在一九〇九年就已通车。杭州至宁波段,由于钱塘江、曹娥江阻隔,先修曹娥江东岸至宁波段,一九一四年通车;再修萧山至曹娥江西岸段,一九三七年竣工,同年钱塘江大桥落成。另一条是杭江铁路,乃二十世纪长江以南最重要的东西交通大动脉,起自萧山,经由诸暨、浦江、义乌、金华、兰溪、汤溪、龙游、衢县、江山,终点是江西玉山,一九三四年全线通车。

在公路建设上,一九二六年建成最早的省道,萧山至绍兴段,嵊县至新昌段。一九二七年,张静江主政浙省,提出修建公路八千公里的宏伟计划,全省各地间及连接周边各省的公路网建设大规模展开。一九三二年初,蒋介石下令修建苏、浙、皖间的六条公路,称为三省联络公路。同年十一月又决定修建豫、鄂、湘、赣、苏、浙、皖七省联合公路和相关路线网，以及各条沿海国防线、旅游线、联络线等，进行了更大规模的公路建设。至一九三七年，全省公路总里程已达三千七百多公里。

浙江新式交通格局的形成，极大地带动了全省的社会、经济、文化发展，对旅游业的影响，更直接而明显。沪杭铁路通车后，杭州的旅游更为兴旺，每年游客约四五十万人。交通旅游部门在上海组织杭州春游团队，开办春季沪杭专列，赵君豪《旅行杭州》说："在上海的人们，提起春天，便会联想到旅游，更会联想到杭州，杭州好像是上海人们旅行的惟一目的地。"还在上海、杭州、绍兴组织"超山探梅""莫干避暑""海宁观潮"等节令特色旅游。杭徽公路的西线旅游，由富阳、桐庐、天目山进入皖南，朱彤《馀临路公司创办概况》说："今省道既成，汽车迅疾，游山览胜，夙愿易偿。"杭江铁路和浙东南公路网，大大延伸了旅游的范围，如天目山、玲珑山、方岩、仙都、天台山、雁荡山的旅游业，都是在新式交通形成后，才真正发展起来的。

当时交通旅游部门还组织名家和记者随线旅行，以扩大风景名胜的知名度，来促进旅游业。一九三三年十一月，杭江铁路局邀请郁达夫等作杭江铁路沿线考察，十二月就印出“杭江铁路导游丛书”的第一种《浙东景物纪》，收入郁达夫的《杭江小历纪程》《浙东景物纪略》，陈万里的《杭江琐记》《五泄纪游》《方岩游记》，嵇光华的《杭江铁路沿线探胜记》，傅东华的《杭江之秋》。一九三四年三月，浙江省建设厅又邀请四十馀人作“东南五省交通周览会”，分五路出行，郁达夫、林语堂、全增嘏、潘光旦、叶秋原一行去浙西，黄炎培、郭步陶、俞剑华、钱铸九、顾仲彝一行去浙南。郁达夫的《出昱岭关记》等一组游记，黄炎培的《之江》，不但是这次活动留下的成绩，也是现代游记史上的经典之作。

民国时期浙江旅游业，在全国具有先进性。随着新式交通的开辟，现代旅游观念的形成，旅游业进入全新的发展阶段，旅游作为“新生活”的一种方式，在社会上被积极推广，得到广泛的认同和响应。同时，游记的写作也改变了传统面貌，成为自然、人文、生活、性情相结合的文体，作者更多，读者更广，社会关注度更高，助推了当时旅游业走向兴盛。虽说由于抗战的爆发，太平景象如昙花一现，但现代旅游观念已开始深入人心。

这个选本，就是民国浙江旅游和游记写作状况的一个缩影。

王稼句

二〇一七年七月二十七日

目录

浙西篇

浙东篇

浙南篇

插图目录

省城篇

西湖游记

顾无咎①

东南山水之胜，首推西湖。民国四年，岁次乙卯，仲春二十三日，余约剑锋、剑芒、酒痴三谱兄往游焉。

是日，天气晴明，余辈晨起，乘舟之槜李，复乘火车之杭，途经王店、硖石、斜桥、周王庙、长安、许村、临平等处，每处车停片时。车中遥望，碧柳成阴，菜花铺地，垄亩间尤多柔桑，故浙省以丝蚕之业著。自临平而下，一路远近皆山，萦青缭白，若与天接。既抵杭，即寓新新旅馆。馆中稍坐，遂访一斐、啸楼、厓厂三子。三子者，盖先余辈一日行，寓惠中旅馆，与新新相去不百武，俱在西子湖畔。既晤三子，联袂登西泠桥，举目四瞩，则昔所羡

① 顾无咎(1885—1929)，江苏吴江人，字崧臣，号悼秋、灵云，别署神州酒帝。南社早期社员。著有《灵云别馆散记》《服媚室酒话》等，均未刊。本文选自《南社丛刻》第二十集，1917 年 7 月出版。

慕之西子湖，今乃突现眼前，精神为之一爽。惜暮色苍茫，已自远而至，不克游矣。三子邀至惠中晚酌，纵谈良久，始告别归寓。寓中有风琴，余与剑芒各奏《梅花三弄》一阕。同寓有西妇两人，伫立旁听，惜余辈不谙西语，不然与彼细谈乐理，不亦旅邸中一段佳话乎？

二十四日晴，晨起拓窗遥眺，觉山光水色，俯仰百变，古今人咸称西湖绝景，良不诬也。洗漱毕，略进早餐，即移寓惠中，与三子同处。须臾，七人共泛扁舟，过西泠、压堤、卧龙三桥，至茅家埠，舍舟登岸，游端友别墅。别墅一名宋庄，墅中碧桃怒放，春光如海。亭榭中有匾额者只三处，一曰“香色分春”，一曰“景海阁”，一曰“花为四壁船为家”。又有石室一，殊幽静。既出别墅，倩舟子前导，步行入山境，渐行渐高，道中进香者，络绎不绝，红尘缭绕，眼底皆是，盖入灵隐之要道也。余谓西湖佳山水，此处乃为愚夫蠢物所充斥，不禁代山灵叫屈也。更堪叹者，乞丐哀号声不绝于耳。有一般少年子女，亦以乞怜为生涯，奔走于人前。若曹脱授之以教育，同是大好国民，今何不幸而至于此哉！

行四里许，至合涧桥。桥峙飞来峰口，北涧自灵隐而下，南涧自天竺而下，合流于此，故名。茶寮酒室，游客甚盛。桥前有坊，镌“飞来峰”“咫尺西天”等字。过桥即飞来峰，峰高不逾数十丈，而怪石森立，青苍玉削，若骇豹蹲狮，笔卓剑植，纵横偃仰，益玩益奇。上多异木，不假土壤，根崛石外，矫若虬龙，枝蟠云际，郁若籀篆。山壁遍镌佛像，有“佛国”二字，为宋苏长公所书。山下为龙泓洞，宛转幽邃，壁间题刻甚多，苔藓侵蚀，漶漫不可辨。仰视旭光一线，上透极顶，即所称“一线天”者，空中别无一物，而在愚夫言之谓可证他生事，不亦可笑乎？峰之旁有三亭翼然峙者，为春淙、壑雷、冷泉也。瀑布声淙淙，盈两耳间，如琴筑交奏。其激于石也，又如滚雪飞花，天然奇绝，不可名状。余于壑雷亭坐久，觉灵秀之气，深沁诗脾，而向之红尘缭绕于眼底者，遂一洗而净，岂不快哉！岂不快哉！即放歌一首，以纪其事。

寻进灵隐寺，殿柱大可数抱，高插云霄。香烟烦燠，人声喧杂，不耐久憩，遂西北行，入韬光径。山形耸拔，怪松修竹，阴密萧森。清泉涓涓，从松竹间流出，微润石磴上，幽净可爱。余侪且行且玩，因忆摩诘《山居》诗，有“清泉石上流”句，真纪实也。经三里许，至韬光庵，回视

图 1　苏堤春晓
(摄于 1921 年前)

灵隐，已小如鸡埘矣。庵中有阁曰“诵芬”，遂憩焉，山僧出清茗数杯，味之甚甘。剑芒、一斐、啸楼、厔厂四子，别寻幽径而去，酒痴以足疲不能行，与剑锋茗话。余泼墨题诗两律于壁。题就，倩舟子伴酒痴，而余则挈剑锋出庵，仍拾级而上，攀北高峰。经石磴数千级，曲折三十馀湾，山路峻削，颇不易行。抵灵顺庙，庙前有额，曰“北高峰”，是为峰之绝顶矣。振衣遥望，群山低伏，时正亭午，云气如海。徘徊半时，回至韬光，寻酒痴不见，问诸舟子，云已同剑芒等至合涧桥酒寮小酌矣。余与剑锋仍憩诵芬阁中，僧谓曰：“庵后有亭，曷登之?”余聆其语，遂欣然往。

至炼丹台，台上即亭，厥名“观海”，余复题诗一律。亭后有光圆洞，相传为吕祖炼丹处。台畔有金莲池，其水甚清。池旁有石壁，镌“引水处”三字，摩挲斯须，回至合涧桥。入酒寮，则剑芒、酒痴诸子均在，相与把酒清谈，酣然乐甚。莼嫩鱼肥，其味殊迥故乡。案此处即清乾嘉时郭频伽、陈云伯辈所称萧九娘家，亦即袁湘湄、朱铁门、倪米楼三先生与频伽泥饮于此，而湘湄为频伽作《寒垆买醉图》者也。抚今怀古，遐思悠然矣。

午膳毕，舟子谓曰："愿往天竺一游乎?"余曰："天竺果胜境，然为佞佛之徒所趋向，恐较灵隐尤甚，非余侪所乐游也。"遂罢往，还舟中，缘苏堤而行，荡漾于里西湖。堤畔杨柳千丝，绿荫如画。余因忆宋庄碧桃如霞，可称双艳，然窃以为皆寻常景物，惟飞来峰下瀑声最令人不能忘情耳。舟抵高庄，登沤渡阁，入南塘渔舍。舍中所陈台凳，悉以树根镂刻而成，甚为奇巧。过渔舍，有室二间，曰"豁庐"，曰"且住轩"，俱临池。池水清洁，游鱼甚多。凭栏而观，可知鱼乐焉。出沤渡阁，折而东，过田田榭，穿秋水舫，入小仇池屋。小仇池屋，石室也。阴凉宽敞，较胜宋庄。石室之外，则遍栽修竹，微风袭之，清籁珊珊然。出高庄，复游廉庄。廉庄者，桐城吴芝瑛女士之别墅小万柳堂也。墅中布置，颇染欧风，匾额对联，均女士一人手笔。出廉庄，经于忠肃公墓道，至花港观鱼。寻复舟行，至三潭印月。三潭印月，一名小瀛洲。登岸渡曲折石桥，过六角亭，入迎翠轩。轩东有室，颜曰"自在香"。其后有阁临水，曰"观濮"。再后为关帝殿，殿后复有曲折石桥，桥中横卍字亭，桥尽则浙江先贤祠峙焉。祠后为小瀛洲之尽处。综观此洲，砥柱中流，四周一碧，风景绝佳，蘅藿杜若兰茝之属，因春怒发，奇馨沁鼻。余辈随意采撷，各纫于襟。时已薄暮，乃荡舟而返。湖水清沦可鉴，水草柱立，蓬蓬悦目，而落霞一朵，与孤鹜齐飞于宝石、葛岭之间矣。是夜修家书一通，备述游况。

二十五日，一斐等三子移寓城中，余与三谱兄出游。经凤林寺，至西泠桥，吊苏小小墓。墓旁有慕才亭，剑芒题诗其上，有“小青死后无知己，谁更坟前把酒浇”句，缠绵悱恻，无限感慨。西行至风雨亭、秋墓、秋祠、秋社各处，即鉴湖女侠秋瑾埋骨地，为同社徐忏慧女士所筑者也。墓旁有郑贞女淑常墓，与苏墓成鼎足之势，可为西子湖生色矣。

又西行过曲院风荷，折而北行，数十武，至岳庙。庙左即岳坟，肃容瞻拜，凛然想见其为人。庙前有坊，高耸云表，大镌“尽忠报国，碧血丹心”等字，游于其下，觉忠义之气，千古不泯。余敬赋一诗，书于碑上。书竟，循原道返。涉西泠桥，游孤山。山峙湖中，西接西泠桥，东接白堤，北与宝石、葛岭诸峰遥相环拱，其间称北里湖，一名金牛湖，盖以宝俶塔为牛角也。孤山之阳，有俞楼、西泠印社、公园、浙军昭忠祠、平湖秋月等处，次第游览，中怀顿旷。俞楼已残废过半，西泠印社有仰贤亭，内奉浙派铁笔大家丁龙泓先生石刻遗像。公园为清乾隆时行宫所改，游人甚盛，楼阁参差，凿山石为级，凭高而望，全湖在目，洵为孤山绝胜之境。昭忠祠即旧日之圣因寺，祠前有浙军纪功华表，巍峨矗立，殊足荣已。折西北行，游于孤山之阴，振空谷之音，掬梅花之泉，登放鹤亭，谒林处士墓，坐巢居阁，瞻视壁间诗，无一佳者。剑芒大书其旁曰“乱鸦涂粉壁，罪过，罪过”。书竟，出巢居阁，吊小青墓，余与剑锋、剑芒各题一绝。因念小青遭妒妇致死，名遂不朽，虽不幸，实大幸也。古来奇人硕士，死于沟壑，湮没无声者，盖亦不知凡几，以视小青何如？岂人之遇不遇，与传不传，亦有数存于其间耶？慨叹久之，仍返巢居阁。啜清茗，食藕粉。藕粉为西湖佳品，质细色皎，味甘而香，疑非尘世间物矣。下孤山，循白沙堤，经锦带桥、断桥，游昭庆寺，取道宝石山麓以返。

是夜大风雨，雷声隆隆，搅人清梦。比至二十六日，晨起遥望，则云散天晴，湖山益奇。因忆昨宵枕上听雨，深引为虑，恐妨游屐，不意天之厚我有如是者。早馔毕，呼舟渡湖，移寓涌金门外清泰第二旅舍。剑芒、酒痴走访一斐诸子，余偕剑锋复挐艇作湖游。棹舟者系一童子，年约十三四岁，貌端好，颇解事，娓娓为余述湖上古迹。时则清风飘来，水花溅衣，湖中画舫，往来不绝，而二三沙鸥，相亲相近，泳于舟旁，至足乐也。

时至亭午，泊舟高庄，登沤渡阁，呼馔疗饥竟，倩童子导探烟霞、石屋之胜。途中值数小女郎，口讴短曲，清婉可听。缓步而上，想亦寻斯胜者。行四里许，抵石屋岭。岭上即石屋洞，洞高敞虚朗，衍迤二丈，有奇状如轩榭，可布几筵，周镌罗汉五百十六尊，石上镌“沧海浮螺”四大字。洞旁为大仁寺，中设石屋小学。寺僧见余侪游，遂瀹茗相饷。僧曰：“寺后更有乾坤洞，洞虽甚小，而阴凉特甚，曷亦游之？”余从其言，游罢而别，僧送至寺外，意颇殷勤。由石屋岭而南，为烟霞岭，递迤而上，则为烟霞洞，再上即南高峰矣。洞适当山之腰，沿途上下，丛桂万树，花时当别饶幽趣。洞宽深，山骨玲珑特异，作丹玄五彩色，石脉中清泉滴沥而下，阴凉彻骨。洞口左侧，有苏长公石像，额曰苏龛。洞后有亭翼然，远挹群峦，苍翠扑人眉宇。钱江如带，风帆隐隐可数。盖至此而空明奇绝，俯仰烟霞，真觉有出尘之想。余与剑锋遂箕踞亭上，相谓曰：湖上诸山，虽未探遍，窃以此岭叹为观止矣。

下亭入烟霞寺，寺中芳兰盛开，香气袭人，途中所值数女郎已先在，欹坐话茗，意若甚得者。忆曩过石屋时，数女郎徜徉而前，未尝稍顾，余颇不解，童子偏好事者，唤其回，仍不顾，至是余然后恍然悟女郎之善游也，盖烟霞之妙，远胜石屋，否则渠辈何厚于此而薄于彼乎？余与剑锋遂亦品茗其间，觉此处之茶，与韬光、石屋诸处，迥然不同。其色澄淡，味隽永，能令人毛骨顿清。余闻武林之泉，以虎跑为最，而茶则首推龙井，不识与兹山所产者，高下何若。以天晚，不及往品，即还舟中。复游三潭印月及湖心亭，寻至南屏山下，游白云庵。欲访紫云洞，不果，乃泛舟容与而归。遥闻凤林寺清磬数声，如相送然。

既返寓，则剑芒、一斐诸子亦在焉，相与各述游状。是夜，七子同至西湖新新舞台观剧，适睹春航演《血泪碑》五、六、七、八本。余向读亚子《春航集》，而心仪其人，每以不能一识芳颜为憾，今忽相遇，不亦大幸欤。剧散，各返寓就寝。一宵清梦，犹觉仿佛在烟霞寺品茗时也。

二十七日晨，余侪复移寓新民旅馆，此馆近车站，盖拟明日旋里，便于乘车也。马龙车水，举目嚣尘，与昨日游屐所经，迥然一变。一斐、啸楼、厔厂三子，已于是日先返。二十八日，余与三谱兄亦赋归欤。旋里后二月，长日无聊，山水之胜，凝想犹历历在目，乃走笔为之记。

丑西湖

徐志摩①

"欲把西湖比西子,浓妆淡抹总相宜"。我们太把西湖看理想化了。夏天要算是西湖浓抹的时候,堤上的杨柳绿成一片浓青,里湖一带的荷叶荷花也正当满艳,朝上的烟雾,向晚的晴霞,那样不是现成的诗料,但这西姑娘你爱不爱?我是不成,这回一见面我回头就逃!什么西湖这简直是一锅腥臊的热汤!西湖的水本来就浅,又不流通,近来满湖又全养了大鱼,有四五十斤的,把湖里袅袅婷婷的水草全给咬烂了,水混不用说,还有那鱼腥味儿顶叫人难受。说起西湖养鱼,我听得有种种的说法,也不知那样是内情:有说养鱼甘脆是官家谋利,放着

---

① 徐志摩(1897—1931),浙江海宁人。诗人,散文家。著有《志摩的诗》《翡冷翠的一夜》《落叶》《巴黎的鳞爪》等。今人辑存《徐志摩全集》。本文原载1926年8月9日《晨报副刊》。

偌大一个鱼沼，养肥了鱼打了去卖不是顶现成的；有说养鱼是为预防水草长得太放肆了怕塞满了湖心；也有说这些大鱼都是大慈善家们为要延寿或是求子或是求财源茂健特为从别地方买了来放生在湖里的，而且现在打鱼当官是不准。不论怎么样，西湖确是变了鱼湖了。六月以来杭州据说一滴水都没有过，西湖当然水浅得像个干血痨的美女，再加那腥味儿！今年南方的热，说来我们住惯北方的也不易信，白天热不说，通宵到天亮也不见放松，天天大太阳，夜夜满天星，节节高的一天暖似一天。杭州更比上海不堪，西湖那一洼浅水用不到几个钟头的晒就离滚沸不远什么，四面又是山，这热是来得去不得，一天不发大风打阵，这锅热汤，就永远不会凉。我那天到了晚上才雇了条船游湖，心想比岸上总可以凉快些。好，风不来还熬得，风一来可真难受极了，又热又带腥味儿，真叫人发眩作呕，我同船一个朋友当时就病了，我记得红海里两边的沙漠风都似乎较为可耐些！夜间十二点我们回家的时候都还是热虎虎的。还有湖里的蚊虫！简直是一群群的大水鸭子！你一坐定就活该。

这西湖是太难了，气味先就不堪。再说沿湖的去处，本来顶清澹宜人的一个地方是平湖秋月，那一方平台，几棵杨柳，几折回廊，在秋月清澈的凉夜去坐着看湖确是别有风味，更好在去的人绝少，你夜间去总可以独占，唤起看守的人来泡一碗清茶，冲一杯藕粉，和几个朋友闲谈着消磨他半夜，真是清福。我三年前一次去有琴友有笛师，躺平在杨树底下看揉碎的月光，听水面上翻响的幽乐，那逸趣真不易。西湖的俗化真是一日千里，我每回去总添一度伤心：雷峰也羞跑了，断桥折成了汽车桥，哈同在湖心里造房子，某家大少爷的汽油船在三尺的柔波里兴风作浪，工厂的烟替代了出岫的霞，大世界以及什么舞台的锣鼓充当了湖上的啼莺，西湖，西湖，还有什么可留恋的！这回连平湖秋月也给糟蹋了，你信不信？

“船家，我们到平湖秋月去，那边总还清静。”

“平湖秋月？先生，清静是不清静的，格歇开了酒馆，酒馆着实闹忙哩，你看，望得见的，穿白衣服的人多煞勒瞎，扇子搧得活血血的，还有唱唱的，十七八岁的姑娘，听听看——是无锡山歌哩，胡琴都蛮清爽的……”

那我们到楼外楼去吧。谁说楼外楼又是一个伤心！原来楼外楼那一楼一底的旧房子斜斜的对着湖心亭，几张揩抹得发白光的旧桌子，一两个上年纪的老堂倌，活络络的鱼虾，滑齐齐的莼莱，一壶远年，一碟盐水花生，我每回到西湖往往偷闲独自跑去领略这点子古色古香，靠在栏干上从堤边杨柳荫里望滟滟的湖光，晴有晴色，雨雪有雨雪的景致，要不然月上柳梢时意味更长，好在是不闹，晚上去也是独占的时候多，一边喝着热酒，一边与老堂倌随便讲讲湖上风光，鱼虾行市，也自有一种说不出的愉快。但这回连楼外楼都变了面目！地址不曾移动，但翻造了三层楼带屋顶的洋式门面，新漆亮光光的刺眼，在湖中就望见楼上电扇的疾转，客人闹盈盈的挤着，堂倌也换了，穿上西崽的长袍，原来那老朋友也看不见了，什么闲情逸趣都没有了！我们没办法移一个桌子在楼下马路边吃了一点东西，果然连小菜都变了，真是可伤。泰戈尔来看了中国，发了很大的感慨。他说，"世界上再没有第二个民族像你们这样蓄意的制造丑恶的精神"。怪不过老头牢骚，他来时对中国是怎样的期望(也许是诗人的期望)，他看到的又是怎样一个现实！狄更生先生有一篇绝妙的文章，是他游泰山以后的感想，他对照西方人的俗与我们的雅，他们的唯利主义与我们的闲暇精神。他说只有中国人才真懂得爱护自然，他们在山水间的点缀是没有一点辜负自然的；实际上他们处处想法子增添自然的美，他们不容许煞风景的事业。他们在山上造路是依着山势回环曲折，铺上本山的石子，就这山道就饶有趣味，他们宁可牺牲一点便利。不愿斲丧自然的和谐。所以他们造的是妩媚的石径；欧美人来时不开马路就来穿山的电梯。他们在原来的石块上刻上美秀的诗文，漆成古色的青绿，在苔藓间掩映生趣；反之在欧美的山石上只见雪茄烟与各种生意的广告。他们在山林丛密处透出一角寺院的红墙，西方人起的是几层楼嘈杂的旅馆。听人说中国人得效法欧西，我不知道应得自觉虚心做学徒的究竟是谁？

这是十五年前狄更生先生来中国时感想的一节。我不知道他现在要是回来看看西湖的成绩，他又有什么妙文来颂扬我们的美德！

说来西湖真是个爱伦内。论山水的秀丽，西湖在世界上真有位置。那山光，那水色，别有一种醉人处，叫人不能不生爱。但不幸杭州的人种（我也算是杭州人），也不知怎的，特别的来得俗气来得陋相。不读书人无味，读书人更可厌，单听那一口杭白，甲隔甲隔的，就够人心烦！看来杭州人话会说（杭州人真会说话！），事也会做，近年来就“事业”方面看，杭州的建设的确不少，例如西湖堤上的六条桥就全给拉平了替汽车公司帮忙；但不幸经营山水的风景是另一种事业，决不是开铺子、做官一类的事业。平常布置一个小小的园林，我们尚且说总得主人胸中有些丘壑，如今整个的西湖放在一班大佬的手里，他们的脑子里平常想些什么我不敢猜度，但就成绩看，他们的确是只图每年“我们杭州”商界收入的总数增加多少的一种头脑！开铺子的老班们也许沾了光，但是可怜的西湖呢？分明天生俊俏的一个少女，生生的叫一群粗汉去替她涂脂抹粉，就说没有别的难堪情形，也就够煞风景又煞风景！天啊，这苦恼的西子！

但是回过来说，这年头那还顾得了美不美！江南总算是天堂，到今天为止。别的地方人命只当得虫子，有路不敢走，有话不敢说，还来搭什么臭绅士的架子，挑什么够美不够美的鸟眼？

杭州之观察

王桐龄①

第一节　西湖

二十四日午前十点，偕佩青乘小船游西湖。

船为一人舟，细而长，前后尖，中间宽，横设座位四，至少可以容八人，两旁有木栏杆遮护之。不用篙与棹，行时以形似大木铣之棹拨之，土人名曰划樯。船夫名陆陈重，船号四百五十五，驻湖滨第三码头，在旅馆前，距离甚近。船上座位似大椅，中间有桌，有茶壶、茶碗，设备尚周到。每日赁价大洋一元，较之秦淮河中，每三四

① 王桐龄(1878—1953)，河北任丘人，字峄山。历史学家。曾任北京政府教育部参事、北京高等师范学校教务主任、北京师范大学教授。著有《中国史》《中国民族史》《中国历代党争史》《儒墨之异同》等。本文选自《江浙旅行记》第四章，文化学社 1928 年 2 月初版。

小时，需洋一元以上乃至二元之花船，价廉多矣。

十点，开船。循外湖东岸西北行，至断桥。断桥在白堤北头，为外湖与后湖——俗名北里湖，即白堤西孤山北之湖——之交通路。桥基旧甚高，嗣修白堤汽车路，将桥铲平改修，故桥身甚低，与平常桥无异，使断桥之名不副实，交通便利矣，未免杀风景也。历史上、文学上最有名之白堤，修成汽车路，为大官、巨绅、富商及纨袴子弟谋便利，带上许多俗恶尘氛气，考钟鼓以享幽人，殊觉不称。此桥当白堤北头，为西湖十景之一，称为断桥残雪。过桥即后湖。

西湖十景：一苏堤春晓，在苏公堤上；二双峰插云，在南北高峰；三柳浪闻莺，在涌金门外钱王祠畔；四花港观鱼，在小南湖西定春桥畔；五曲院风荷，在岳湖边跨虹桥畔；六平湖秋月，在小孤山东麓，外湖西岸；七南屏晚钟，在南屏山净慈寺；八三潭印月，在外湖湖心；九雷峰夕照，在南屏山雷峰夕照寺；十断桥残雪，在白堤北头。每处皆有清圣祖之御碑，构亭覆之。

余等循湖北岸，由东往西行，至兜率寺。兜率寺旧名大佛寺，一称弥勒院。门悬“兜率寺”匾额，系康南海书。大门正面祀弥勒，背面祀韦陀，侧祀三官菩萨。三官菩萨中国古装，系道教中之理想的神仙，与佛教无关系；混而称之曰菩萨，异矣。西湖边之寺，多佛道混合者，此亦中国特色也。正殿祀观音，旁多女像，为观音化身。殿后依山，山坡上称内院，正殿正面祀释迦，释迦前并奉弥勒像，左方偏后祀文殊、普贤，右方偏后祀观音、地藏，旁祀十八罗汉、韦陀及关壮缪，法相庄严。建筑虽不甚伟大，然前临湖，后依山，愈进愈高，有更上一层之感，殊觉别致。寺内旁院多楼房，可以租用，住客甚多。

十一点十分，至孤山。孤山在北里湖之东南隅，为宋处士林和靖先生隐居处。余等在山之西北面登岸，参观巢居阁、放鹤亭，阁与亭相傍，为和靖先生旧居。现在有小茶馆，可以品茗。阁后有和靖先生坟，前有碑，旁有鹤冢。

余等沿山西麓南进，至西泠桥畔，谒西泠财神庙。

庙内供奉莫明其妙之神像甚多，修饰极其华丽。可代表中国多神教及重财利两方面之社会心理。

复沿山南麓，折而东进，参观盛氏宗祠、广化寺。此二处不甚宏大，然在他处已罕见矣。广化寺创于陈文帝天嘉元年，宋徽宗大中元年改修，易以今名，亦云古矣。

复沿山东麓，折而北进，参观西泠印社、左蒋二公祠、孤山公园、图书馆、阳明先生祠、三忠祠、徐烈士墓、苏文忠公祠。

西湖印社内多碑帖，孤山公园内多植物，最壮观瞻；其建筑皆前临外湖，背负孤山，愈进愈高，有更上一层之感。左蒋二公祠，祀左文襄公宗棠、蒋果敏公益澧。阳明祠，祀王阳明先生守仁。三忠祠，祀清末名臣徐用仪、许景澄、袁昶。徐烈士墓，为民国先烈徐锡麟埋骨处，陈伯平、马子畦之墓附焉。苏文忠公祠，祀宋名臣苏轼。

再北进为罗苑。罗苑俗名哈同花园，上海英国籍犹太商人哈同妻罗氏之别业也，傍湖而建，为华洋折衷式，亭榭甚多，极为宏壮。西湖周围，中国伟人、名流、官僚、政客、军阀、富商、豪胥之别业甚多，幽雅别致者亦不少，若以宏壮论，总不及此奸猾狡诈，素工心计，两层国籍外国商人女老板之别业也。

再北进为平湖秋月。平湖秋月为西湖十景之一，有水榭，可以赏玩湖光，内有茶社，可以品茗。

折而西，经过孤山路——孤山北面之东西马路，复回放鹤亭前登舟，缘里湖西岸南下，参观葛荫山庄、杨园。前者为沈氏别业，后者为严氏别业。庭院幽邃，花木繁茂，任人游览，概不取资。

西行通过西泠桥，复至外湖西岸。桥畔有苏小小墓，用大石砌成圆形，上有亭覆之，亭以石为柱，前有石碑，刻“钱塘苏小小墓”。稍南为武松墓，用大石砌成圆形，前有碑，刻“宋义士武松之墓”，有石华表一。再南为秋女侠墓，祀清末女士秋瑾，用大石砌成，墓顶有碑，刻“鉴湖秋女侠……”是日正开工修理，下面为工人器具所遮不能见。复前进，西南行，过跨虹桥，入岳湖。湖面最小，因其西岸为岳忠武王墓地所在，故称岳湖。桥边有曲院风荷，为西湖十景之一，前临岳湖，有荷花十馀亩。

复西行为岳王庙。岳王庙为宋忠臣鄂忠武王岳飞祠。正殿祀忠武；左配殿为烈文侯祠，祀张宪；右配殿为辅文侯祠，祀牛皋。栋宇宏壮，庙貌庄严，联额甚多。正殿东西壁，嵌石刻“尽忠报国”四大字。其南为鄂王墓，忠武埋骨处也；旁为继忠侯墓，王长子云埋骨处也；皆用大石砌成，前有石碑，刻王父子爵号。墓前有肉袒面缚、双膝着地之铁像四，胸前皆刻其姓名，左为秦桧、王氏，右为万俟卨、张俊。墓后为王之家庙，正殿为启忠祠，祀王父赠太师随国公和，王母随国夫人姚氏，王与王妃秦国夫人李氏配享。殿左祀王次孙珂，右祀王幼女银瓶公主。东配殿为五侯祠，祀王子云、雷、霖、震、霆。西配殿为五夫人祠，祀王媳巩氏、温氏、陈氏、刘氏、萧氏。

午后二点，在庆元楼饭馆午餐，虾仁炒面一盘，三丝汤、莼菜汤各一碗，索价大洋一元六角八分，颇带敲竹杠性质。船夫极力怂恿客人吃饭，大约彼所得之回扣不少也。

二点四十分，复乘船南行，通过玉带桥，至里湖。此湖在苏堤西，岳湖南，小南湖北，俗名西里湖。沿湖西岸，东行里许，至汾阳别业。汾阳别业一名郭庄，院内有亭、榭、楼、阁、假山及山洞，颇缭曲幽深。有大池二，与湖水通，满种荷花，清香触鼻。此处为私人所有，任人游览，不取资。

折而东，通过苏堤之望山桥，复至外湖，参观三潭印月。三潭印月为西湖十景之一，面积不下十顷，为一大荷花池，周围有堤，植以杨柳。池之南面，有牌楼。由此

图 2　三潭印月
(摄于 1921 年前)

登岸，有大石砌成之路，曲折北行。中间有关帝庙、先贤祠、明末先贤祠，三处俱有碑帖铺、照相馆，有小茶馆，可以品茗，并卖西湖藕粉。明末先贤祠本彭刚直公退省庵，民国成立，改祀清初先贤黄宗羲、齐周华、吕留良、杭世骏，建筑伟大，大门为水榭，架以大石筑成。后面登岸之处有牌楼，颜曰“小瀛洲”。潭之正门前湖心中，有石塔三座，形如瓶，漾水中，相传苏东坡刺杭州时，浚西湖，于湖中立塔以为标志，著令塔以内不许侵为菱荡。塔旁水极深，月光映潭，分塔为三，故有三潭印月之称。

四点五十分，登舟向西北行，参观湖心亭及阮公墩。二处俱在湖心，面积各不过数十亩，四围不衔接陆地。湖心亭较大，中有庙，祀湖神及南湖公主。阮公墩较小，相传为阮文达公抚浙时，开浚西湖所弃之土，惟其上无建筑，只有芦苇树木及稻田，无可观。

六点，还寓。晚，师大毕业生台州第六中学教员张哲农、王讷言，女师大毕业生安徽省立第五师范教务主任谭其觉，训育主任孔繁钧，小学主任柳介来访。

二十五日午前九点四十分，出寓。途遇师大毕业生台州第六中学教员夏建寅焕章，与同登舟，循外湖东岸南行，至涌金门，门已拆去，辟为马路。十点十分，至钱王祠，参观祠及柳浪闻莺。钱王祠旧名表忠观，祀吴越钱武肃王镠。祠前有大石牌楼，颜曰“功德坊”。甬路两傍，有大荷花池二。正殿正面祀武肃王，傍祀文穆王元瓘、忠献王弘佐、废王弘倧、忠懿王弘俶。两厢房贮许多石碑，表忠观碑与焉。后殿祀宋以后钱氏历代之名臣、学者。王，嵊县人，嵊县同乡近来募款修理祠堂，故栋宇甚华丽。西跨院有洋式楼房，每年夏季，嵊县教育界中人往往在此避暑。祠前右方为柳浪闻莺，亦西湖十景之一。

复乘舟南行，至白云庵。白云庵门前照壁，颜曰“漪园”。下有通路，为行人出入处。由壁至门为石甬路，两傍大荷池。院内梧桐高三四丈，芭蕉高过人顶，皆北方不常见者。正殿祀观音、文殊、普贤，西跨院有月老殿，祀月下老人。

复登舟东行，至净慈寺。寺为后周世宗显德年间，吴越王钱弘俶所建。大门正面祀弥勒，背面祀韦陀；侧悬铜钟，高约五尺，径半之，厚约三寸，是为南屏晚钟，亦西湖十景之一。正殿正面祀释迦、药师、阿弥陀，背面祀观音及另外菩萨二尊。后殿祀千手千眼佛，两傍祀杂有道教思想之多神及罗汉。两傍房屋甚多，壁上多嵌石碑。院内植物甚多，有枇杷、桂、石榴、紫荆、樱桃、榆等树。西跨院有济祖殿，祀宋僧人济颠。殿内供桌前有运木井，相传建庙时，苦无木材，济颠祷于佛，有木材自井中出，取之不尽，至寺落成乃止，故名。殿宇甚宏大，地基亦宽敞，惟看庙者多酒肉和尚，问以各殿佛像名，了不能答。

出寺门，折而东北行，上山坡，约数百步，至雷峰塔，亦西湖十景之一，号为雷峰夕照。塔于十三年八月十七日——孙传芳入省城之日——已圮，仅馀残砖一大堆。相传此塔为吴越王妃黄氏所建，以藏佛螺髻发，故亦名黄妃塔。塔始以十三级为率，仅成五级，本印度技师所建，甚坚固。旧有重檐飞栋，窗户洞达，后毁，惟塔身岿然尚存。俗传塔砖避邪宜男，故游人争往取砖，又传塔土可以护蚕，故游人争往取土，积久塔基渐空，遂至于圮。迷信风气为害于古建筑如此，可慨也已！塔砖之中藏有经卷，塔圮之后，每日往观之人士，数逾万人，半为参观，半为盗砖，日久砖失落渐多，官府乃筑墙护之，现

图 3　南屏晚钟
(摄于 1921 年前)

在残砖犹有存者以此，可惜也。

还登舟，西南进，入映波桥，至小南湖，参观花港观鱼、红栎山庄及小万柳堂。小南湖在外湖西，西里湖南，面积甚小，故名。其北与西里湖分界处有定春桥，桥畔有大池约十馀亩，其中大鱼甚多，是为花港观鱼，亦西湖十景之一。其北数十步为红栎山庄，本清高士奇之赐园，俗呼高庄。其南数十步为小万柳堂，本无锡廉泉别业，今归上元蒋氏，俗名蒋庄。高庄有亭、台、假山、池沼，院内荷花、竹林、大树甚多，极缭曲幽深之致，背面临西里湖，眼界甚寥阔，有茶座，可以品茗。蒋庄为洋式二层楼房，前临小南湖，眼界甚阔。二庄皆任人游览，不取资。

还登舟，出映波桥，至外湖，折而北，沿苏堤前进，通过锁澜桥，至西里湖，沿西岸北进，经过水竹居前面及蕉石鸣琴遗址，至丁家山，参观康庄。

水竹居为香山刘学询别业，俗称刘庄，为湖上庄墅之冠，与哈同花园相伯仲，现在房主人偕其如夫人数人纳福于此，不开放，故不得入。丁家山在其西南，上有冈阜，可以远眺，康庄在焉，南海先生之别业也。此山旧名一天山，南海因名其别业为一天园。登岸入园，沿湖岸西行，约数十步，为人天庐，路傍皆池沼，荷花盛开。又前行登山约数十级，至巅，有房五间，向南开，颜曰“开天天室”，室内贮外国古物甚多，南海先生休息处也。院内竹木成林，景象幽深，院内西偏最高处，有无顶之台，壁上书“寥天台”，可以俯瞰全湖，眼界极阔。

还乘船，折而东行，至压堤桥畔，参观苏堤春晓，亦西湖十景之一。此堤为宋苏文忠公守杭时所筑，故名苏公堤。宽约一丈，中间嵌以大石，宽约三尺；两旁各宽三丈，皆桑田。为外湖与西里湖及小南湖分界处。

第二节　玉泉寺

还登舟，沿苏堤北行，通过玉带桥，至岳湖，在岳王庙前登岸，循马路西行，约里许，至玉泉寺。玉泉寺山门，颜曰“玉泉清涟寺”。门内中间为石路，两旁多竹树，空气甚清。西行，南折，约里许，至大门。门内正面祀弥勒，背面祀韦陀，旁祀四天王。正殿额曰“大雄宝殿”。前面祀观音，后面祀千手千眼佛，旁祀十八罗汉。后殿额曰“西方接引殿”，正面祀释迦、药师、阿弥陀，正面左方偏后祀文殊，右方偏后祀普贤，旁祀罗汉。院内甬路旁有鱼池二，金鱼甚多。东跨院有二层洋式楼房，为岑西林别业。西跨院有龙王殿，殿前有大池一，鱼类甚多，金鱼有长至三尺者。殿后有珍珠泉，为一长方形之池，南北长约二丈馀，东西宽约一丈，池底常起水泡，形似珍珠，故名。

循原路回，登舟。六点五十分，还寓。晚，偕佩青、焕章赴钱塘路井字楼九号访师大教授章嵚厥生，值其旅行浙东未归，不晤而返。

第三节　天竺寺

二十六日午前十点半，偕佩青登舟西行，经过苏堤之压堤桥，至西里湖，经过汾阳别业前之卧龙桥入山溪——据舟子言，此溪无名，俗称西湖尾巴。此溪宽不逾二丈，两岸有堤，堤上皆树，堤外为稻田、荷田，风景甚丽。西行约半里，通过利涉桥，溪旁住有人家，是为茅家埠。自此舍舟登岸，步行而进，穿过茅家埠街道，右转入野径，路旁多桑树、稻田、竹林，间有富人、富豪之坟墓，沿途华表甚多。行约二里许，至黄泥弄，参观三天竺。

弄为一小市镇，有卖饮食者，有卖香纸者，皆为香客预备者也。三天竺寺门悬额曰“三天竺敕赐法镜禅寺”，门内正面祀弥勒，背面祀韦陀，旁祀四天王，与玉泉寺同。正殿正面祀万寿无疆牌——其后有幕悬之不知所祀何神，然以理推测，当系观音或白衣大士——背面作云山重叠形，祀观音，旁祀罗汉及道教中神像。后殿正面祀菩萨三尊，坐莲花上，背面祀菩萨三尊，立像，旁祀罗汉及道教诸神。栋宇华丽，庙貌庄严，香客甚多，往来者络绎不绝，上中下流社会之人皆有。

复前进为山路，路不陡，路旁竹树成林，涧水潺湲不绝。行约半里，至中天竺。此处路南为财神殿，北为三官殿。三官殿西为观音殿，再西为白衣殿，再西为中天竺之正门，颜曰“法净寺”，内设神像与三天竺同。正殿正面祀万寿无疆牌，背面祀菩萨立像五，旁祀罗汉及道教诸神。后殿正面祀千手千眼佛，背面祀二郎神，旁祀道教诸神。再后为藏经阁。前院有大池，池内金鱼甚多。有西配殿，祀白衣大士。其馀一切，与三天竺同。自此西行约里许，至上天竺山门，颜曰“头天门”，门左祀观音，右祀韦陀。自此前进不足半里，路左有圣帝殿，祀真武。复前行为上天竺长生街，路旁有人家、商店，其商居多以房名，如见心房、少泉房、天南房、白云幻西房、白云大名山老房、白云春山房等皆是，大抵皆卖香蜡纸锞及供神之具，各店柜台中间皆有龛，祀白衣大士。再进为普光门，卖食物之处甚多，皆供应香客者。再进为圆通门，入门后，右转，即上天竺。

上天竺正门向南开，颜曰“法喜寺”，祀弥勒、韦陀、四天王像，与三天竺同。正殿正面祀观音，背面祀观音、地藏与另一菩萨，旁祀罗汉，建筑略同三天竺。西配殿共有三处，祀观音与白衣大士。院内售竹器之小摊甚多，颇似北京庙会。

以上三处，皆祀观音与白衣大士，普通多混为一神。又谓白衣大士为白蛇化身，杭州为小说《白蛇传》之起原地，西湖十景中之断桥、雷峰，皆与白蛇有密切关系，故崇拜之如此。三处皆同一形式，观其一可知其二，不必全观也。

第四节　灵隐寺

午后二点半，还至三天竺，在寺对面之小饭铺燕喜堂吃面，聊充午餐。自此北行，约不足一里，至灵隐路，参观灵隐寺。

灵隐路街市繁盛，酒馆饭铺甚多。街北为灵隐寺大门，颜曰“灵隐古刹”，又曰“飞来峰”，一名云林寺。入门后前行约数百步，中央有石路，旁多古树，称灵隐功德林。又前进为春淙亭，跨涧水而建，顶为亭，底为桥。其旁有绝壁，甚陡，即飞来峰，峰之岩上刻佛、菩萨、罗汉及护法像甚多，雕镂精致，皆晋宋以来古物也。此处有洞，祀观音，上有小口，可窥天，俗名一线天。自此北行西折，约数百步，至寺之正门。门前有二亭，一曰壑雷亭，一曰冷泉亭，亭下有瀑布，水声淙淙不绝。门向南开，颜曰“敕赐云林禅寺”，门内祀弥勒、韦陀及四天王像，与三天竺同。正殿曰大雄宝殿，前面祀释迦、药师、阿弥陀，后面作云山重叠形，祀观音，雕镂之工，生平罕见，大体类似北京北海内之大西天、西山之碧云寺，而装饰之华丽，似犹过之，旁祀罗汉，殿宇极高，为他寺所不及。西为罗汉堂，祀五百罗汉，与碧云寺之罗汉堂相似。罗汉堂前有小径，穿竹林而过，为赴韬光寺之路，约一里有半。余以天气太热，人已疲劳，遂未往。其东配殿杂列许多偶像，兼儒释道三教中实在人物与理想的人物，并天神、地祇、人鬼，一处祀之。有功于地方者，如唐李邺侯泌、白文公居易、吴越武肃王、忠懿王、宋苏文忠公轼等，与赵玄坛、龙王、火帝真君、护法尊者等并列受祀，亦一怪现象也。

五点，回船。六点，回寓。

二十七日，在寓整理日记，前北京高师教授黄人望伯珣，师大毕业生浙江女子中学教员曹辛汉，师大毕业生李庆璠，及夏焕章、张哲农来访，辛汉将回嘉兴，谆嘱归途在嘉兴小住。

第五节　钱塘江及六和塔

二十八日午前九点，偕佩青赴车站前羊市街华兴旅馆访伯珣。十点，乘三等车赴闸口，参观六和塔。

闸口站离杭州站，约一刻钟路程，三等车票价洋一角。闸口为省城东南最繁盛之市街，沿钱塘江北岸，长约十里。江面宽约十里，轮船帆船甚多，上溯严州、金华、徽州，下通绍兴、宁波，为浙江交通之中心点，商业繁盛。自闸口车站，步行沿江南进，约三里，至六和塔。塔在月轮山北面山坡上，开化寺内，寺不甚大而塔甚高，共十三级，高约十丈以上，每二级为一层，内容共六层，连顶七层，每层各有佛教及道教中画像、造像，中央以大石及砖砌成，周围以圆木柱支之，周围各有走廊。登最高层廊下，俯瞰钱塘江南岸，眼界极空旷。塔基作八角形，直径逾十丈以上，最上层之中央，以一根圆木柱支塔顶。

十二点三十分，雇妥人力车二辆，穿闸口市街至江头，进凤山门，穿城内市街回湖滨路。三点，还寓。

杭州日记

说　斋①

九月十四日

早起，天气极好，趁电车到北站，搭七时卅分杭州车，到车站已是七点一刻，上车夺门争位的纷扰情形已过去，只看见有许多人在月台上奔东走西，向车门口寻觅站足的地方。

车行到西上海站，月台上站满旅客，车子一停，靠月台一面的车窗口，突然有许多包裹、网袋，连人跌进来。车子的里面外边一片嘈杂声音，高亢而宏大，有如一阵

① 说斋(1917—2011)，即陆象贤，江苏嘉定人。曾任《微音》主编、北社社长，1949年后任上海邮政工会主席等职。著有《向五月歌唱》《爝火集》等。本文原载《万象》第四年第五期，1944年11月出版。

鼙鼓，突然从头顶上压下来，使人手足无措，整个车子为着它在战慄。这一片大声中混杂着一股极浓厚的自私气息，迫着人的心向下沉，如遇寒风，如处冰窖，人性的卑劣的一面完全赤裸。偶然从叱咤怒骂中间有一二声同伴间的照呼——大家挤上车后庆幸自己的遭遇，亲热的叫应，和了在自己站稳了奋力帮助同伴时的呼喊，方才使人觉得一些温暖。车子慢慢地动了，声音也渐渐地静下来，偶然还有一二声咕噜，像将熄了的火，只有零星的火爆，了它一般去融融的逼人之势了。

从上海、松江到嘉兴之间，沿铁路二边全是一大整块的一大整块的稻田，村落稀少，而且少见瓦屋楼房，大都是稻草盖的低低的茅屋。这些田引水极便，有的地方田和河渠一样高低，只须挖一条沟，就满田是水了。所以沿路看见引水的牛车全是很小的，和我乡南翔所见的牛车一比，差不多要矮小一半，因为这里得水容易，所以用力省，只须小型的农具就够了。

嘉兴朝南，土壤就两样了，难得见有整大块的田，土地有时高、有时低，沿铁路二边护路的竹笆做成波浪形，起伏不一了。低的是田，高的是地，地上面发生着桑树和多种灌木，田中不尽是种稻，到了临平附近一带大都种麻。古人形容农家生涯，往往麻桑二字连称，这真不是文字的拼凑，而是写实的话。

王店车站附近有一座石佛，从车上看去大约有八九尺高，佛像是趺坐的，座高约三尺，身高约六尺，石佛的附近四周并无其他的遗迹。猜想起来，这里或许是一座古刹，当时烟雾薰天、烛火染霞的风光给骎骎的岁月消蚀尽了，只让夕阳和荒草伴着这座作为独一的标识的寂寂的石佛了。

车子将近临平，从块然的临平山尾望去，已看见围住西湖的那些山峰了。在午后二点钟左右，看这些站得远远的山岭，只是天边上几笔曾经米泔水洗过的墨点，黯淡的颜色正是主写意的米家笔法的临本。

二时半到杭州。六时到青年路书铺买《明史例案》一部四本，钱一百二十元。

十五日

晴。下午到新民路一带书铺看书，在松泉阁见《浙江潮》一部十期，在里面，鲁迅写过二篇文章，《斯巴达之魂》刊第五、第九两期，列入小说类；《说铂》一文列入科学类；均署名自树，索价一千六百元，以价高未买。店主对于近代杂志报纸很熟悉，阿英曾经托他搜集清末民初的杂志报纸，得《浙江潮》一部，补全一部，并介绍郑振铎买一部，书价都是八元，是事变后一年的事。又见《山阳县志》及《续志》，《续志》一共十本，内中艺文志占了七本，正是中了章学诚所说的方志八忌中的详略失体的毛病了。买《科学与迷信斗争史》一本，钱二十元。

在文汇堂买《江都县续志》一部，钱三百元；新诗集《埃及人》一本，钱二十元。江都是汪容甫、焦里堂的故乡。这部《续志》有几点特色：有大事记，有咸丰三年以来兵事月日表、职官殉城表、军营乡团死事表、士民殉城表、妇女殉城表，这里保存着一部分关于太平军活动的材料。就是在县志中有大事记及年表的，也很少见的。因为一般修志的人囿于地理观念，不能认识方志应该是一方的人的生活的历史。只有民国廿五年黄炎培修《川沙县志》，特立大事年表，别具卓识。江都《续志》刊于光绪十年，已能有此先见，确是很难得的了。

图 4　苏小小墓
（摄于 1921 年前）

十六日

晴。下午雇船游西湖。先到三潭印月，满池荷叶，翠绿逼人，眼色为之一变。荷风中杂有桂花香，遍觅桂树不见。就九曲桥畔买莲蓬三枚，钱二十元。船再到湖心亭，地方甚小，造佛殿一座几占地一半，四边树木疏落，致黄墙撩人眼光，一望即知非幽景胜地。船到岳坟，登岸，第一使人注意的就是苏小小墓，一个水门汀做的精光是大坟尖，四周紧贴着红漆的柱子，谁相信下面睡的是一位名倾江南的女人。过西泠桥，顺着白堤，到西泠印社，这是一个有名的精于布置的所在，虽经变乱，规抚犹存。只是卖的书画没有什么精品，挂着的拓片和西湖边的书铺里卖的一模一样，都粗糙得很，记录西湖艺文和掌故的书，也除了六艺书局排印的小薄本子以外，没有其他的了。

登孤山，新造的亭子有好多座，顿感山小亭多，立刻打消访寻林和靖的放鹤地的念头。从孤山下来，沿白堤走去，过朱文公祠，顺便一弯，跨进大门，已见二道门当头路一桌“麻将”，看光景正在兴头上，走进去恐怕惹人讨厌，赶忙退出来。

回头到岳鄂王庙，一看岳坟的坟顶也改做水门汀的了。四个铁人，受了风雨剥蚀，胸前所镌名字将不可辨识。《江都县续志》卷十九名迹考记岳武穆王祠条说“庭列铁人五”，不知多出的一人该是那一位。

今夜是农历七月三十日，习俗该是地藏王诞。入晚，马路二边人家沿人行道插棒香点小红蜡烛，以路面及人行道全是水门汀，隙孔极少，所以插香参差不一，不如我乡是晚沿街满是一长条一长条的香火线，星火万点，蜿蜒游去之为好看也。但近来香价贵，今晚光景不知略逊否。靠近官巷口有一家卖玻璃五金的店铺，门前也插香点烛，但供着的却是一块小玻璃，想为玻璃生意祈福的，这已是背乎地藏王诞的原意，而为习俗中的变格了。

十七日

晴。今天是农历八月初一，香汛的日子。晨，雇船斜穿西湖到茅家埠，登岸。岸边已泊船约二十多艘，全是到灵隐的香客。从下茅家埠到上茅家埠，沿路农家种烟叶的很多，为了气候和土壤的关系，照已采下的烟叶看来，都不是上品。田间尚有放着花的烟杆子，伞形的花朵，秀丽巧小，衬着掌大的绿叶，很是别致。过下茅家埠就是普福岭脚，沿路站立的节烈坊，时常可以碰到。森森石坊，像排列着一队冤魂向路人诉说中国妇女生活史上最痛苦凄惨灭杀生机的一面。路二旁野生小竹很盛，高约三四尺，茎极细。我乡古猗园有一个竹枝山，种的就是这种小竹，当时游园的人都认为园景特色之一，当它是异品。但是古猗园已成一片瓦砾，从前胜景，化作烟云，竹山无竹，只有补阙亭屹立山头，呆呆的守望着这一块荒场。从岭脚到灵隐，过黄泥弄，常有四脚小蛇出现，全身长约四寸，尾约二寸，背部黑色，夹杂细狭的深黄条纹，腹部全作淡蓝色，远看去很美，闻脚声就遁入草丛。此时人在山脚下行，四周高峰绵延，山色同时有深有淡，照着太阳光的山峰黄石青松，颇见鲜丽，有几个山峰，给云把阳光挡住不下来，就变作一片暗绿色，像熟睡的巨人。这种景色在西洋画中还可以分别得出颜色的明暗，在过去中国画里就难以做到这般写实的地步了。因为它可以分得出远近，却辨不出明暗，所以画人物总是须眉毕现，写山色不分鲜黯了。

黄泥弄到灵隐，约有一里路，不多一会就到了山门，有盲人导游飞来峰、老虎洞，一边摸索，一边解说，是一个特别向导人，所说都是济颠的传说，虽然无稽，对于游客倒很相宜，既来佛地，当寻些仙迹增趣也。飞来峰有石佛甚众，虽非古远，在江南，亦是稀有的了。十八小罗汉头部均为妄人敲去，相传头中有宝物，致招此厄。此事不知行为何时，亦为当时民风一证。飞来峰一线天，只一山隙而已，今天幸是晴天，小孔中尚可窥阳光，在阴雨的日子，恐怕无从一窥洞天了。山门向里，沿路有卖念珠、木鱼、天竺筷、石章之类。念珠都称檀香木，验之，实是香柏上抹了一层香料罢了。天竺筷颇负盛名，却不如我乡水磨竹筷之洁净大方。所看石章，都是劣品。惟有小木鱼，击之丁丁，物小声高，尚可喜，买一枚，钱十五元。进山门第一个好地方就是冷泉亭。张岱云："丹垣绿树，翳映阴森，亭对峭壁，一泓泠然，凄清入耳，亭后西栗十馀株，大皆合抱，冷飔暗樾，遍体清冷。"所说尚无大出入，在我跑了六七里路之后，有这样一个好地方息脚，是觉得凉快得很。

登云林禅寺大雄宝殿，其后就是观音殿，再后是计划中的藏经楼所在地，现存旧屋，已废。云林是江南名寺，靠山，近湖，颇得自然之胜。但是以前建筑，毁于洪杨之役，现在所见的不及以前的一半了。

从灵隐步回茅家埠，乘船到南屏净慈禅寺，寺亦非旧观，古迹有运木古井，新建有防空洞，一一看过之后，出寺，寺前小山就是雷峰塔旧址，以塔圮已久，游迹少至，山径荒芜，绕山走了一回，没法上去，只得退下来。

乘船回到湖滨公园码头，将近四点钟。至新民路文汇堂买浙江图书馆本《太炎文录》一部，取其本子较大而清晰，钱一百元；《思痛记》一本，《入都日记》一本，钱各六十元，二书都是李小池写的。《思痛记》在洪杨史料中，算是有名的一本了。

十八日

晴。上午到三元坊、清河坊一带去闲荡，全城热闹的地方以此段为最。据我这个陌生的游客看来，差可比之战前的上海小东门，绸铺、银楼，最是触目，建筑物都作半旧洋式，挂旗迎风招展，其景象至为相如也。在旧书铺里买《新潮》第一卷合订本一本，《赣榆县志》一部，《荆溪县志》一部，诗剧《曼殊的梦》一本，作者严梦是初日楼严既澄的兄弟，诗集《茅屋》一本，《西湖鱼类志》一本，钱五百三十元。

下午沿湖滨公园向西走去。隔湖看雷峰旧址匍伏在南屏脚下，直是一个土堆，就是在它头上立着一座塔，还是矮小得很，也并没有什么好看，倒不如保俶塔的屹立山尾，很有挺秀的气势。远望湖心亭，仍然看不出它有什么别致的地方，我想起《陶庵梦忆》中《湖心亭看雪》的一段情词幽绝的文字，恐怕现在即使是严冬，也无此情景了。到断桥，在桥心稍立，桥的一边是白堤，夹堤全是老树，望去远处，路入绿荫，不知所终，因为西湖是东西宽，南北近的，白堤在湖的西端，东望湖景，目光所及，最是深远。南边罗列着南屏、北高峰、玉皇山。北面是一带湖滨公园的石岸。对面远处就是平湖秋色，湖静山寂，柳绿水暗，我呆立桥头，忽然想起数日间湖上来去，只在此刻方始真切的领略西湖的清秀。

春日游杭记

林语堂①

一

我由梵王渡上车，座位并不好，正与一个像是土豪的人对座。这时大约九时半。开车后十分钟，那位土豪叫一盘中国式的西菜，不知是何道理，他的比我们常人叫的有两倍之多，他便大啖大嚼起来。我看他大嚼。茶房对他特别恭顺。十时零六分，忽然来一杯似乎是五加皮酒。说也奇怪，杂碎的大菜吃完，接着是白菜烧牛肉，其牛肉至十二片之多，我益发莫名其妙了。接着又来土

① 林语堂(1895—1976)，福建龙溪人。散文家，小说家，语言学家。创办《论语》《人间世》《宇宙风》等。著有《大荒集》《生活的艺术》《吾国吾民》《京华烟云》等。今人辑存《林语堂作品全集》。本文原载《论语》第十七期，1933年5月16日出版。

司五片，奶油一碟。于是我断定，此人五十岁时必死于肝癌。正在思索之时，进来一位油脸而黑的中山装少年，一屁股歪在土豪旁边坐下，一手把我桌上的书报茶杯推开，登时就有茶房给他一杯咖啡，一盘火腿蛋。于是土豪也遭殃了。青年的呢帽一直放在土豪席上位前。我的一杯茶，早已移至土豪面前，此时被这帽子一推，茶也溢了，桌也湿了。我明白这是以礼自豪之邦应有的现象，所以愿以礼为终始，并不计较。排布定当，于是中山装青年弯下他的油脸，吃他的火腿蛋，我看见他身上佩的徽章，是什么沪杭铁路局的什么员。他吃完便走，乃断定他这碟火腿蛋一定是贿赂。这时土豪牛肉已吃到第九片，怎么忽然不想吃了。于是咳嗽、吐痰、挽冠、搔首，顿有饱乐之时。十时三十一分，茶房来，问他吃好没有？土豪毫不迟疑的说"等一会"。经此一提醒，土豪又狼吞虎咽起来。这回特别快，竟于十时四十分全碟吃完。翻一翻报，脸上看不见有什么感触，过一会头向桌上一歪，不五分钟已鼾然入寐了。我方觉得安全。由是一路无聊到杭州。

到了杭州，因怕臭虫，决定做高等华人，住西泠饭店，虽或因此与西洋浪人为伍，也不为意。车过浣纱路，看见一条小河，有些妇人跪在河旁浣衣(并不是浣纱)。因此便联想起西施，并了悟她所以成名，因为她是浣纱，尤其因为她跪在河旁浣纱时的姿势。

到西湖时，微雨，拣定一房间，凭窗远眺，内湖、孤山、长堤、保俶塔、游艇、行人，都一一如画中。近窗的树木，雨后特别苍翠，细草茸绿的可爱。细雨蒙蒙的几乎看不见，只听见草叶上及田陌上浑成一片点滴声。村屋五六座，排布山下，屋虽矮陋，而前后簇拥的却是疏朗可爱的高树与错综天然的丛芜、蹊径、草坪。其经营毫不费工夫，而清华朗润，胜于上海愚园路寓公精舍万倍。回想上海居民，家资十万始敢购置一二亩宅地，把草地碾平，花木剪成三角、圆锥、平头等体，花圃砌成几何学怪状，造一五尺假山，七尺鱼池，便有不可一世之概，真要令人痛哭流涕。

二

半夜听西洋浪人和女子高声笑谑，吵的不能成寐。

第二天清晨，我雇一辆汽车游虎跑。路过苏堤，两面湖光潋滟，绿洲葱翠，宛如由水中浮出，倒影明如照镜。其时远处尽为烟霞所掩，绿洲之后，一片茫茫，不复知是山是湖，是人间，是仙界，画画之难，全在画此种气韵，但画气韵最易莫如画湖景，尤莫如画雨中的湖山；能攫得住此波光回影，便能气韵生动。在这一副天然景物中，只有一座灯塔式的建筑物，丑陋不堪，十分碍目，落在西子湖上，真同美人脸上贴膏药。我问车夫这是什么东西，他说是博览会纪念塔，世上竟有如此无聊之尤的留学生作此恶孽。我由是立志，何时率领军队打到杭州，必先对准野炮，先把这西子脸上的烂疮疤，击个粉碎，后人必定有诗为证云："西湖千树影苍苍，独有丑碑陋难当。林子将军气不过，扶来大炮击烂疮。"

虎跑在半山上，由山下到寺前约有半里山路，佳丽无数，我由是下车步行。两旁有大树，不知树名，总而言之，就是大树。路旁也有花，也不知花名，但觉得美丽。我们在小学时，学堂不教动植物学，至今便吃亏。将到寺的几百步，路旁有一小涧，湍流而下，过崖石时，自然成小瀑布，水石潺潺之声可爱。我看见一个父亲苦劝他六岁少爷去水旁观瀑布。这位少爷不肯。他说水会渍湿他的长衫马褂，而且泥土很脏。他极力否认瀑布有什么趣味。我于是知道中国非亡不可。

到寺前，心不由主的念声阿弥陀佛，犹如不信耶稣的人，口里也常喊出“O Lord”。虎跑的茶著名，也就想喝茶，觉得甚清高。当时就有一阵男女，一面喝茶，一面照相，倒也十分忙碌。有一位为要照相而作正在举杯的姿势，可是摄后并不看见他喝。但是我知道将来他的照片簿上仍不免题曰“某月日静庐主人虎跑啜茗留影”。这已减少我饮茶的趣味。忽然有小和尚来问我要不要买茶叶，于是我决心不饮虎跑茶而走。

虎跑的茶可不喝，而寺僧所设置的开水壶却不可不研究。欧洲和尚能酿好酒，难道虎跑的和尚就不能发明个好水壶(也许江南本有此种水壶，但我却未见过)。壶是紫铜做的，式样与家用的小水壶同，不过特大，高二尺，径二尺半，中间有个长囱，壶身中部烧炭，四周盛水。囱后侧有一个漏斗形的加水管，壶耳、壹嘴俱全，只想不出怎么倒动得这笨重的大水壶。我便请教那和尚。和尚拿一白铁锅，由缸里挹点泉水，倒入漏斗，登时有开水由壶嘴流溢出来了。我知道这是物理学所谓水平线作用，凉水下去，开水自然外溢，而且凉水必下沉，热水必上升，但是我无脸向他讲科学了。这种取开水法既极简便，又有出有入，壶中水常满，真是极有科学的机构。

三

我每回到西湖，必往玉泉观鱼，一半喜欢看鱼的活泼动作，一半是怜悯他们失了优游深潭浚壑的快乐。和尚爱鱼放生，何不把他们放入钱塘江，即使死于非命，还算不负此一生。观鱼虽然逸乐，总不免假放生之名，行利己之实。

观鱼之时，有和尚来同我谈话。和尚河南口音，出词倒也温文尔雅。我正想，素食在理论上虽然卫生，总没看见过一个颜色红润的和尚，大半都是面黄饥瘦，走动迟缓，明系滋养不足。

因此又联想到他们的色欲问题，便问和尚素食是否与戒色有关系。和尚看见同行女人在座，不便应付，我由是打本乡话请女人到对面池畔观鱼，而我们大谈起现代婚姻问题了。因为他很诚意，所以我想打听一点消息。

“比方那位红衣女子，你们看了动心不动心呢？”

我这粗莽一问，却引起和尚一篇难得的独身主义的伟论。大意与柏拉图所谓哲学家不应娶妻理论相同。

“是人，怎么不动心？”他说，“但是你看佛经，就知道情欲之为害。目前何尝不乐？过后就有许多烦恼。现在多少青年投河自尽，为什么？为恋爱？为女人？现在多少离婚！怎么以前非她不活，现在反要离呢？你看我，一人孤身，要到泰山、妙峰山、普渡、汕头，多么自由自在！”

我明白，他是保罗、康德、柏拉图的同志。叔本华许多关于女人的妙论，还不是由佛经得来？正想之间，忽然寺中老妈经过，我倒不注意，亏得和尚先来解释：“这是因为寺中常有香客家眷来歇，伺候不便，所以雇来跟香客洒扫的。”其实我并不怀疑他，而叔本华、柏拉图向来并不反对女人洒扫。

西湖旧屐录

文载道①

前几天，接到一位远道友人的手书，我一面欣慰于故人的旅途的平安，一面又想起和他旧日的谈笑游钓之地。我平生所到过的名胜极少，偶然的出了一二次门，也还是靠他的引导与陪伴。此刻月光似水，夜气如磐，家人们都已经蘧蘧的入梦了，我随着袅袅上升的烟圈而“想起了当年事”，却也不禁有如梦之感。“四郊多垒，大夫之耻也”，所以眼前虽春游有心，然举目河山未免情趣迥殊，遂致奋飞无力了。于是只得从书箧中翻出一本旧日记来，看到里面有几则杭游的旧记，就将它另加钩稽排比，藉以答编者先生的雅意。

---

① 文载道（1916—2007），即金性尧，浙江定海人。学者，散文家，编辑家。曾主编《文史》半月刊等，1949 年后任春明书店、上海文化出版社编辑。著有《星屋小文》《文抄》等。今人辑存《金性尧全集》。本文选自《风土小记》，上海太平书局 1944 年 6 月初版。

图 5　杭州城
（摄于 1868 年）

因了苏杭是中国的名胜之区，所以去旅游的人也特别的多，倘写游记之类，尤其可以作摇笔即来，取之无尽的题材。那末，现在一挨到我来效颦，于珠玉当前的对比之馀，其为平庸浅率也自不待言。同时，复因我向来缺少织绘大自然的本领，不能对湖光山色有所渲染，故而只有退一步的，拣几个特别深刻的印象来说上一通，而结果自然议论多于描写了。这对于游记的体裁明知极不相宜，但也只得自我作故了。

十年前看了俞平伯先生的《燕知草》，使我对于西子湖风光，在一般的神往之外，又多了一重艺术性的憧憬。即使是它的题目，如《绯桃花下的轻阴》，如《楼头一瞬》，如《西泠桥上卖甘蔗》等，略一沉思，足以把我的想象带到碧阑干外了。其自序中有云，“追挽已逝的流光，珍重当前之欢乐，两无着落，以究竟将无所得也。回首生平，亦曰‘洞然’而已。至其间悲欢陈迹，跳跃若轻尘而曾不得暂驻者，此何物耶？殆吾生之幻见耳”。于凄怆中乃有哲理的思索。自此十年，至客夏又读张宗子的《西湖梦寻》，虽然作者、读者的时代俱大不同，可是冥冥之中仿佛尚有共通的一境，无怪有人要说古槐主人有点像陶庵的了。张君的序文也说:“余生不辰,阔别西湖二十八载,然西湖无日不入吾梦中,而梦中之西湖,未尝一日别余也。”陶庵是明末的人,且又亲遭陵谷之变,故一出其笔下遂觉别有枨触。艺术的最高的理想,是美,是和谐,然而现实所给予我们的,却处处是丑,是残缺,于是在不完全的现实里,追求那一刹的享受欢乐之后,若果犹有感想,便不妨留下一点痕迹,作他年的追挽,信如古槐主人诗云,“而今陌上花开日,应有将雏旧燕知”,至少至少,还有禽鸟们等候你的寄托倾诉呢。

话说一九三七年五月二十三日,由宗兄K君之引,乘上午八点二十五分的火车第一次到杭州,即下榻于K君的寓所里。这是一所三上三下的旧式住宅,绕过天井还砌着花坛,因为主人不常在家,所以里面的陈设、花草都显得凌乱荒芜,不过给我们旅行者短时的驻足,却适宜极了,自由极了,毫无宾主之间的拘束隔阂。但我们的膳食,却是K兄的外祖母家供给的,因为K兄是一个回教徒,不能随便的上馆子吃饭,最多,只能到素食馆里去,这却使肉食的鄙夫如我者,感到大大的苦闷。同时,又因我是一个神灭论者,遂使彼此间时起争执,有一次甚至于迫得他拂袖而起。我以为我们纵使信仰某一宗教，但对于它的许多细琐的仪式、信条，大可不必遵守，而他却以为应该有一丝不苟的精神。曾经有一天，我和他到素食馆进早餐，大家招一客素面，我因为吃不惯素，事先在陆稿荐买了几块猪肉，这时想把它割得小一点，无意中向他的行囊中拿出小刀来切，不料待到他看见，却已切过几下了，从此就将那把刀送了给我。他还告诉我说，他的尊翁为了衣角上给别人擦着一点猪肉，便将这袭狐裘袍子不要了。我这时正在读唯物史观之类，益发觉得他们行径的拘泥可笑。不过对他们信仰之坚，洁癖之深，却也相当的敬服。

用了午饭，我们就驱车直达湖滨。哦，我见了渴想多年的西湖了，我像梦游似的抵偿了十年来所憧憬的宿愿！然而我怎样的来刻画它，形容它呢？一切姝丽的、飘逸的词眼，都给前人说完了。而且我还有点“胜利的悲哀”之感——世上一切的幻想或希望，一旦果然的实现了，反而感到“不过如此”！但西湖终究是令人流连与徘徊的。我想，一个名胜的造成，不仅赖乎地理上的天然条件，而且还有待于气候、人文、历史等的辅助配合；

总而言之，需要一种浑然一体的美的空气。诚如东坡先生所说，“淡妆浓抹总相宜”。而西湖却具有那种骨肉停匀、疏密有致的风度——形式和精神的统一。例如西湖的风，一拍着那平净而清澈的湖面，也总是显得那么的从容潇洒。接着，就是一连串的涟漪，在波光中晕似的幻化开来，然后又还原于汩汩的一片。忽然的，又从天外飞来两匹燕子，剪着波心穿了过去，在琅琅的碧云空下画上了一点两点，然而一转眼却又投入孤山里了。于是暮色渐渐的盖了下来，而晚风也稍微的挟了一点峭寒，在断桥那边吹来。于是皎然的月色，又洒落在湖上了，像水银般的铺成脉脉清凉，不断的在波光中动荡着。“二十四桥仍在，波心荡。冷月无声”（按，此词亦有主张以心字点断者），我们正好将姜白石的词句，移用在这里。

虽然旅杭的日子并不久长，但西湖的夜景却永不能忘却。一般人对于西湖的印象，概括的说来，大约不外乎娟秀妩媚，也便是美学家之所谓“柔”的一面，因此，我们可以说，夜是应该属于西湖的。

那是来杭的第五日，我们先在旗下游了半天，又上西园的三楼吃着茶，嗑着瓜子，互相的诉说个人的身世抱负，看着斜阳从窗槛中慢慢消逝，才下得楼来，到清真教门馆晚膳。饭后，我们叫了一只艇子，无目的地在湖中让它飘着。这时湖边的灯火，都先后的辉煌起来，但从远远看去，简直分不出这是灯火，还是星斗？而孤山，而断桥，而白堤，却已隐没在五月的夜空之下了。仿佛一张青灰的油布上，随意的画上一发山峰，一星桥影，一钩堤痕，而一位高明的画家，就把这些衔接起来，成为一幅浓淡错落的素描。我正这样想的时候，远处又传来了几声披霞娜，在百静之中特别显出它的清晰而净淙，投在杳然莫测的水之中央。我觉得，凡是一枝优美的乐曲，往往渗透着一种水似的韵味。俞伯牙操琴，锺子期誉诸高山流水，而伯牙许为知音。就是唱京戏的旦角，听说也必需具备一种“水音”，方是上乘之材。可见得音调和水的关系，是如何的紧要了。其实，干脆的说，水的本身原是一支自然的乐曲。它流到九溪十八涧，是一种声音，它流到太平洋，又是一种声音，它流到滚滚的长江，或滔滔的黄河，又是一种声音，而每种声音无异是每支乐曲的更换变化，只是西湖的水格外的富于艺术的意蕴罢了。

我们在一天星月之下，听着那柔和的桨声，踏着湖波溶溶地前进，我们只有沉默，只有冥想，反而说不出一句贴切的话来。而偶然的，从湖的那边传来一片马蹄之声，为无际的夜色减除一点肃寂，但等到蹄声去得远了，没了，却换来一个更大的静穆，更大的苍凉。这样，我慢慢的从怀里取了卷烟出来，逆着风擦上了火柴。而K兄也终于吟起这样的句子来了：倘得黄金休散尽，归来须作小丹丘。（记不清爽是不是这几个字?）他告我说，这是他的乡前辈朱彝尊先生作的。我也背给他两句诗：自从湖有鸳鸯目，水鸟飞来定自双——这也是朱先生作的，题曰《鸳鸯湖棹歌》。于是我们酸溜溜的开起半缸醋来，大有逃避现实之意。不过人在这样的境界中，大约谁都免不了会得灵魂的柔软吧？但虽然如此，我们对于人生的看法，却是大有距离，而且因此之故两人时有争论和驳辩。可是现在K兄已远适巴蜀，我还偃蹇海上，要想再有这样坦白的辩难，就不可骤得了，涉笔至此，怅惘无已。

这一夜，我们一直到亥子之交才始从清波门上岸，再步行至寓所。他又说,愿意将这花牌楼的房子卖掉,在湖滨另作别墅。但我不赞同在湖滨长住。因为我们对于一切美的欣赏,应该保持一点心理距离,如果一天到夜的对着湖光山色,则湖山就未必能引起我们深切的依恋,深切的低徊,反而会感到厌倦。最好,与住所相距有十里之遥,偶然的于一个月中,来此盘桓徜徉,“汔河小休”,方能于精神上,于心理上,有一番愉快轻松的调剂,然后又依依的跟它叩别,留下了不可磨灭的印象。正如天天读李杜的诗篇,也会逐渐生厌,所谓忙里偷闲,方是真正的领略悠闲之趣。否则,便流于无聊和扯淡,变成“几乎无事的悲剧”了。少读宋人诗云,“因过竹院逢僧话,偷得浮生半日闲”,至今犹觉绿叶森森中有此悠然一境,这样的半日之闲,才抵得上十载的劳顿。

我对于美的观念,直到今天,还是觉得必须保持一种心理距离。而上述诗中的“半日之闲”,也是在这次杭游下天竺中,才依稀的领略个中情趣。

第二天的上午,K兄特地为拜访他老师而至下天竺。这位老先生也是曾经沧海的人,胸中积学甚富,现在却过着类似隐士的生活,幸喜那边的方丈很对他优遇。他一见我们来了，表示非常的殷勤，并且谈得很投机，我就趁机将许多古书上的问题向他请教，承他详细的为我解释。待到我们要告辞了，却兀自不放我们，要吃了午饭才好走，我们自也不敢过于拂他的兴趣了。山寺的空气多数是荒凉旷荡而又阴沉，大佛宝殿的长明灯，永恒的照着众生的无告的心，午饭时钟声响了，食堂里顿时的增加了忙碌与紧张，我记起王播的“上堂已了各西东，惭愧阇黎饭后钟”的诗，不禁作了会心的微笑，和尚倒比在家人还势利呢。我本想将这段故事告诉那位老先生，总觉得有点孟浪，就只得隐着不说。接着，寺中的午膳开出来了，自然是一律的素餐，菜凡八器，而食客则有三人。其中有一二种还是那位老先生关照和尚，叫他忙上从菜圃里拔起来烹烧的，故而一上舌本，果然不同庸味。这就因为得土膏露气之真，才能使色、香、味皆觉一致的醇厚鲜美。记得会稽茹三樵在《越言释》的《杜园》上云：“杜园者兔园也，兔亦作菟，而兔故为徒音，又讹而为杜。今越人一切蔬菜瓜蒜之属，出自园丁，不经市儿之手，则其价较增，谓之杜园菜，以其土膏露气真味尚存也。”

这末了的一句，正是一切素食的精华所在。昔人诗有“夜雨剪春韭”之语，也是取其活色生香的佳处。但我尤其喜欢品味之间的酽酽的情调，使我们浸润在清新苍翠的山林之气中，而又对着一位饱学的通儒，不但感到菜肴得味，即令语言也觉醰醰多致。孔子云，“饭蔬食，饮水，曲肱而枕之，乐亦在其中矣”。这一天我所得的朴素隽淡的风味，正符合了孔子的这一段话。东坡先生诗曰，“秋来霜露满东园，芦菔生儿芥有孙，我与何曾同一饱，不知何苦食鸡豚”。深得诗人温柔敦厚之旨，真要感到肉食者鄙了。不过我想，既然芦菔生儿而芥菜弄饴，那末岂非和鸡豚一样的饱含生命之力，而且一样的要令人不忍下箸了吗？所以严格的素食者，就只拣断梗残叶，自行腐烂者，如佛氏所云，“若为己杀，不得噉。若肉林中已自腐烂，欲食得食”。总而言之，荤素与否尚在其次，第一还得看所食的物有没有这一息之存，如古代的欧洲人，主张只能吃烂苹果坏鸡蛋败菜叶，而吃了果实之后，还须把核都种在土里，以免犯“堕胎”之罪云。前几天看了陶亢德先生记缘缘堂主人的吃素，说是“从小就闻荤腥作呕，便这样吃素吃下来了”。不禁感到此意大妙，妙在自然而简单。别无什么悲天悯人的大道理，盖如李笠翁所云，茹素本来是取其“渐近自然也”。只是后来的丰先生，已经将吃素和拜佛并为一谈了。

在寺中吃了午饭，这位老先生还带我们到寺后的竹林中去，而和竹林相隔一间的，便是绿油油的菜畦，这时已是孟夏天气，有几株已经开起嫩黄的菜花了。又见万绿丛中，蹲着一匹漆黑的老鸦，一看见我们，就翻着身拍翅远遁了。另外有一个小沙弥，正在从容地浇着水，一切皆显得和谐安适，有田园的亲切与山林的萧疏。我们信步的走到一角荒亭里面，又谈了片向，这才和那位老先生依依话别，他并且很客气的要送我们下山，经我们再三辞谢，只得送到寺门口，在弥勒的神龛前互相一揖而散。

我们本来还可多坐一下，但因为急于要到岳王坟去，只得跳上人力车直驶那边。岳坟面向苏堤，论气象或风景，可谓巍峨壮丽。冯焕章先生并于墙上题大字四：“民族英雄”。我们先向岳鹏举的神像前“脱帽致敬”，再到墓前看秦会之等四个铁像，觉得不及想象中那样的大，只如乡间的土地之流，然而看了这跪着的铁像之后，却使我闷损至今。

近年来，研究南宋的史实如吕思勉、曹聚仁、陈登原诸公，都以为岳飞的治军很少纪律。我现在不想谈这些问题，因为自审于历史毫无素养，结果难免弄到文不对题。但自从看了这四个铁像之后，却老老实实的觉得，这实在有损于我们的民族的尊严！我们对于一切乱臣贼子，尽管诛伐也好，唾骂也好，讽刺也好，不过铸了铁像，而又在青天白日之下，让游客任意的去撒上一泡尿，或在王氏的乳房上趁便摸了一把，却是一种最下流最轻薄的无赖的行径——而且还是公然的在岳坟前。我们究竟是向岳飞表示尊敬呢，还是表示侮渎？“怨毒之于人深矣哉”，不错，小民们自有其爱憎与好恶。但是爱憎要分明，而好恶更需要有严肃的精神作基础。否则，如仅以撒尿摸乳来替代泄愤切齿，则不过是自我陶醉与“精神胜利”，在发扬享格阿Q的衣钵罢了。乡间小儿吵架，如一方无力而被屈服时，必偷偷的在墙上把对方写作小乌龟字样，或暗地咒骂仇家父祖的名字以逞一快，这在成人们往往要感到可笑，甚且讥为乏虫与孱头；奈何代表民族的毅魄忠魂而又誉之为东南名胜如岳王坟者，却有这种丑恶秽俗的现象存乎其间？所谓遗臭万年云者，这被遗的倒并非是秦公本人，却是落在“民族一分子”的我们这一面了。知堂老人在《再谈油炸鬼》一文中云（见《瓜豆集》）：“国人的喜怒全凭几本小说戏文为定，岂非天下的大笑话，人人骂曹操捧关羽亦其一例。‘第三，有所怨恨，乃以面肖形炸而食之，此种民族性殊不足嘉尚。’在所谓半开化民族中兴行种种法术，有黑魔术以伤害人为事，束草刻木为仇人形，禹步持咒，将刍灵火烧油炸或刀劈，则其人当立死。又如女郎为负心人所欺，不能穿红衫吊死去索偿于乡闱中，只好剪纸为人，背书八字，以绣花针七枝刺其心窝，聊以示报。在世间原不乏此例，然有识者所不为，勇者亦不为也。小时候游过西湖，至岳坟而索然兴尽，所谓分尸桧已至不堪，那时却未留意，但见坟前四铁人，我觉得所表示的不是秦王四人而实是中国民族的丑恶，这样印象至今四十年来未曾改变。铸铁人，拿一颗树来说分尸，那么拿一条面来说油炸自无不可，然而这种根性实在要不得，怯弱阴狠，不知自耻（孔子说过，知耻近乎勇）。如此国民何以自存，其屡遭权奸之害，岂非所谓物必自腐而后虫生者耶。”

图 6　杭州水巷
（摄于 1936 年前）

这一段话实在说得沉痛之至，也切贴之至。末后引孔子的知耻近乎勇之说，尤其令人警惕。要之，无论铸铁像、念咒语、炸面食，无不表示“怯弱阴狠”，而世上惟最怯弱者也惟最阴狠，盖对暴力既不敢作正面的反抗，最后只有出以残忍的报复了。而总括一句，便是念符画咒的旧伎俩，再加上偶像崇拜的旧传统；此则义和团的精神正是一个好例子也。

带着这样的感想出了岳坟，天上已经下着霏微的细雨了，可是我们却还贾着馀兴到灵隐。天下名山僧占多，我们连对和尚生活也起了羡意。据说灵隐的五百尊罗汉，自从被太平军焚毁后，这次又遭了一回火灾，但已由闻人之流在募款重建了。“放下屠刀立地成佛”，这虽然不失为忠恕之道，让凡夫都有自新的路，可是却也令人觉得，在这样的社会里，凡有权力的人，固然可以任性的作恶，同时也可以随意的为善。总而言之，只要有权有势，一切都显得容易方便，而善恶于是乎就没有谨严的界限了。

在方丈那里吃了新烹的龙井，又在灵隐的激流中摄了一张照，再至玉泉观鱼。这时天已晴了，可是雨后的玉泉池又别有一番风光。我们丢了麦饵下去，鱼就挤着争食，那一片唼喋之声，恰如雨点落在池面一样。我们立在栏干前踟蹰了好久，才跳上豫雇的人力车，载着一轮落日到了饭馆。但待到回家半小时之后，楼外却琤琤地下起雨来了。我记得《燕知草》的一开始，便是记载初入湖楼的雨景："这是我们初入居湖楼后的第一个春晨。昨儿乍来，便整整下了半宵潺湲的雨。今儿醒后，从疏疏朗朗的白罗帐里，窥见山上绛桃花的繁盛，斗然的明艳欲流。"这一段文字真有点觉得酒似的沉醉，可惜我们的寓所里没有这种优美的背景，不过就是在小楼一角，听听这些作着细语潺潺的雨声，或破雨声而来的"卖花呀，卖珠兰花呀……"的悠回的叫声，也足以把一身的尘俗，为雨珠所涤尽了……

三十二年四月二日，灯下

浙北篇

嘉兴特写

陈宝鉴①

一　古迹

说起槜李这古地名，你该记得是春秋时越败吴的地方，就是现在的嘉兴。嘉兴也正是当初吴越的交界地，所以嘉兴城的西门叫通越门，北门叫望吴门。一提起吴越战争这历史，不由人想起卧薪尝胆的越王勾践，他的“十年生聚，十年教训”，结果雪了“会稽之耻”；但其中还亏了一位为国牺牲的美人，她的芳名说出来，大家知晓的，是西施。西施在这里留下了许多艳事，至今还得凭人确能指出的是范蠡湖畔的梳妆台。台在南门女子中

① 陈宝鉴，生平不详。本文原载《浙江青年》第一卷第五期，1935 年 3 月出版。

学的门前，据说台下水中产生五色螺，螺是古时女子用作画眉用的。这地方现有个范蠡祠，墙下有个古碑镌着“陶朱古里”四个字。

留下古迹的主人，至少要得到多数人本来已闻其名。这里有两个古墓，墓中人可说是妇孺咸知。一个是马前泼水的朱买臣，一个就是脱离了他的妻子——覆水难收的崔氏。在平剧里有《马前泼水》这出戏，是号称伶隐的汪笑侬拿昆曲来改编的。有人证诸正史，说剧情和事实有些出入，但讽刺人情势利确实下着有力的针砭。买臣墓在东门东塔寺后，有明朝建立的墓碑；崔氏的墓在北门杉青闸近旁，称为“羞墓”。戏剧里说，崔氏初嫌朱买臣贫穷，改嫁给管杉青闸的小吏，不上几年那知道买臣一举成名，做了会稽太守，走马上任的当儿，从苏州路过嘉兴的杉青闸地方。崔氏拦马要求重回朱姓为妇，买臣倒下一桶水，叫她收得起水方能答应，当然表示着如覆水难收的意思，羞得崔氏就跳在闸畔水中而死。

要是看过《西湖佳话》的人必知道苏小小是个才色兼全的名妓，杭州西泠桥畔有她的一座芳冢，到清初给朱竹垞一考据，他说杭州西湖的是假墓，真的却在嘉兴。

图 7　朱买臣墓
（摄于 1929 年）

嘉兴县前贤娼弄有一个苏小小墓，县志上载着是晋代歌姬，娼而贤，因此连弄都改称了。不过西湖的苏小小墓据说是南齐人，《七修类稿》上载钱塘有两个苏小小，南齐的墓在西湖，宋朝的墓在嘉兴（所称的宋苏小一段故事，《玉堂春》平剧就是由此脱胎）。实在墓在嘉兴的决不是宋朝人，宋初的《太平寰宇记》已有嘉兴苏小小墓，唐人徐凝早有‘嘉兴郭里逢寒食，落日家家拜扫归；只有县前苏小小，无人送与纸钱灰’的一首诗。这样说来，嘉兴的苏小小墓或许是真的苏小小墓呢。

城中心有一个叫瓶山的，实是一个高的土墩，走上去可以俯瞰全城鳞次栉比的房屋，原也无甚希奇。起初只知名为瓶山是有一年开垦山脚发现无数尺许长的古瓶，这些瓶大约可分三种：一种上下略尖形近橄榄，一种上下相仿形似白萝卜，还有一种同后者一般模样，左右添了一对耳环。这三种都是陶器，只有有环的一种外面一般黑赭色而里面涂有很好的绿黝。据考古家说，这些都是宋代的酒瓶，一说是民族英雄抗金名将韩世忠驻扎在嘉兴时，犒军的酒喝了，空瓶扔在这里，成了这座山，那有环而讲究些的瓶是将军喝剩的，次下的是小兵喝剩的。这样，瓶是名贵了。

二　交通

这几年来嘉兴的交通可谓突飞猛进，水陆空三路俱全，空的方面附近有飞机场，陆有通沪杭的铁路，不久将有通苏州的铁路，汽车路一头通东方大港的有平嘉路，一头通入江苏省境内的有苏嘉路。倘然你到东门车站去站一回，你可看见这边循着铁轨蠕蠕而来的火车，那边白色木桥上奔驰着呜呜的汽车，桥下面又驶过别别的轮船，碰巧的话，天空里恰好翱翱着一架轧轧的飞机。

这里成了沪、杭、苏、乍陆路交通的孔道，水路又是平湖、海盐、湖州的中心，所以平湖、海盐、湖州、南浔、苏州、新塍等各地汽轮往来络绎。商业也因交通发达而壮观，这里北门望吴桥边有三四层洋楼的几家绸布店，年红灯的耀眼，无线电的聒耳，使过路人兴奋得仿佛经过上海的日昇楼下。望吴桥直至南门的澄海桥，这条五马并行约有三里长的马路，原是古老的城基，如今拆城筑路渐次要完成了。环城马路以外，县前又有条一样的马

图 8　嘉兴站
（摄于 1929 年）

路叫荐桥街，县政府、县党部、法院等大小机关多在这条街上。城区里桥是很多的，为便利起见，逐年将石桥改为水泥钢骨的平桥，特建的玄妙观旁的嘉禾第一桥，小西门外有更大的汽车路桥，改筑好的有宣公桥、菩萨桥等好多条。

街头往来的还只有洋车（黄包车），几个阔气的自己备有漆饰得雪亮的包车，现在城里包车约有三四十辆，载着官吏、绅商、律师、医生、妇孺，等等。因为嘉兴算不得怎样大地方，初起坐包车的着实有了不起的风头，一时路人为之侧目，近来逐渐司空见惯，然而每逢招摇过市的包车，也许这个也须惟有德者坐之，间或有得听到人家喊出和车铃谐声的咀咒——“吃尽当光”。

嘉兴既是水流多的地方，大小船只可也不少，其中最出名的，到过嘉兴的不用我说，就知道所谓摆渡船了。许多摆渡船停泊在东门东园茶楼的后面，以招徕游鸳鸯湖的为主要营业，那些船不是像杭州西湖里一般的划子船，乃是一条有棚的小小渔船，内部有的收拾得干干净净，挂上些美女月份牌照片之类，这些船摇起来非常灵便，一向被人艳称的是因为摇船者常为妙龄的姑娘。

还有一种大船名叫丝网船的，有单夹龙、双夹龙的分别，双夹龙最大，窗明几净，朱碧辉煌。这些船大约来自无锡，船上烧得美味的筵席即所谓船菜。丝网船在这里差不多不能说仅是交通的工具，一般有闲阶级在暖天雇了停泊在湖里，宴客可当作菜馆，徵花可当作秦楼，纳凉又是避暑的浮家泛宅，数年前在船里公然呼卢喝雉起来，那么分明又是赌场。近年来一则民生凋敝，二则赌博未便公开，但丝网船终究是装放有钱有势者的壳笼。

三　风景

嘉兴没有峰峦起伏的山，但有迂回秀美的水，沿运河有很多好的风景。杭州下来的运河到西门外二三里转弯的地方，北岸耸立着三个高大的古塔，各地的塔大多一处建造一个，双塔已是很少，至于三塔并峙的风景，在全国似乎未听见有第二处。三个塔，中间一个较高，两旁的较矮，后有茶禅寺，塔靠近水滨，三个各有红白黑颜色的影子映在水里，交织出非常生动奇丽的光彩。这里又有风帆往来不绝，河光塔影，早晚景色不同，最好的在夕阳西下之时，这里也曾经前人品题过，称为“茶禅夕照”。自三塔到城里，沿途有不少石牌坊，这些都是为妇女贞洁或是节孝造的，其中有一个石柱上像血染一般的一个人影子，即所谓血印僧，其实也许是生就的石纹如此，本不足怪。几年前居然轰动一时，因此敛集了一些钱，竟盖造起一座血影禅院，又将什么笔记上的一段记载附会上去，在庙里立个碑，刊着这段所谓灵异。

坐火车经过嘉兴时，在车上即可望见鸳鸯湖（本地称南湖），湖心有两个岛一般的墩，大的一个有烟雨楼，小的一个有仓颉祠。仓颉祠里塑着一个四只眼睛而披树叶的偶像，屋的四周有不少绿杨。游湖的人大都到烟雨楼玩，楼建造在钓鳌矶上面，下面是荷花池，四周散布着七八个亭榭。房屋中间聚着一堆山石，砌叠得很是伟大也很灵巧，暗成虎、豹、狮、象四种兽形，夹着古木参天，粗的紫藤盘绕得像虬龙一般。这里有茶与酒菜卖，每逢炎夏时候，红男绿女都驾了一叶扁舟到这里来纳凉，最好遇到阵雨，这小小地方笼罩在烟雾之中，等到雨过天青，风流云散，于是一幅天然图画又呈露在目前。在湖里坐条小船任其飘流的，欣赏着青青的菱叶在荡漾

图 9　嘉兴烟雨楼
(摄于 1936 年前)

着，凉风拂拂带来一阵荷香，穿梭般的小船往来，大船上发出笙歌和欢笑，有时一切都不闻不见，船已飘进芦苇丛里了。如在月明的秋夜中泛游，更有一种幽静美丽的风光。

北门外杉青闸地方有个园林，那里有一个亭，题名“落帆亭”，亭上望着苏州方面来的船到此下帆，因为过了这亭前面不远有座端平桥，亭因此题名。春夏时节，对岸一带碧沉沉的垂柳，非常茂盛，绿柳丛中露出海关的红屋，相映得格外艳丽。亭的后面用山石叠成通幽的山洞曲径，和烟雨楼的又是不同，带有苏州狮子林般神韵。四时花木也多，有桂厅前面满植桂树，太白亭供奉着酒仙——李白。

朱庵台桂的发见，不过是近年来事，地点在南门外数里地方，那边有两株古桂生成异样的丰姿，枝干老大，高约三丈，枝叶分层像塔一般形状，较大的一株七台，小的五台，本身屈曲，当初也许经过人工的手术，但如此伟大确是奇观。花开作淡黄色，香飘数里，比寻常桂树花朵大些，开得迟些。这两株古树现在已无从考其年代，据说大约至少是元明时代的东西了。

四　饮食

嘉兴人家吃的米饭会和各地不同的,大多是吃一种所谓冬春饭,别地称为红米的。吃这种米的地方不要说在全国很少,就在本省论也不过旧嘉属等几县地方。冬春米的做法由来很古,吃下去容易消化,不吃惯的嫌有气味,惯了倒反觉其香了。

一个地方总有一个地方的出产,这里的水果有“醉李”,很名贵,产在西沈地方,那李子比寻常的来得大,绝薄的果皮朱红颜色,核绝细无仁,肉作淡黄色,成熟的醉李,只消皮上舔一下,皮破流浆,一吸而尽。醉李在甜蜜滋味中像带着一些酒味,有令人醉的神气,也许因此叫作醉李。还有一种“南湖菱”,鲜嫩无比,并且没有菱角,新鲜的嫩可生吃,老可熟吃,都有滋味,老菱做成风菱,味也不甚减逊。这两种水果确是本地名产,为他处所不及。

“醉李”即是“槜李”,槜李的地名,就因果得名的。醉李和南湖菱都有一段神话般的故事。据说,真的醉李皮上面有一个指爪痕，这爪痕还是西施留下的。朱竹垞咏醉李诗有“听说西施曾一掐，至今颗颗爪痕添”的句子。当然那有这一回事，现在的醉李且找不见爪痕了。南湖菱据说本有角的，当年乾隆皇帝初下江南，驻跸在烟雨楼头，尝到这些菱，鲜甜粉嫩，他随口说了句“这样好吃的菱，要是没有角岂不是更好”，封建时代有所谓“金口”的，果然明年结出来的菱，角就圆了，不用说这又是造谎的传说。

这里因为水流的交错，鱼虾之类非常肥美，在上海洋澄河蟹是有名的，一到杭州嘉兴蟹就首屈一指了。县境的王江泾镇长虹桥下有鲜活的银鱼，那镇上麻雀烧的也著名。嘉兴有两种食品很有名：一种是“酱鸭”，先前上海方面单就北丽桥上一家野味店，天天供给八十只；一种是“硬壳糟蛋”，各地来买的也不少。盐制的农产物有塘汇镇的“罎冬菜”，南门外的“大豆菜”，不要以为这些食品不珍贵，富有田家风味的东西也可口的。

嘉禾细点又是有相当名誉的，汤团、烧卖、炉饼做得都有独到的地方。汤团的好是粉糯肉松，轻轻一咬，卤汁很多；烧卖的肉多皮薄，蒸熟不破；炉饼重酥香软。可是店号尚须认清，如意春的汤团，泗鸿春的烧卖，炉饼要到寄园去吃的。西王埭生记松子状元糕的甜香松脆，吃过的有口皆碑，因为流传未广，尚是一个无名的英雄。

正因为有这许多好点心，好果菜，茶和酒在嘉兴很发达的。嘉兴本地有张园出产的名茶，名贵得每年产量很少，嘉兴这么多的茶馆及几家茶叶店没有张园茶卖，要买张园茶叶，须隔年向茶主人定好。虽然这里不酿酒，酒店则是星罗棋布。此亦足证嘉兴人对于“吃”和“喝”未敢后人的。

五 风俗

几年前在嘉兴招兵的说，嘉兴人很少能合当兵的资格的。不错，嘉兴本是个文弱之邦，蔡孑民先生做《红楼梦索隐》，说林姑娘是我们嘉兴人——朱竹垞，你想嘉兴是怎样的一个缺少尚武精神的地方。

嘉兴接近了都会之故，风俗上不免感染了一些奢靡。试到城中闹市的北门大街看一看，红男绿女的衣着，尽多是够摩登的够漂亮的，而一考他们的身世呢，男的也许当着清苦的职业，女的也许是小家碧玉。一般有闲阶级的生活有非常颓废的，简单些说，大多留意于酒色之道，其间不免更参加一些烟赌。嘉兴酒店这样多，虽未见公开的娼妓，所谓“海”“陆”“空”者颇颇有名，很是社会的污点。中产阶级向恃田产收入的，近年来大受打击，生产抵不过消耗，很有捉襟露肘的气象。农村已频破产地步，可是这些农人，实在知识太缺乏，不知道抵抗天灾人祸，还在希望神佛可以救他和其他的幸运，虽然他们的勤劳辛苦值得我们怜悯的。

迷信在这里很盛的，拿一年来讲，他们是用废历的年初一烧头香到曹王庙的，年初四夜接路头（财神），正月初八徐王庙换元宝，初九玄妙观上天表，十三南堰皋峰庙进香，清明里什么连四荡哩，四月里杨老爷出会哩，又是什么七老爷哩，王三老爷哩，许许多多。六月里嫘祖，七月里城隍，八月初八烧了八寺香（到八个寺去烧香），据说来世八字（年庚）会好的，九月观音香，不知几月里拜斗，几月里斋韦陀，年三十夜里到财神庙换元宝。

其中要算七月城隍的迷信最厉害，花费在纸箔的金钱损失也最大。七月十四这天晚上，年年有数千乡妪在城隍庙庭院里露宿一夜，这种迷信风俗是嘉兴所特有的。不知是何因缘，城隍与乡妪的感情如是之好，历久勿衰。大致一个人总要死的，死了之后，据说免不了要到城隍案前报到，所以这位神灵得生前早些连络。神灵，神灵，确乎很灵的吗？记得那年破除迷信的声浪很高，东也打“老爷”，西也打“老爷”，东岳庙里的黄飞虎老爷（东岳大帝）为适应环境起见，知道关（羽）岳（飞）未在打倒之列，于是将脸一抹，立时改称，姓岳名飞字鹏举，道士就在庙前门额上涂饰为岳庙字样，至今还香烟鼎盛着。

嘉兴人很爱闹热的，废历六月廿四和七月初七，鸳鸯湖里烟雨楼头真合人山人海的这句话，那时天是热的，人是闹的，也正合闹热两字。嘉兴人爱看戏剧而欣赏艺术的见解似不很高，假如一种是话剧（文明戏），一种是武林班，那么竞争起来，一定武林班得的胜利。近年来不景气的风浪波及了各界，城里虽有两个平剧园一个影戏院，停闭了多时了；娱乐场所有的，只不过是取费十几个铜元，大人先生不肯光顾的书场。

这里的妇女多半是做工作的，比起通都大邑的妇女，只知消费的还很少，除出几个有闲阶级的眷属，吃饱饭无事做打牌消遣外，其他的料理家务或做些针线生活，她们尚认为分内之事。女子读书的也多，全城男子中学有三个，女子中学反有四个，其中一个是蚕桑讲习所。学生当是最有望的青年，嘉兴学生近年来学风尚好，街上看到的学生，整洁礼貌还可以。假如说嘉兴的风俗是淫靡的迷信的畸形的，要改革这种颓风，惟有将这担子加在现在青年的肩上。努力罢，嘉兴的青年！

嘉兴印象记

洗 恺①

嘉兴有二十年不曾去了，骤然一见，觉得一切都已换了面目。其实说是“换”还不确，因为二十年前到底是怎样一个情形，在脑中久矣夫没有什么痕迹可寻了。不过，话总可以如此说，相隔二十年，谁能说一点不曾换呢！

虽然二十年不曾见面，亲切之感乃至留连之意一点亦没有。嘉兴，无论从都市的立场从乡村的立场去看，觉得都无可取。南湖？只有菱。但菱在我亦觉得没甚意味；何况又是风干的。其馀有点什么，那只有嘉兴人自己知道了。烟雨楼的风景，与其真的到了那里去，还

① 洗恺，即金公亮，浙江绍兴人。曾执教于浙江大学、杭州艺专、杭州高级师范、杭州高级中学。著有《诗经学 ABC》《诗经学新论》《契据讲话》《中国哲学史》等。本文原载《黄钟》第六卷第八期，1935 年出版。

不如在火车上远望，或者倒可以使你感到一点趣味。有一处叫做落帆亭的，那倒比烟雨楼有意思些，可惜太坍败了，时时使你有“大家中落”之感。而且，帆影亭是筑在多年不修的假山上的，如果“大数难逃”，或者竟可以做个革命的烈士，想想亦觉危险。不过，落帆亭终究要比烟雨楼强些，想到《水浒传》上宋江在浔阳楼上题反诗，要体会这时的意味，落帆亭或一乐园倒颇有点相像。然而，落帆亭与一乐园到底不及浔阳楼，虽然我亦不曾见过浔阳楼，而宋江这样的人物现在亦不会有了。其实宋江是何等人物，我还是不曾确切知道，但据施耐庵所描述的，似乎还不是叫人讨厌的。那么，说宋江这等人物现在少有，或者亦不是十分不对的罢。

最使我奇怪的，是在落帆亭那里供有李白的牌位。李白曾否在落帆亭吃过酒，我不晓得，我亦不耐烦去干这鸟考证；若因为李白是酒店的老主顾，因此酒业公所在“落帆亭”旁要替这位好户头来立一个牌位纪念他，这倒是一件颇耐人寻味的事体。其实这票生意还是唐玄宗作成的，纪念李白还不如纪念唐玄宗，我想李白吃酒自己挖腰包的次数，恐怕是不见得多的罢。由此我明

图 10　嘉兴落帆亭
（摄于 1934 年前）

白，何以做一次水陆道场，寺院里要替你立一个长生禄位，捐一点钱，青年会要替你题名的事体了。

帆影亭的墙外是河堤，在亭基假山边，另又筑起一堵短墙。从这墙的垂花门外望进去，仿佛里边还有一番天地，其实已是外墙了。这似乎颇懂得一点虚实之法了。但外墙高于内墙，而对面又很对称的同样筑起一堵短墙，西洋景便立刻被拆穿了。

正对帆影亭的河边，泊着一艘小兵舰，不知是作什么的，据说泊在那里已有几年了，可见天下承平久矣。甲板上立着二三个穿便衣的人，彼此谈笑着，态度都很闲适。有一个厨子模样的人，出来淘米洗菜，就在甲板上工作，铜栏干擦得亮亮的。

河中船只往来很多，同北丽桥下一样的拥挤。

一乐园在北丽桥边，是一所菜馆。菜烧得并不怎样好，但地位却很优越。所谓优越亦只有临河的一间雅座可以俯眺而已。河道在此分为四叉港，一边吃着酒，一边看看往来的船只，到亦不无意义。

有一所叫做什么园的，在那里卖茶，水是有泥土气的。在夏夜此地或许还凉快，但看了不是夏夜的春日，茶客已是那样踊跃，亦就没有勇气来闻汗臭了。

楞严寺建筑得颇庄严，可惜许多地方都锁着，不曾进去得。在这种地方做和尚，要算是有福气的了，但真正做和尚的，恐怕不见得住在这些地方。想到弘一法师，心里不免有点感触。

在街上见到好几处人家的门上，贴着"闭灵"两字，说是丧家表示谢绝吊慰之意。江西人的馄饨店很多，早晨去吃面，见本地人常常同时来上四两烧刀和一碟白鸡同吃。道地的嘉兴馒头，馅子是露在粉皮外面的。洋车只在特定的地方才有，其馀地方不易叫得着。

物价到是便宜，虽然便宜，但我到底还是不要住。不过如其有人要便宜，我却愿意保荐这地方，说起来终究亦是一座府城呀。

住了两天，总算把当地的所谓名胜，都大概的瞻仰过了。二十年不曾见面，始终引不起我的亲切之感与留连之意，我对嘉兴，到底不免失望了。

廿四，五，八，归后二旬追记

鸳湖彩绘集

金干山①

嘉兴除了鸳鸯湖成为游人纷集的处所之外，其次塔和寺亦甚热闹，嘉兴的塔和寺是有名的，尤其是寺庙，处处皆是，但规模宏大者不多。寺观如天宁寺，简陋异常，庙宇像关帝庙、土地庙，渺小得可怜。塔则大都年久失修，任其在大自然中饱受风霜雨雪的侵袭，战时遭兵燹，更使其憔悴荒芜，破旧不堪，睹之令人不胜今昔之感。塔弄内的塔，真是很好例子，它简直成为垃圾筒，供人堆积垃圾，这岂不是令人感叹。

战后嘉兴一切正当蒸蒸日上、百废俱兴的时候，塔寺的重修重建，当然不能例外，可是因为经费的窘迫，所以只限于大庙寺观之表面粉饰，未能彻底的重修。兹就

① 金干山，生平不详。本文原载《茶话》第九期，1947 年 2 月 10 日出版。

图 11　嘉兴三塔
（摄于 1934 年前）

其观感所得暨历史上比较有价值者，约略分述于后，以飨读者诸君作为导游吧！

首先得提的，乃算三塔塘上的三塔，我们只要乘洋船（即游艇之一类）自北丽桥出发，西行经新洋桥（又名栅堰桥），左转弯，碧波汪茫中续行里馀，即可抵达三塔寺。有离离砖塔三座，并立在三塔塘上，中塔略高一级，排列甚为整齐，但因塔身过狭，仅堪观望而不能进登。塔后有寺，简陋非常，管寺者于中兼营竹绳副业，竹器盈庭，有若工场。寺傍设铺，出售者有茶，有酒、豆腐干、长生果等土产，但亦有美国骆驼牌、马立斯香烟出售，均供游者享受，但旅行者往往自备美国K字食盒，间或偶然买些美货香烟，因此马立斯、骆驼牌成为该铺的热门货物，无不尽量供应。至于在此喝饮的，大多系附近抽烟斗的乡老，谈谈物价，市面宛如嘉兴怡园一样。塔前碧流荡漾，青林绕抱，击楫中流，其音轻脆悦耳。辄于夏秋之交，本地相沿有所谓龙船大会，每以此地为决赛之地，该时人山人海，途为之塞。如果你要步行到三塔去的话，那么你可沿环城马路西行直达塘上。

嘉兴的塔，其次要算真如塔。真如塔巍然矗立在荒野中，距城二里许，由幽静的城基马路向南行，至南门范蠡湖转入公路，继续一直线往南行即至。不过铺公路的石块相当尖锐，去的时候最好穿着草履。以北门为出发点，到达该塔须时二个钟头。真如塔比三塔宽大，内可容人，低层进入时须匍匐而行，黑暗程度每致游者头碰石壁，塔壁厚尺半，每层间无石梯相联，登顶颇感困难，塔顶螺旋式如庙台，呼喝有回声，题词甚众，但大都粗俗不堪。傍有寺，寺内僧常以故事告登塔者，曰："许多年前，有一名小胡（寺僧口齿不清，大概是古月'胡'），目见鸟雀在那里筑窠，方成其半，被其馀一只老麻雀觅得，该老麻雀急于产蛋，即在此半个未成全的鸟窠上孵之，及至产出二个白鸟蛋（此麻雀大抵是白鸟），小胡即以一股作气奔上塔顶，以为该只老鸟及鸟蛋必若瓮中之鳖，不料只顾鸟蛋，忘了生命，一失足自塔顶坠下，竟跌死于塔畔。"此故事虽则出自寺僧之口，也是祖传下来，他所以口口声声告诉游者，也不过是暗示游客莫作冤鬼。

馀如东塔，在东门，近火车站，亦具古色古香，是七级浮图，塔身狭窄不能登。壕古塔在南门马路旁边，平顶约计七层，面对秀水，别具风光。又祥符寺中的祥符塔，形如鼎，有五层，为世所罕见。

嘉兴的寺观，最著称者有二，即前寺与后寺，前寺即精严寺，后寺即楞严寺。精严寺位于城西，为晋朝所建，据说其址本来是某相府，后因皈依捐献，才作为寺产。嘉兴有两座最精致的佛台，此寺正殿即占着一个。另外的一个则在小城隍庙，惟后来因日伪的破坏，小城隍庙的一个已告不翼而飞，故至今只剩此一座，更显珍贵。观其镂刻的花纹，均系魏晋南北朝之作品，中塑有三大佛，历久不易其神态，雕塑之精，非名家不办。正殿前又有明崇祯时董其昌所题的匾额一方，字迹浑厚锋利，民国己卯年嘉兴县长沈某重修该寺，隔日此匾忽然落下，因此匾额裂痕，众人信此为不祥之兆，果然不日沈某即遭害，亦云奇矣。

楞严寺凭靠城基马路北段，四匝水沟缠绕，出入筑有矮桥。水沟虽甚狭浅，但水色清冽，游鱼很多。附近栽种树木，以数十年的苍松翠柏为最，万绿丛中衬出黄红色的墙头，远远望眺，真不禁脱口咏出“花明黄瓦街边树，柳绿红墙巷里楼”之句。寺据云为南宋年间敕造，正殿有丈六金身铜陀佛一尊，据传其下本有一井，曩昔某年夏季时有蛟出现，伤害生物，人心惶恐，故建佛镇压。大雄宝殿前有一鼎，相传内为金质，盖当初炼鼎的时候，善男信女投入金戒颇众，但亦无法能证其实。

前寺后寺之外，其次最有价值，充满民族正气的则推血印禅院。血印禅院位于三塔塘上，地为去三塔必经之地。在我们未游该院以前，必先晓得一点义僧的故事，即血印的由来，然后游逛起来比较有趣味。

在明嘉靖时，有寺僧名妙谛，他是具有义气的和尚。其时倭兵路过嘉兴，将几百个中国的青年妇女，拘禁于该禅院中，仅留二个倭兵看守大门。妙谛一边殷勤地招待他们，一边行施计策，以救中国妇女于水火之中。他用酒灌醉守卫，释放全部妇女。当时妇女获得解救，感恩匪浅，爰要求寺僧一起逃奔。未料义僧不应，他对诸妇女说道，若果我也逃了，那么俟倭兵醒后，你们一定仍然会被追回来的，所以宁愿伤我一人，毋敢害你们大众。他说时的态度，视死如归，诸妇女无奈纷纷谢恩四散。事后，二守卫酒醒，查问妇女，彼则佯言被庙中韦驮救去。俄顷，大部倭兵回院，正欲处置该批妇女，可是仅见妙谛母子，追询之，知为妙谛所释，乃大施暴行。将妙谛与其母缚于石上，先用乱箭射死，再纵火焚烧，于是血印斑斑永留在石上。

我们明白了血印来由，再去观察血印禅院，的确在院前的一座石牌坊，右面石柱上有血印深入石中，其高的一个就是妙谛的母亲，较低的一个即妙谛自己。现因年代的关系，所以妙谛血印似乎与地面相接触，并且糊涂，然其血迹斑烂，千古不灭。附近乡民有好奇心者，水洗刀刮，血迹依旧，它好像渗透了整个柱子一般。

此外假如你能平静气底观察"鸳湖风光"，你就会觉得它也有它的特点，你看名胜古迹，累累无数，枚不胜举呢！

一、落帆亭。自北丽桥向北沿运河行进，大抵一里光景，即能抵达。落帆亭四临碧流，半卧于荷塘之中，楼阁平旷整洁，登之遥眺，波光帆影，饱览无馀。这个胜地的命名，系由于昔时北来之行船到此亭前中流，恰巧是落帆之处。亭楼楹联，琳琅满目，如"夏木荫楼台，快当柳岸风回，荷塘香送；春波卧烟雨，笑指长虹北去，五龙南来"，"两浙岚光收眼底，三吴帆影落樽前"等。亭傍有朱买臣之位，游者辄驻足争睹。

二、仓颉祠。这是多么有历史意义的地方，仓颉祖师，人人皆知的创制文字者，他居然被嘉兴人士奉立一祠，在有名的南湖口小烟雨楼傍，祠极简单，内只仓颉塑像俨然巍立。

三、宝梅亭。在烟雨楼，是烟雨楼最优良之亭，冬暖夏凉，并备高贵几案，专供游湖者疲惫时，小憩，饮酒，喝茶，奕棋……

四、中山公园。在东门附近，战时为敌寇所毁，仅馀旧址，空地一方，惟纪念塔一座，兀立无恙。靠马路一带，树木萧疏，东行可抵汽车站。

五、仁爱堂。系嘉兴天主教主办，规模相当宏大，设备亦甚完善，位市心弄中段。堂内设有孤儿院，容纳童女五六十名，四季穿着衣服，整齐一律，夏季白色，冬季穿黑色，春秋以黄色为主，彼等孩童读书与工作时间，两者分配得很适当，此诚服务中国垂四十几年的姆姆山齐雷之成绩。仁爱堂还设医院一所，多以济世救民，免费治疗贫病，内病床总共一百二十只。

六、鹤秀塔。此塔往往被人误为学绣塔。相传清同治年间，苏州人裴某访亲不遇，于此遇盗，适逢婢女鹤秀营救，此后裴某进京，衣锦荣归，来访婢女鹤秀，不得踪影，乃造此塔以资纪念。

七、中山厅。在南门，为纪念总理而建，历史数十年，相沿是被作为集会用，广场又名南校场，礼堂自胜利以后焕然一新。

八、放生池。在南门，此池每年春季，善男信女必需购得小黑鱼数尾，放生其池，以免除一年罪过，并且口中还得念几声“阿弥陀佛”。放生池碑上还镂刻着“兵巡道禁约”字样。

九、送子庵。这是俗称，其实它与庙宇差仿的，内有送子菩萨，为青年夫妇久婚不育时祈祷求签之场所，内室相当整洁富丽。

南湖逭暑

王仲鄂①

我从杭州返沪的时候，忽然发起游兴，不顾烈日酷暑的可怕，中途在嘉兴下车，到南湖去玩了一天。听见人们讲起南湖烟雨楼的，不知有好几次了。意料之中，该是一个寥廓的大湖，烟波浩淼之中，有一角荒楼，突起于湖之中心，四顾无人，而在阴雨连朝的日子中，独有一天赋的寂寞而已。孰知事实则不然。出了车站，踏上人力车，从凹凸不平的石子路上屈曲绕了几个湾，经过一条石桥，就可望见绿油油的湖面。深绿色的湖水中央，掩映着暗红的楼台，里面绿树扶疏，使一个圣湖归来的游者，回想到平湖秋月的一点影子。若说西湖是盆景，则南湖是盆景的盆景，如此之纤巧，又如此之绚丽。我

① 王仲鄂，江苏吴县人，别署鄂厂。散文家。本文原载《生活》第三期，1947年9月出版。

相信南湖粼粼碧绿的湖水，郁郁沉沉堤岸的树阴，配了修葺未久红白相映的烟雨楼，在岸边行人的目光中，是一幅设色小品，又如在绚烂的五彩电影中所见的一个画面——当然，这一种浓重的色彩，多半是盛夏季节所给予的。

十一时上预备了的大船，只由篙工撑了几篙，数声欸乃，便已到了烟雨楼下。入门有御笔题诗的碑，似乎名胜非有帝王的作品点缀不可。天气太热，不暇细心去摩娑碑文，但觉碑上的行楷，是非常遒劲可喜。到了烟雨楼上，望望四围的湖色，这才觉得鸳湖的渺小。周围又无远山起伏，望见的是人家屋舍、石桥小径。为自然环境所限制，当然无法与虎林争一日之短长了。独惜登楼的骚人墨客，撰起楹联来，一定要赞美，说是不让西湖。无论鼋头渚上的广福寺，鸳湖上面的烟雨楼，都是这样措辞，真是欲益反损。因此烟雨楼适宜在岸上远眺，登临其间，并没有想望中一般的美丽。

傍午回到大船，以虾仁火鸡面下肚。骄阳炙人，船荡在湖中，未必有什么乐趣。于是唤到两艘小船，船上各有一位姑娘撑篙，问讯之下，知道来者正是嘉兴著名的“海军”，船娘阿丸与阿五。阿九环肥，擅于媚笑；阿五体态苗条，有“camera face”，缺点是镶金边的牙齿，在此明媚的湖上，不免感到村俗耳。我们结伴坐了他们的小船，划到东门上岸，由船娘领导，坐了人力车，一访以“空军”著称的忏悔庵。到得庵里，大失所望，庵堂荒僻失修，出来招待的两个女人，留有头发，老的如人家佣妇，小的“不省人事”，简直连招待的艺术都没有。随喜一会，即行告别。回出来坐到人力车上，想起在这样大热天气，赶东赶西，不知为些什么？倒是人力车在荒径中行过的一条小石桥上，望见野塘中有鸭子成群，逐队戏水，不失为乡村趣味，乃是失望中唯一的收获而已。

回到大船，在船上吃了一席清腴的船菜。别南湖时，暮色将起，霞彩由明亮的金黄逐渐逐渐转为暗紫。朝晖夕阴，千变万化，色彩的享受，如其不是酷暑来游，就别想会遇到这瑰丽的景色！

六月廿四的南湖

王　简①

“蟹舍渔村两岸平，菱花十里棹歌声。侬家放鹤洲前水，夜半真如塔火明。”

湖面的鸭子已失去往日悠闲潇洒的神态，慌张地闪躲着湖里往来如梭的船只，在鸭子那小小的脑子里，是不会明了何以今日的湖面竟这样乱烘烘的，即使有了这一次的经历而明了了，可是到了下一年的今日，在湖面游荡的却是下一辈的鸭子了。

狭隘的湖面已是尽其量的充塞满了大小不一的船艇，尤其是靠码头附近，几乎没有一隙空处可以容纳另一船艇插入靠岸，这些船户都站在船上等待伙伴们在街上所兜揽到的顾客，虽然迟迟未见伙伴们到来招呼准备

① 王简，生平不详。本文原载《巨型》第三期，1947 年 9 月出版。

客人下船，但她们并不因之如平日般心中，感到重重的烦燥，因为在今日一年一度的南湖香会——雷祖诞辰，游客的需要是绝对的超过船艇的供给。

久处闹市尘寰中，一旦到达这脱尽都市嚣闹的境地，似乎又感到是另一个世界一般，这儿没有那瞩目皆是的高楼大厦，没有那天连水接的秦楼楚馆，有的是乡村属舍，翠绿的湖水与平原，以及古代建筑的庙宇。我们携了一管箫紧随船户，穿过人丛，跑向岸堤小船停泊处，陆续踏上舟中，舟子解缆跃上船，拿了竿子向岸边一点，小舟便轻轻的离开船群荡了开去，收起竹竿，摇着橹，划破平静的湖面，欸乃向湖心推进。我们都沉静着，默默无言地环顾四周景色，一叶舟子缓缓地把我们载向目的地——烟雨楼去。

遥望湖中远远的绿树丛中露出一角楼墙，环绕小岛四周零乱地散布了许多大小各式的船艇，有的停泊着，有的浮荡着。湖面上随风吹来阵阵锣鼓笙歌的声浪，小舟驰近一只停泊着的大船旁，锣鼓声更是清晰。船喧闹中，敲打着全副锣鼓场面的在清唱平剧，一个瘦小的秃子逼紧着喉咙喊叫，争先恐后地每唱完一句，围在四周的男女莫不怪声喝采一番。小舟继续前驶，不一会便靠岸了，岸上也正是锣鼓喧天的，热闹非凡。踏上岸，岸旁尽是密密的摆设满了各式各样的小食摊子，小贩们默默地等待着顾客们的惠顾。

岸边搭了一个竹棚，正中生了那位由狭小的雷祖殿内暂时迁移出来的雷祖菩萨，一年一度的尽量享受人们的供奉。神座前的桌子上摆满了糕果供品，红烛高烧，香烟薰人，正对神座对面设上一张桌子，两旁坐了一班清唱“堂鸣”，伊伊呀呀的不歇地敲唱着。拜垫上伏满了善男信女，默默的在祈祷，轻轻的宣着佛号，满脸露出极端的虔诚，这一刹那可说是他或他们一年一度的最高度的虔诚表演，也可说是人类中最高度的虔诚。在这个场合中，每个人似乎是绝对的善良，但不知以后是否仍然保持这善良的心，虔诚的态度。在这静穆庄严的场所，目见这虔诚的神态，耳闻喃喃的佛号，不论谁都会因之一涤内心的丑恶与烦恼。

进口处清晖堂右边挂满了出售的莲花灯，左边却坐满了茶客，烟雨楼下更是游人如过江鲫，揎嚷拥挤。附近乡人都经过一番努力的打扮才来赶会的，男的较为随便，女的却都几乎一律的是白夏布衫黑夏布裙，赤足穿着各色各样的鞋，有的还穿着一双大红色镶边的绣花鞋，头上大概菜油也抹得不少了吧，梳得是那末整齐光亮。高坐大厅上的摩登小姐们见了这种土头土脑的乡下打扮，都免不了高声纵笑。可是这批乡下仕女，伫立在大厅外，拿着方土布制的手帕，或大葵扇掩遮着半边脸，也正在暗暗窃笑城里的小姐们，何以竟把好好的头发卷成蜜蜂窝似的，尤其她们会纳罕不止的是好好一双鞋，为何要把鞋头剪破一个洞让脚指露在外面，难道是患着严重的脚癣不成？

今日的船价虽高涨，可是却赚不了乡下仕女们的半个子儿，一切饮食虽然都比平日能涨高五成以上，可是节俭的乡下人更不会一破吝囊的。他或她们不但亲自摇船前来，且一切饮食皆莫不随船同来，他们蹲在岸边树荫下，生火烧水，泡茶吃干粮或泡饭吃。

烟雨楼上一群城内巨商硕彦知名之土趁这机会也要“风雅”一番，正在一本正经地拍曲，虽然唱得满头大汗，却不肯失去优悠潇洒的仪态而把扇子重重摇几下多招些风。聚在门口呆听的乡下人，更是极力欣赏着城里大老爷们神奇的耐热本领。

侧殿摆着三张圆桌子，围着桌子坐满了虔诚的信徒，都是手捻佛珠，闭目低首，喃喃宣着佛号，充满了庄严穆静的气氛。

盛会中更点缀了“味蘸扇展”，狭小的宝梅亭的前半截，尽量的只钉了二三十页扇面在墙壁上，里间也只是挂了七八张未经裱装中堂条屏而已。这种画展若果以之作为点缀，尚不失为风雅之举；若果以一种艺术眼光去欣赏，那准得大失所望，因为这个画展实在幼雅得令人难以置信。但是他也有他的知音人，瞧，前面走的那几位不是正指点着那幅仕女图大加赞赏吗？

随意浏览一番之后，便回到泊船处，踏上船嘱舟子解缆任小舟随风游荡。倚在舱内望着船外四周景色，靠岸正停泊着一艘所谓炮舰的巡湖艇，显然是前来负责所谓“治安”的，顺便也出出风头。小船的船娘有的搔头弄姿，有的临盼顾影，莫不暗中争艳斗妍。湖上两旁尽是菱田，菱叶浮满湖面，随风缓摆。

船身随着水流绕着烟雨楼慢浮轻荡，微风吹来，感到有点晚意，于是嘱咐舟子摇橹归去，途中突然拿起那管似乎已为忘怀的洞箫,轻轻的吹起来,彬的歌声便随之而起:“聚散苦匆,此恨无穷;今年花胜去年红。可惜明年花更好,知与谁同?”

凄咽的歌声,轻轻的冲散了湖面的喧闹,烟雨楼渐在歌声中隐没。

人生真也无聊,聚散何尝有定,就说明年的今日吧,谁能料知又是怎样的一番情景呢?

风雨沧桑话平湖

王小竹①

这也可算是一个特色，差不多每一个浙西的城市里都有一个名胜的湖。杭州有西湖，嘉兴有东湖，而在平湖，也有一个小小的东湖。虽说它面积小，风景敌不上西子湖的艳丽，但那一湖的水却是特别的澄清，在岸上望过去，真是波平如镜，仿佛水里还微微冒起一阵青烟来。据说这个东湖是由九派之水汇合而成，光看这么一个浩浩荡荡的来源，就不敢小觑它了。

东湖在平湖东门外，湖中有耸起的洲屿三处，即报本寺、湖墩与小瀛洲。报本寺有两条石桥通到岸上，桥名东西宝塔，东宝塔桥与湖东相连，西宝塔桥则与平邑衔接。庄严嵯峨的报本寺就静静地蹲在两座石桥的中

---

① 王小竹，生平不详。本文原载《万象》第三年第三期，1943 年 9 月出版。

间。寺旁有报本塔，塔内题满了各式各样的诗词，在塔巅临风远眺，可以望见乍浦九峰山那一抹淡紫的山影。承平时候，常常有人在此地吃素斋。然而事变以后，报本寺就全部变成了瓦砾。报本塔里的朱栏画梁又都被无赖们盗卖一空。到现在只剩下一个报本塔的空壳，一所牌楼，几块石碑而已。

湖墩以前是中山公园，民众教育馆也设在此地。有一条钢骨水泥的大桥从东湖滩直达墩上，又有来往于湖东南廊下之间的渡船可以在此地上岸，交通很为方便。园中遍地都是碧绿如茵的草坪，栽种着各式各样的鲜花树木，并有荷花池、纪念塔等点缀物。承平时候，到这里来散步憩息的游人是很多的。事变以后，因为无人照管，园中的房屋树木都被斫卖一空。到现在也只剩下一大片荒凉的废墟了。

最近有人发起将湖墩改为商场，听说连建筑和经营的计划也草拟好了，只待地方当局核准。如果一旦开辟成功，这一个湖心商场倒大可兜揽一般顾客，而那烦嚣的市声也将划破湖上的清幽，使湖山变俗了。

小瀛洲位于湖心，从前是著名的瀛洲书院所在地，游人在此稍憩，仿佛还可想像当时那一班学生苦修时的书声朗朗然。然而到现在也成为一堆瓦砾了。

平湖城里在事变刚平下来的时候，正是疮夷遍地，满目都是凄凉的瓦砾。但不久就有一些勇敢的商人们在废墟上搭起茅蓬，做起生意来。随后秩序逐渐恢复，生意也越做越发达了。那些店家从茅屋翻作瓦房，再由瓦房摇身一变而为洋房，城市也逐渐恢复了战前的面目。

在这年头儿，有现款的人怎肯轻轻放过机会，平湖也如其他地方一样，囤货成了一时风尚。最近竟有人异想天开，囤起田地房产等不动产来，这中间尤以老式的高门宅第最为时髦，人们将它买了去，自己并不住，往往以十万廿万的价目买进，待一二月后，房价涨了，就脱手售去。有时买主买了房子就动手拆卸，先取下木材，小的用来零售或搭屋，大的用来锯板做棺材，活人的住宅，一变而为死人的卧具，造成一种令人啼笑皆非的乱的怪现象！然而既然“人巢鬼占”，当然苦了一般租房子住的小市民，现在的平湖，一所小小的住宅就钉上五六块门牌，新搬来的简直就租不到房子。于是乎一般愁衣愁米的小市民阶级，除了担心开门七件事以外，还要担心没有房子住，真是叫苦连天了。

平湖的交通一向是很发达的，事变前有公共汽车通嘉兴乍浦，有汽轮通上海金山，又有快航船驶行在内地各城镇之间。事变以后，经过一度停顿，现在差不多都恢复了，但班次到底减少了些，又兼在普通旅客中间平添了无数跑单帮生意的贩子，舟车交通更显得拥挤不堪，不出门的人乍见，仿佛又到乱世逃难的时候了。

自从汽车改装木炭引擎以后，平湖的汽车事业倒蓬勃了起来，铃芬路上满是升火待发的小包车。汽车公司有嘉平公司、大丰公司、鸿达车行等等，多来往于嘉平、平乍两路上，听说生意也十分兴隆。

东湖滩一带是米行，它们都是巨大的收买批发商，每家都有它们的“乡脚”——成天撑船的乡下人运着米粮来粜给他们。米行的“水桥”前面，差不多每天都鳞次栉比地停满着这种船只。船伕可在米行吃饭，还可以向米行拿茶票子去吃茶，只要看它们肯化这么大的本钱，就可想见其赢馀之一斑了。

平湖没有设备较好的游艺场，事变前一座刚落成的新民戏院，已成为一堆蔓草丛生的砖瓦堆。现在只有一所屋宇狭窄、设备简陋的大利书社撑撑场面，但演戏也没有一定，京戏、绍兴戏、话剧，什么都演过，甚至有时还有断戏的日子。另外有快乐园及平厅两家书场，一个所谓“名媛招待”的俱乐部而已。

说起平湖，也许有人还记得平湖马铃瓜，现在马铃瓜已经有少许上市了，然价钱可大得吓人，要二三十块钱一只，回想事变以前只有一两块钱一担的市面，仿佛只是一个古老的梦境。

事变以来，平湖的社会人事也大大的翻动了。原来的显赫富户有的沦落为小户人家，而原来的小户人家有的却一变而为显赫富户，那些老平湖会指给你看，那一个手提竹篮，杂在行人中间买菜的女人是从前某府上的千金小姐，而另一个口衔雪茄、红光满面的大老板在六年前竟是一个纸店倌。说起来，怎么不令人喟然有沧桑之感呢……

硖石巡礼

王万育①

在沪杭路上旅行过的人们，大概总还记得在嘉兴与长安之间有这么一个不大不小的站头，一个像城市一样的市镇，那是硖石。跑惯大码头的人是不大瞧得起它的，“嘘，小地方！”然而在当地，它还有一个漂亮的头衔啦，它是“小上海”！

假使“小上海”单是形容着它的闹盛与繁荣，那是配得上的。硖石比战前还繁盛，街上成天地来往着行人，新开张的店铺一天比一天增多。

硖石有几条闹街，其中干河街是一条庄严肃穆的街，街上排列着邮政局、电报局、银行、商会、报馆等等的机关。一到上下办公厅的时候，满街都是穿制服、挂徽

① 王万育，生平不详。本文原载《万象》第三年第三期，1943 年 9 月出版。

图 12　硖石站
(摄于 1929 年)

章的工作人员，俨然有“政治中心”的气象。

至于商业中心则在大街，大街是硖石的动脉，就像上海的南京路一样。在街梢上望过去，真是商店林立，行人如蚁。那一派热闹景象，真有几分南京路的影子。但在早上，大街就不大雅观了，满街都是菜摊，买菜的和卖菜的连声叫嚷，整条大街就变成一个热闹的菜市场了。

还有一条叫米市街，这倒是名副其实的，街上都是大小米店。说得刻毒一点，那就是米蛀虫的大本营。不管小百姓叫苦连天，米价还是一日三涨，但买米的人倒底不多，门庭颇为冷落。只见那些满身肥肉的米店倌倚着柜台，仿佛带点得意的神情向远处凝望。

另外有一条仓基街，那是一条恬静的街道，假使按着小上海的名目硬派起来，只得说有点像霞飞路。两旁也像法国梧桐似的种着一些垂柳，柳丝迎风招展，当夕阳西下，西天还染有一抹红光的时候，偶而有一两对年青男女偎倚着走过，倒也有几分美丽的诗意吧。

硖石像其他的城市镇集一样，娼妓事业也傍着其他事业一同滋生。她们有一个固定的地盘，仿佛与上海的四马路、杭州的南班巷相似，在硖石，她们的地盘则在南市街。营业时间也都在华灯初上的时候，而招徕顾客的手段也大都相同，软硬都来。可是在这米珠薪桂的年头儿，买肉的客人倒底少些个了。

正和繁荣的市面成为不相称的对照的，硖石的文化事业是出奇的落后。市上虽也有图书馆的设备，但里面的书籍差不多尽是古董，很少有新型的小说、文集。也没有专门的书报社，外埠经销都转托商店行家。这那里能够推得动文化事业的向前发展呢？一般不肯落伍的青年，大都很为苦闷。

本地的土产以麻饼为著名，有夹沙、猪油白糖、枣泥等等名目，价钱按大小粗细计算，大约每只自一元至十元不等。凡到硖石来的人回去，总要买点去送送人的。

硖石有个别名叫做双山，仔细的人光看"硖石"这两个字的形状，就想得到有夹在两山之间的意思，实际也正是如此。硖石有东西两山，但山势不壮，西山简直是一个小土堆，上面不长花草，只有一个庙宇。但庙里的香火倒颇为兴盛，差不多每天有虔敬的香客来朝拜，时常举行盛大的迎神赛会。

东山较高，也比较有山的气派，上面有树，有塔，还有精致的山洞。站在山巅，仰望蓝天白云，俯视街道地畦，倒也有一阵淡淡的快意，聊解尘麈之苦。然而，这里已经到了市集的边沿，再过去就是碧绿的田野了。看来，硖石也不过是一个平凡的地方，然而得提醒大家一句，不要小看平凡的地方，平凡的土地里会长出不平凡的花草来，硖石曾经出过一位大诗人——还记得当年新诗运动初期的健将，热情横溢的诗人徐志摩吗？如今他的墓地就在东山附近。承平时候，还有仰慕的人从远迢迢的地方赶来拜谒一下，但现在倒底是冷落了。站在他墓前，想起这里面躺着的那个早折的天才，那个寂寞的敏感的灵魂，心里禁不住有点惆怅……

观潮琐记

严独鹤①

浙江潮,夙称壮观。余虽浙人,然牵于俗务,每年八月辄思作观潮之行而终未果。今年乃拨冗偕表弟马直山为竟日游。舟车历碌,颇觉其劳,亦颇觉其乐。归后因就所见闻,拉杂志之,不能作游记观,只可目为一页日记而已。

沪杭路局特定观潮期凡三日,自阴历八月十八至二十日,皆开观潮专车。然潮来实以十八日为最大(俗称是日为潮生日),因决于十八日往,先期阅路局所发行车时刻表,知车开在晨间七时十五分,余乃于五时半即起,略事盥沐,六时许乘人力车赴车站。沿途商肆,除少数

① 严独鹤(1889—1968),浙江桐乡人,名桢,字子材。主持上海《新闻报》副刊三十馀年,1949 年后任上海新闻图书馆馆长、上海图书馆副馆长、解放日报社顾问等职。著有《人海梦》《独鹤小说集》等。本文原载《红杂志》1923 年第十二期。

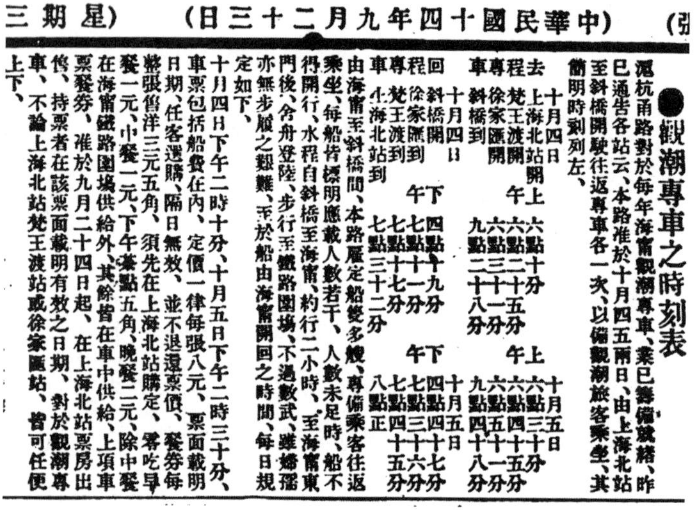

(中華民國十四年九月二十三日)　(星期三)

●觀潮專車之時刻表

滬杭甬路對於每年海甯觀潮專車、業已籌備就緒、昨已通告各站云、本路准於十月四五兩日、由上海北站至斜橋開駛往返專車各一次、以備觀潮旅客乘坐、其備明時刻列左、

	十月四日	十月五日
去程專車		
上海北站開	上午六點十分	上午六點三十分
梵王渡開	六點二十五分	六點四十五分
徐家匯開	六點三十一分	六點五十一分
斜橋到	九點二十八分	九點四十八分
回程專車		
斜橋開	下午四點十九分	下午四點四十七分
徐家匯到	七點十一分	七點三十六分
梵王渡到	七點十七分	七點四十五分
上海北站到	七點三十二分	八點正

由海甯至斜橋間、本路雇定船隻多艘、專備乘客往返乘坐、每船皆標明應載人數若干、人數未足時、船不得開行、水程自斜橋至海甯、約行二小時、至海甯東門後、舍舟登陸、步行至鐵路圍場、不過數武、雖婦孺亦無步履之艱難、至於船由海甯開回之時間、每日規定如下、

十月四日下午二時十分、十月五日下午二時三十分、

車票包括船費在內、定價一律每張八元、票面載明日期、任客選購、隔日無效、並不退還票價、餐劵每緊張售洋三元五角、須先在上海北站購定、零吃早餐一元、中餐二元、下午茶點五角、晚餐二元、除中餐在海甯鐵路圍場供給外、其餘皆在車中供給、上項車票餐劵、准於九月二十四日起、在上海北站票房出售、持票者在該票面載明有效之日期、對於觀潮專車、不論上海北站梵王渡站或徐家匯站、皆可任便上下、

图 13　观潮专车时刻表

(原载 1925 年 9 月 23 日《新闻报》)

食物店外，都未启户，街头行人亦至稀，尘嚣之市，顿呈清气。余惯于迟眠晏起，此种晓来景象，实可谓向所未睹也。

抵站后即匆匆登车，而头二等车室，俱已人满。幸直山已先据一座待余，乃得厕身其间。但一头等车室，坐至八人，殊苦拥挤。是日旅沪国会议员，咸应何护军使招待，至海宁观潮，且顺道赴杭。于是头等车室中，憧憧往来者，皆身悬小方徽章之议员。议员之口音，既南腔北调，而其面容，亦多奇形怪态。聚此数百南腔北调奇形怪态之神圣于一堂，其必大演趣剧而不止，固亦意中事也。

议员与议员相处，亦恣为谐谑。且或自称为罗汉，曾闻甲议员语乙议员曰："今日车上多了百馀尊罗汉，便格外觉得挤了。"乙议员曰："百馀尊罗汉，还在其次。要知这百馀尊罗汉，又差不多带着百馀尊观音同行，当然有人满之患了。"既而进食，一议员又笑曰："此罗汉斋也。"余闻言不禁失笑。盖是日议员乘车，车票之外，又附以餐票，皆军署所供奉者也。

闻某议员谈吴大头事，至饶趣味。大头之妇为奉天产，其人孔武有力，嗜旱烟。其旱烟杆以铁制，日常不离手，大头甚畏之，虑一触其怒，则铁烟杆当头而下，大头且立碎矣。大头所眷小莺莺，闻在八埠妓女中貌最寝，而大头特爱之。又大头有一女，已年逾三十，近方倩张瑞萱作伐，拟适唐蓂赓。唐意雅弗欲，已表示拒绝云。又同车有李君，为北方某报记者，告余以清室近况，亦多有外间所未知者。以事涉宫闱秘密，不能详记。据李君所述，谓外间所传宣统如何少年英俊，多为鼓吹之词，实则宣统资质固自聪颖，而荒淫特甚，宫女及阉寺辈，俱不胜其扰，诸太妃乃亟为举行大婚。又议婚之际，宣统之母（摄政王福晋），本属意于徐世昌之女，而宣统不谓然，因此母子间大起冲突云。

余邻座一车室中，有西人四，方作雀戏。其牌即市间所售专供西人之用者。每牌左角，各标一西文号码，自一至九，筒索万皆然。东南西北风亦各标一西文字母，表明其为东南西北（东为 E，南为 S，西为 W，北为 N）。惟中发白则不复再加标志，盖红、绿、白三者，可以辨色而知也。此外又加花，西人于斗牌时，每得一花，则眉飞色舞。余立于窗外观之，馀三人之牌，胥不可见，只见近窗坐者，则其战法固甚幼稚，且手法极慢。然于此短时间之旅行中犹必挟雀牌自随，足征西人之嗜麻雀，固远甚于华人也。

车行十时十五分，抵斜桥，乘客纷纷下。车站前有张大旗而立者，旗上大书曰“招待国会议员”。此类招待员，盖亦军署所特派者。闻招待员外，尚有排长一人，宪兵八人，任随车保护议员之责。议员威风，固自不小也。其馀观潮客，例由铁路人员招待，且有路警执白旗为导。特余等在斜桥下车时，只见站口一路警，颇讶其少。至所谓招待员，更渺不可睹矣。

斜桥距海宁，水程约十八里而强，扁舟容与，两岸风景，亦尚可观。惜船小人多，蛰处其中者须两小时，稍稍苦闷。余等自斜桥至海宁，所乘舟行极缓，乘客皆不耐，责舟子，频呼曰：“速摇，速摇。”盖此时观潮心切，惟恐后时也。直山尤躁急，视船头所插小旗，标曰二十五号，乃大声曰：“须牢记，归途勿再坐二十五号船也。”后自海宁归，将登舟，直山语余曰：“此次不可再上当，宜择舟子之身强力壮而船身又较轻者乘之，庶其行较速也。”余颔之。直山乃于岸头历相四五舟，遽择其一曰：“可矣。”一

图 14　海宁观潮
(摄于 1921 年前)

跃而登，余亦随其后。直山坐甫定，即谓舟子曰：“趣开船，船行宜速，速则有赏。”舟子嗷然应，直山乃大得意。讵行至中途，后舟皆鼓棹而至，掠余舟而前，比抵斜桥，余舟乃独后。余笑谓直山曰：“此来较二十五号之成绩尤不佳矣！”直山摇首曰：“此殆命中注定，须坐慢船也。”

路局于海塘沿岸，设一围场。所谓围场者，特临时建置之席棚耳！场以内，设长桌四排，上铺白布，居然类大餐台。又置板木长凳，供人憩坐。但一声潮来，则观者皆纷然立于此类长凳之上，更无一安坐者矣。观潮客入场，皆匆匆进食。食已，则引项以望潮。一时半潮来，今年潮汛殊不高，岸侧立有海尺，潮来时，余注视之，高仅七尺，然已汹涌澎湃，足称壮观。潮有势，亦有声，未见潮已先闻其声，初时甚微，竭耳力才可辨，后乃渐厉，既近则砰然惊人矣。潮之来也，先于水天相接处，微露白线，此白线渐引渐长，如匹练横江，排空而前，则潮至矣。潮头甚齐，其进行至速，望之如千军疾走，万马奔腾，而步伐一致，不稍散乱，洋洋乎大观也。潮过后江中犹震荡作势，而水甚混浊，纯作黑色，盖海水挟泥沙而至也。观客见潮至，皆鼓掌以示欢迎。携快镜摄影者尤多。

火车中备饮食，而其价特昂。余在车中进晨餐，仅煎蛋二、猪排一、咖啡一杯、馒头二，乃需洋一元。在铁路围场中，人各具食一份，贮于纸盒中，只火腿土司四五片、馒头二、水果二，亦需一元。大餐则需二元，亦未必适口。故一般游客，多自携饼干面包，随时取食，转觉其便。且是日车中不售清茶，只备汽水，不耐冷饮者，咸以热水瓶自随。余是日亦携热水瓶，赖以解渴。既抵沪，乃笑谓直山曰，若有人编《观潮须知》，第一事当勿忘热水瓶也。

车行过嘉兴，小贩之售南湖菱者纷集。南湖菱本嘉兴特产，菱小无角，作青色，盛以小方蒲包，剥而啖之，鲜嫩无比。售价亦昂，每一小蒲包，索小银元二，仅得菱约三十枚。闻诸当地人云，实价只三五铜元。小贩辄视车站为利薮也。

湖州印象

薇　菁①

依傍着浩淼的三万六千顷的太湖之边，围绕在屏障也似的层峦叠翠之内的，有一个以出产丝绸名闻全国的区域，这便是被称为浙北热闹富庶的湖州。

湖州四面，几乎都是连接的山。在高低远近的群山环拱之中，湖州像婴孩睡稳于摇篮般的一片大盆地里。因为四境有连绵的山峰，因为有蜿蜒百数十里而入于太湖的苕雪二溪经流其间，所以湖州的景色，是雄伟而又秀丽的。如果说山川的明媚，是钟灵于当地人物的话，那么湖州在中国的现代史上，确产生了不少志士与人杰。

湖州的交通，尚称便利。每日有轮船来往于苏州、

① 薇菁，生平不详。本文原载《新生》第二卷第十七期，1935 年 5 月 18 日出版。原标题作《湖州——地方印象》，现改作《湖州印象》。

无锡、上海、杭州各地。陆路有京杭国道，通过其间。最近有兴筑汽车道之议，自湖州经南浔、平望而衔接苏嘉路。若筑成后，则交通更为便利的了。湖州的商业，素称兴盛。可是近年来同别的小都市一样，因着工商业基础的农村破产，经济不景气的浪潮的冲击，也走上了动摇没落的不安状态。工厂的停歇，商店的关门，恐慌的程度，有一天深刻一天的趋势。

湖州的街道，很宽阔整洁，全是水泥筑成的。最热闹的所在，是城中的志城马路和彩凤坊。高大的百货公司、绸布店、糖果店、戏院、菜馆，全集中于此。每当黄昏来到，华灯初上之际，各店里射出白热的灯光，无线电播送着淫淫的音乐，街上更是显著拥挤。这时，你可以看见妖媚的女人，扭动着腰肢，水蛇般的在人丛中游来滑去；戴着珊瑚帽、衔着雪茄烟的乡绅腹贾们，出入于酒馆茶楼；还有油头粉脸满面浮滑的公子遗少们，飞着眼光，追逐着漂亮的娘儿们，以至游手好闲的流氓、瘪三，……熙熙攘攘，全出现在小都市夜生活的骚动和迷乱的热闹里。不过近年来在天灾人祸摧残下的农村和丝绸的急速崩溃衰落之后，市面冷落得多了。虽然夜生活依旧迷

图 15　湖州南门城墙
（摄于 1868 年）

惑着人的心眼，街上依旧流淌着水般的人，但各商店冷清清的很少有人进去购物的，多半只是在荡荡看看而已。

湖州，昔日被称为富庶安乐的湖州，现在是怎样的在没落和崩溃呵！

一　丝绸和工商业

湖州的丝绸，享有极大盛名，运销于国内外各地，年达数百万圆，所以丝绸，显然的成为湖州商业与财富的中心。

湖州的商业，多半依据着丝绸产量的多寡，销路的迟速，和价格的高下而推断其市况的繁荣与否的。工厂尽都是丝绸厂。据调查所得，全城规模宏大的绸厂，大小不下三十馀家，而零机户更不知其数。厂家的织机，都是新式的电机，零机户仍沿用旧时的手织木机。在产物的量的方面讲，前者比后者快得多；在质的方面讲，后者比前者要紧实经穿好几倍。

农村方面，更以丝绸为主要副业。农民看重蚕桑，甚于耕种禾谷。良以蚕丝本轻而利厚，较种米麦，有出息得多。所以在四五月蚕忙的时候，走出不论那一城门，郊野里扑入眼帘的，几乎尽是一片浓绿的桑田。于此可知农民育蚕的众多了。从前丝价高涨，每百两丝值六七十圆的时候，农民的育蚕所得，维持一年生活而有馀；有时遭逢岁歉田荒，因着丝绸的补助，生活可免发生问题。但近几年来不景气的浪涛波及到了素来富庶的湖州，丝绸价惨落得可怜，百两只值二十圆左右，同从前相差三倍有奇，外加田歉荒收，农民在生活担负及偿租纳税的两重紧压之下，眉头都打着愁绪。连最低限度的生活，也在困难之中。同时城内的丝厂和零机户，不少的停机而关闭了大门。

二　文化

湖州的教育，并不怎样发达。学校尚多，但很少有朝气和联络的精神。

完全中学，只有男女两所，但都是教会设立的，校舍和设施方面，还称完备。该两校在湖州，都目为贵族化，尤其是女的，高大华丽的洋房，掩映于绿树丛中，犹如皇宫一般；学生衣服丽都，崇尚时髦，朴素简静的虽有，但是少数。初级中学有四，其中二所亦为教会所办，可见教会教育之在内地是如何的有着潜势力啊！其外一为省立湖中，分两部，学生还不少，惟短于经费，设施上未能臻于完善。又一为县立女中。此两校学生多朴实简单，无华美的奢习。小学全城有二十馀所之多。

湖州的公立图书馆简陋得很，书籍很少有关系现代的，重要的杂志，只有一二份，连学校的图书馆也不如。平常很少有人进去阅览，除了星期日比较多些，因为小孩子们有空来看儿童画报的了。民众教育馆也有一所，工作尚努力。

书店有五六家，有上海大书局，也有特约或经售的。营业的盛时，是在春秋两季各校开学的时候，平日也十分清淡。今年各店为招揽生意，互相竞卖，教科书及文具等一律打有很大的折扣。但据店中人说："如此贱卖，还不及从前实价的时候。"可想见经济恐慌的影响，是如何深刻的了！

报纸仅有两三家，小小的一张，毫无精彩之处。各报的文艺副刊，登载的歪诗和风花雪月的文章，看了使人头痛！

三　岘山桃园和碧浪湖

湖州的名胜所在并不少，但近便而又游人最多的，要推岘山、桃园和碧浪湖了。这三个去处，都在南门外，地位是几相比连的。

岘山，自从陈英士烈士埋侠骨于此，山因人传，更成为湖州唯一胜地。山高仅十馀丈，烈士的坟墓，十分雄丽与庄严的筑在半山上。山顶有雄跨亭，柱上镌刻着不少清丽工整的字句。在此纵目四顾，连接的远山，蜿蜒的流水，以及万家屋瓦的湖州城，尽收于眼底。

从岘山到桃园，不到半里路。而碧浪湖便如柔丽的腰带般轻轻的躺卧在岘山的脚下，桃园的身旁。桃园背山面水，大可十数亩，风景幽绝。里面曲径通幽，花木繁深，有轩敞的凉亭，有临湖的小阁，每当春来时节，桃华竞放，云蒸霞被，蔚为奇观。小坐于此，面对青山绿水，实有扑去满身尘俗，而还你以明心见性的境地！

图 16 湖州双林大小虹桥
(摄于 1930 年)

碧浪湖柔媚地轻流在桃园的面前。如果把桃园比作美人，那么碧浪湖当是美人起舞的彩带了。在湖水深的时候，确是碧浪粼粼，清流见底。但现在湖浅水浊，徒有其美丽的芳名了。湖心有小洲，当春天草绿芳洲之时，驾一叶扁舟，徜徉于波光山影之中，如入图画呢！

道场、白雀、云巢诸山，也是有名的地方，因距离太远，平日很少前柱登临的人。但在香汛时节，善男信女，络绎于途，又是十分热闹的了。

四 其他

关于其他，我想写一些湖州著名的土产和别的。

不论到过或没有到过湖州，总知道湖州的笔是名闻遐迩的吧，湖笔徽墨，一般的为文人学士所钟爱。资格最老的笔店，要推王一品，有百数十年的历史，出品确如仿单上所写的有“比众不同”的独到之处。其次暑天必需的鹅毛扇，也有名的，灰色的，五彩的，雪白的，缤纷于橱窗间，小巧玲珑，精雅异常。到了湖州的，总购置几柄带回馈送亲友的。还有吃食方面，诸老大的粽子，震远同的酥糖，丁莲芳的千张包子，各有其独特的口味和令誉。尤其是诸老大的粽子，上海、杭州多有来批买的。

戏院、影戏院都有，但时演时辍的，而所映的影片，多属陈旧，新片很难看到，但卖座却甚拥挤。湖州同别的小都市一样，商店仅有关门，营业尽管清淡衰落，然娱乐场所却是畸形地热闹的！

莫干山观日出

范烟桥①

曩在历下颇欲一登泰岱，以盗多行路难，未往，至今耿耿焉。前年游莫干山，未行前闻老友朱慰元言，山上观日出，奇丽为他处可无。故上山之诘朝，未明，即披衣而起，倚槛静待，顾晓寒殊甚，急切未挟纩，乃以棉衾裹体，如健儿入运动场。盖山上减山下温，恒在十度以上，八月天气，山下晓起亦须加衣，宜其须冬服矣。初，弥天沉黑，东方云脚微露浅白，始辨天地，然若为山谷，若为楼台，则犹混沌于墨水瓶中也。鸡既鸣矣，光明渐呈，林木云峦判然，而天空之颜色如画家之调碟，陆离光怪，无所不具。已而突现异彩，有若金蛇万道，僵卧天际，云片

---

① 范烟桥（1897—1967），江苏吴江人，名镛，字味韶。散文家，小说家。先后参加南社、青社，发起组织青社，创办《星报》，主编《珊瑚》。著有《范烟桥说集》《齐东新语》《孤掌惊鸣记》《中国小说史》等。本文选自《茶烟歇》，中孚书局 1934 年 12 月初版。

图 17　莫干山簰头
(摄于 1932 年前)

浙西篇

富春江上的回忆

周瘦鹃①

"江回滩绕百千湾，几日离肠九曲环，一棹画眉声里过，客愁多似富春山"。这是清诗人徐阮邻氏的诗。读此诗，便略可知道富春之妙了。前几天，见报纸上载有富阳桐庐水灾，士绅电请赈济的消息，我因不由得回忆起今年春光好时的清游，回忆起那一带水媚山明的富春江来。

年年游西湖，游得腻了，今年清明，我便发起游富春，先承陈冷血先生指示一切，又承王汝嘉兄、至友汪君函托桐庐友人担任招待。清明前四日，我们一行人便出

① 周瘦鹃(1895—1968)，江苏上海人，名祖福，字国贤。翻译家，小说家，编辑家，园艺家。主编《礼拜六》《半月》《紫罗兰》等。著译有《言情小说集》《新秋海棠》《欧美名家短篇小说丛刻》等。今人辑存《周瘦鹃文集》。本文原载《上海画报》第一百三十四期至第一百三十六期，1926 年 7 月 24 日、27 日、30 日出版。

发了，除了我和室人凤君外，有老同学蒋保釐律师、吴云梦伉俪、王汝嘉伉俪、张珍侯伉俪和张子英超、王女爱爱，共十一人。

我们到了杭州，在城站旅馆宿了一夜，第二天早上便赶往南星桥，搭振兴公司的恒新轮往桐庐，分坐官舱三间。因为大家都是熟人，闹盈盈的挤在一起，腾出一间来专放行囊。一路谑浪笑傲，无话不谈，就中吴云梦伉俪还是不满半年的新夫妇，便做了众矢之的。

船入富春江后，顿觉得山绿了，水也绿了，我们容与这山水之间，也似乎衬托得衣袂俱绿。珍侯爱摄影，兀自捧了个摄影机，在船头忙着。将过富阳，天忽下雨了，水面上似乎撒着明珠无数，四山罩在雨气中，似是美人儿蒙着轻绡雾縠一般。同船有两个美国人，在船头和我们攀谈，说这一带风景，绝似日本西京，以女子为比，便可说其秀在骨，与庸脂俗粉不同，我们听了，叹赏不置。

午后五时，雨早已止了，却还没有放晴。船已到了桐庐，刚泊岸，忽有人走上船来，问哪一位是周瘦鹃先生，我心中诧异着，上前一问，才知是汪君函托招待我们的一位陈先生。陈先生导着我们上岸，岸边便是一座旅馆叫作惠宾旅馆，有三层楼，所处地位很好。我们在第三层楼占了三个房间，房金每天每间不过一元，设备虽很粗率，也还勉强可住。这晚在临近的襟江楼中用了晚餐，菜肴的可口，不亚于上海。饭后在旅馆中随意闲谈，凭栏待月，不见月来，只见乱云如絮，在桐君山头相推相逐，别饶奇观。歌女上来卖歌，每元三支，不折不扣，更不肯另卖，满旅馆只听得咿咿哑哑的弦索声和歌唱声，令人起琵琶江上之感。汝嘉惯恶作剧，唤了个杭州小女郎来，年不过十四五，大唱其嗳唷嗳唷的泗州调，唱得大家都肉麻起来。唱完后定要再唱二支，意在换取一块大洋，我们却不敢再行领教。经汝嘉一番交涉，才取了四角钱去，十二点钟才分头安睡。

我已睡了，难为陈先生和珍侯、汝嘉他们把第二天游七里泷的船和饭菜等都安排好了。第二天早上八点钟，大家吃了一碗鳝背面，风味之好，非上海诸面馆所可及，据说是旅馆中自办的。吃过了面，陈先生还没有来，我们便用摆渡船渡到对面的桐君山去。山虽不高，风景却还不恶。山顶有桐君寺，寺内外有小轩，见一联云：

“君系上古神仙，灵兮如在；我爱此间山水，梦也常来。”大家见了下联，都拍手喊好。寺前石长凳上，坐着一个盲老人，正吸着旱烟。瞧他的模样，大可入画。自言来自富阳，年已七十多岁，孤苦无依。我们于是大发慈悲，人人解囊，铜元角子，纷纷放在他的帽子里，一共有两块多钱。老人伸手摸索着，大念阿弥陀佛不止。

陈先生同他的一位表妹来了，我们便一同上船去。船是新船，宽敞可容二十人。船中一家老小，都在船尾，我们一行十五人，占满了一船。红日三竿，照着我们兴高采烈的出发了。行了不一会。陈先生便唤船家傍一傍岸，登岸去借麻雀牌，汝嘉也去买了两只胡琴来，当下船又开了。于是打麻雀的打麻雀，拉胡琴的拉胡琴。我却和凤君坐在船头，饱看山水，越上去越见得山青水绿，如入画图。午后，雀局完了，预备吃饭，船家买了一尾桃花鳜，新鲜可喜，由大家公推凤君执炊。倘在五月初来，还有活鲥鱼可吃，可惜来得早了。所有饭菜，也是襟江楼承办，外加自烹的桃花鳜，吃得人人高兴。

图 18　富春江
（摄于 1922 年前）

欸乃声声，船已进了七里泷口了。船家上岸去背纤，我们全船的人，都聚在船头，我看着这一片伟大的好景，如展黄子久富春长卷，一时神怡心旷，兀自默默看着，说不出一句话来。见了绝色美人，有心噤丽质的成语，我这时也有心噤丽质之慨了。午后三点半钟，便到了严子陵钓台之下，上山见有大碑，标着“严子陵钓鱼台”“谢皋羽恸哭西台”诸字。山顶有东西二台，东山便是严先生的钓台，有亭翼然。西台属谢，也有一亭，亭中有“清风千古”一碑。拜严先生祠，见庙貌蔼然，满现着笑容，不由得深深一鞠躬了。祠中有联云：“磐石钓台高，任长鲸跋浪沧溟，料理丝纶，独把一竿观世局；扁舟云路近，携孤鹤放怀山水，安排诗酒，好凭七里听滩声。”祠旁有客星楼，供有谢皋羽、苏东坡等位。楼中有一联云：“大汉千古，先生一人”，分明是指严先生而言。我们在祠中小坐了一回，用过了茶，才踱下山去。我们原议是要直到严州的，不过同行中有人醉心西子湖上裙屐之盛，不愿再伴这清寂的山水，因便贿通了船家，说当日不及到严州，又说严州有强盗，竟半途回棹了。我和珍侯是主张往严州的，竟不能达到目的。我既发见了这回棹的诡计，大为愤懑，以为与当年岳武穆被十二金牌召回，同一恨事。归途到罗市镇一游，无甚可观，不过沿江一带的石滩，还可动目。而在岸上看那七里泷一带的山，罩在蔷薇色的夕阳影里，真觉得春山如笑咧。

晚间八点钟，回到桐庐，仍在惠宾。陈先生请我们在馆中晚餐，酒香肴美，竟胜过襟江楼，便是在吃喝著名的上海，也不可多得的。第二天早上六点一刻钟，我们便和桐君山告别，去和西子湖相见了。

桐庐行

柯　灵①

我生长在水乡，水永远使我感到亲切，感到诱惑。如果我的性格里有明快的成分，那是水给我的，那澄明透澈的水，浅绿的水。

我渡过很多次钱塘，却只是往来两岸之间，没有机会沿江看看。富春江早就给我许多幻想了，直到最近，才算了了这个无关紧要的心愿。应该感谢的是太平洋旅行社的招待。

对于这样的旅行，最理想的应当是坐木船，浮家泛宅，不计时日，迎晓风，送夕阳，看明月，一路从从容容地走去，觉得什么地方好，就在那里停泊，等兴尽了再走。

---

① 柯灵（1909—2000），浙江绍兴人，本名高季琳。散文家，剧作家，电影理论家。主编《文汇报》副刊、《万象》等。著有《掠影集》《晦明》《市楼独唱》等。本文原载《周报》1946年第四十一期。

自然，这也只能想想而已；这么悠闲的时代，旧的去了，新的还没投胎。这次到富春江，从杭州出发，行程只有一天，早去晚回，雇的是一艘小火轮。抗战期间，从杭州到“自由区”区的屯溪，这是一条必经之路，舟楫往来，很热闹过一时；现在“曲终人不见，江上数峰青”，才还了它原来的清静落寞。在目前这样圣明的“盛世”，专程游览而去的，大概这还算是第一次。

论风景，富春江最好的地方在桐庐到严州之间，出名的七里泷和严子陵钓台都在那一段；可是我们到了桐庐就折回了，没有再上去。原因有两种，时间限制是一种，主要的是因为那边不太平，据说有强盗，一种无以为生铤而走险的“大国民”。安全第一，不去为上。自然这未免扫兴，好比拜访神交已久的朋友，到了门口没法进去，到底缘悭一面。妙的是桐庐这扇大门着实有点气派，虽然望门投止，也可以约略想象那“侯门似海”的光景。

从钱塘、富春溯江而上，经富阳到桐庐，整整走了九小时，约莫有近二百里的水程。清早启碇，沐着袭人的凉意，上面是层云飘忽的高空，下面是一江粼粼的清流，天连水，水连天，交接处迎面挡着一道屏风似的山影——这的确是屏，不象山，动人的是那色彩，浓蓝夹翠绿，深深浅浅，像用极细极细的工笔在淡青绢本上点出来的。那宽阔的境界教人觉得浑身舒展，那点色彩却向人招诱，引逗着人的想象。这一路上去，目不暇接的是远远近近的山，明明暗暗的树，潮平岸阔，风正帆轻，偶或在无穷的原野中出现临河的小村小镇，听听遥岸的人声，也自有一种亲切的喜悦。

过了富阳，因为连日阴雨，山上的积水顺流而下，满江是赭色的急湍。船行本是逆流，这一来走得更慢。时间太久了，不断的"疲劳欣赏"，渐渐使人感到单调。直到壁立的桐君山在船头出现，这才士气大振，似乎发现了新大陆。

拿经历来印证想象，过去这大半天所见的光景，跟我虚构的画面至少有点不符。我想象中的富春江没有这么开阔，夹岸对峙着悬崖峭壁，翠嶂青峰，另是一番深峻的气象。看到桐君山，我这才像是看到了梦中的旧相识，它巍然矗立，那么峭，那么庄严，似乎颇藐视我这个昂首惊喜的梦游人。山上没有什么嶙峋的怪石，却是杂树葱茏，有一株无名花树，众醉独醒，开得正在当令。绿云掩映之间，山巅掣出几间缥缈的屋子，有人正在窗前探首，向江心俯瞰。

船转过山脚，天目溪从斜刺里迎面而来，富春江是一片绀赭，而它却是溶溶的碧流，两种截然不同的颜色，在这里分成两半，形成稀有的奇景。

桐君山并不高，却以地位和形势取胜，兼有山和水的佳趣。背后是深谷，绵延的山脉；前面极目无垠，原野如绣，而两面临水，脚底下就是那滔滔汩汩的大江；隔岸相望，两江交叉处是桐庐的市廛一撮，另一面又是隔岸的青山。山顶的庙宇已经破残不堪，从那漏空的断壁，洞穿的飞檐，朱痕犹在的雕阑画栋之间，到处嵌进了山，望得见水。庙后的一株石榴，寂寞中兀自开得绚烂，那耀眼的艳红真当得起"如火如荼"的形容，似乎也只有这样的地方才配有它。站在山顶，居高临下，看看那幽深雄奇的气势，我想起历史，想起战争，想起我们的"河山如信美"，想起"世事无凭"，一种深沉而没有边际的感慨。在这次战争中，桐庐曾经几度沦陷，缅想敌人立马山头，面对如此山川，而它的主人是这么个没出息的民族，我不知激动他的是一种怎样的情感？

渡水过桐庐，从江边拾级而上，我们在街上闲闲地溜达了一回。这是个江城，同时是个山城，所以高高地矗立在水上。像喜欢杭州的龙井一样，我喜欢这个小城。好在小，比较整洁，有温暖亲切的感觉，不象有些小村小城，一接触到就使人想起灾难、贫穷、老死，把我们对于田园的幻想登时捣个粉碎。桐庐街道虽小，却并无逼窄之意，道旁疏疏地种着街树，这似乎是别的小城市中所不经见的。市街相当繁荣，有些房子正在建造。在一家小书铺里发现了《周报》，不想到这个小地方还会有它，同行的张邦铎先生欣慰地跟那书店主人清谈了好一会。溜达之余，唐弢和我忽发遐想，一时竟起了摆脱一切到桐庐来静静写作的“闲清逸兴”。

临江有一家旅馆，两面临水。一位朋友曾经在那里投宿，据说入夜倚窗，看山间明月，江上渔灯，有不可描摹的情趣。可惜我们没有这个福气。

数年来梦想的富春江，总算看过了。虽然连七里泷和钓台的面也没有见，可是到底逛了桐庐。这就够了！单为爬一次桐君山，也算得此行不虚！人们艳说上游如何如何的山回水曲，引人入胜；如何如何的柳暗花明，奇峰突起，看了桐庐，我们的想象有了驰骋的依托，从这里也可以得其一二。愿将此留供低徊，作他日直溯上游时的印证吧。

六月十二日

杭江小历纪程

郁达夫①

一九三三年十一月九日，星期四，晴爽。

前数日，杭江铁路车务主任曾荫千氏，介友人来谈；意欲邀我去浙东遍游一次，将耳闻目见的景物，详告中外之来浙行旅者，并且通至玉山之路轨，已完全接就，将于十二月底通车，同时路局刊行旅行指掌之类的书时，亦可将游记收入，以资救济 baedeker 式的旅行指南之干燥。我因来杭枯住日久，正想乘这秋高气爽的暇时，出去转换转换空气，有此良机，自然不肯轻易放过，所以就与约定于十一月九日渡江，坐夜车起行。

午后五时，赶到三廊庙江边，正夕阳晻暧，萧条垂暮

① 郁达夫（1896—1945），浙江富阳人。小说家，散文家，诗人。著有《沉沦》《春风沉醉的晚上》《迟桂花》等。今人辑存《郁达夫文集》。本文原载《浙东景物纪》，杭江铁路局 1933 年 12 月初版；选自《达夫游记》，上海文学创造社 1936 年 3 月初版。

的时候。在码头稍待，知约就之陈万里、郎静山二先生，因事未来。登轮渡江，尚见落日馀晖，荡漾在波头山顶，就随口念出了“落日半江红欲紫，几星灯火点西兴”的两句打油腔。渡至中流，向大江上下一展望，立时便感到了一种莫名其妙的愉快，大约是因近水遥山，视界开扩了的缘故，“心旷神怡”的四字在这里正可以适用，向晚的钱塘江上，风景也正够得人留恋。

到江边站晤曾主任，知陈郎二先生，将于十七日来金华，与我们会合，因五泄、北山诸处，陈先生都已到过，这一回不想再去跋涉，所以夜饭后登车，车座内只有我和曾主任两人而已。

两人对坐着，所谈者无非是杭江路的历史和经营的苦心之类。

缘该路的创设，本意是在开发浙东；初拟的路线，是由杭州折向西南，遵钱塘江左岸，经富阳、桐庐、建德、兰溪、龙游、衢县、江山而达江西之玉山，以通信江，全线约长三百零五公里。后因大江难越，山洞难开，就改成了目下的路线，自钱塘江右岸西兴筑起，经萧山、诸暨、义乌、金华、汤溪、龙游、衢县、江山，仍至江西之玉山，计长

图 19　诸暨车站
(摄于 1934 年)

三百三十三公里；又由金华筑支线以达兰溪，长二十二公里。建筑经费，因鉴于中央财政之拮据，就先由地方设法，暂作为省营的铁路。省款当然也不能应付，所以只能向管理中英庚款董事会及沪杭银行团等商借款项，以资挹注。正唯其资本筹借之不易，所以建筑、设备等事项，也不得不力谋省俭，勉求其成。计自民国十八年筹备开始以来，因省政府长官之更易而中断之年月也算在内，仅仅于两三年间，筑成此路。而每公里之平均费用，只三万馀元，较之各国有铁路，费用相差及半，路局同人的苦心计划，也真可以佩服的了。

江边七点过开车，达诸暨是在夜半十点左右。车站在城北两三里的地方，头一夜宿在诸暨城内。

诸　　暨　五泄

十一月十日，星期五，晴快。

昨晚在夜色微茫里到诸暨，只看见了些空空的稻田，点点的灯火，与一大块黑黝黝的山影。今晨六时起床，出旅馆门，坐黄包车去五泄，虽只晨光晞暝，然已略能辨出诸暨县城的轮廓。城西里许有一大山障住，向西向南，馀峰绵亘数十里，实为胡公台，亦即所谓长山者是。长山之所以称胡公台者，因长山中之一峰陶朱山头，有一个胡公庙在，是祀明初胡大将军大海的地方。五泄在县西六十里，属灵泉乡，所以我们的车子，非出北门，绕过胡公台的山脚，再朝西去不行。

出城将十里，到陶山乡的十里亭，照例黄包车要验票，这也是诸暨特有的一种组织。因为黄包车公司，是一大集股的民营机关，所有乡下的行车道路，全系由这公司所修筑；车夫只须觅保去拉，所得车资，与公司分拆，不拉休息者不必出车租；所以坐车者，要先向公司去照定价买票，以后过一程验一次，虽小有耽搁，但比之上海杭州各都市的讨价还价，却简便得多。过陶山乡，太阳升高了，照出了五色缤纷的一大平原，乌桕树刚经霜变赤，田里的二次迟稻——大半是糯谷，有的尚未割起，映成几片金黄，远近的小村落，晨炊正忙，上面是较天色略白的青烟，而下面却是受着阳光带一些些微红的白色高墙。长山的连峰，缭绕在西南，北望青山一发，牵延不断，按县志所述，应该是杭乌山的馀脉，但据车夫所说，

图 20　五泄
（摄于 1934 年前）

则又是最高峰鸡冠山拖下来的峰峦。

从十里亭起，八里过大唐庙，四里过福缘桥，桥头有合溪亭，一溪自五泄西来，一溪又自南至，到此合流。又三里到草塔，是一大镇，尽可以抵得过新登之类的小县城，市的中心，建有数排矮屋，为乡民集市之所，形状很像大都市内的新式菜场。草塔居民多赵姓，所以赵氏宗祠，造得很大，市上当然又有一验票处。过此是五泉庵，遥望杨家溇塔，数里到避水岭，已经是五泄的境界了。

避水岭上，有一个庙，庙外一亭，上书“第一峰”三字。岭下北面，就是五泄溪。登岭西望，低洼处，又成一谷，五泄的胜景，到此才稍稍露出了面目。因为过岭的一条去路，是在山边开出，向右手下望谷中，有红树青溪，象一个小小的公园。岭西山脚下，兀立着一块岩石，状似人形，车夫说：“这就是石和尚，从前近村人家娶媳妇，这和尚总要先来享受初夜权，后来经村人把和尚头凿了，才不再作怪。”

大约县志上所说的留仙石，上镌有“谢元卿结茅处”六字的地方，总约略在这一块石壁的近旁。

自第一峰——避水岭起，西行多小山，过一程，就是一环山，再过一程，又是一个阪。人家点点，山影重重，且时常和清流澈底的五泄溪或合或离，令人有重见故人之感。过西墙弄的桥边，至里坞下朱，眼界又一广。经徐家山下，到青口镇，黄包车就不能走了，自青口至五泄的十馀里，因为溪水纵横，山路逼仄，车路不很容易修建，所以再往前进，就非步行或坐轿子不可。

自青口去，渡溪一转弯，就到夹岩。两壁高可百丈，兀立在溪的南北，一线清溪，就从这岩层很清的绝壁底下流过。仰起来看看岩头，只觉得天的小，俯下去看看水，又觉得溪的颜色有点清里带黑，大约是岩壁过高，壁影复在水面上的缘故。我虽则没有到过来茵、多瑙的河边，但立在夹岩中间，回头一望，却自然而然的想起了学习德文的时候，在海涅的名诗《洛来拉兮》篇下印在那里的那张美国课本上的插画。

夹岩北壁中，有一个大洞，洞中间造了一个庙，这庙的去路，是由夹岩寺后的绝壁中间开凿出来的，我们爬了半天，滑跌了几次，手里各捏了两把冷汗，几乎喘息到回不过气来，才到了洞口；到洞一望，方觉悟到这一次爬山的真不值得。因为从谷底望来，觉得这洞是很高，但到洞来一看，则头上还是很高的石壁，而对面的那块高岩，依旧同照壁似的障在目前，展望不灵，只看见了几丝在谷底里是很不容易见到的日光而已。

从夹岩西北进，两三里路中间，是五泄的本山了。一步一峰，一转一溪，山峰的尖削，奇特，深幽，灵巧，从我所经历过的山水比较起来，只有广西肇庆以西的诸峰岩，差能和它们比比，但秀丽怕还不及几分。

好事的文人，把五泄的奇岩怪石，一枝枝都加上了一个名目，什么石佛岩啦，檀香窟啦，朝阳峰，碧玉峰，滴翠峰，童子峰，老人峰，狮子峰，卓笔峰，天柱峰，棋盘峰……峰啦，多到七十二峰，二十五岩，一洞，三谷，十石，等等，真象是小学生的加法算学课本，我辨也辨不清，抄也抄不尽了，只记一句从前徐文长有一块石碣，刻着“七十二峰深处”的六字，嵌在五泄永安禅寺的壁上——现在这石碣当然是没有了，其馀的且由来游的人自己去寻觅拟对吧！

五泄寺，就是永安弹寺，照志书上说，是唐元和三年灵默禅师之所建。后来屡废屡兴，名字也改了几次，这些考据家的专门学问，我们只能不去管它，可是现在的寺的组织，却真有点奇怪。寺里的和尚并不多，吃肉营生——造纸种田，同俗人一点儿也没有分别，只少了几房妻妾，不生小孩，买小和尚来继承的一事，和俗人小有不同。当家和尚，叫做经理，我们问知客的那位和尚以经理僧在哪里呢？他又回答说：上市去料理事务去了。寺的规模虽大，但也都坍败得可以，大雄宝殿，山门之类，只略具雏形，惟独所谓官厅的那一间客厅，还整洁一点，上面挂着有一块刘墉写的双龙湫室的旧匾，四壁倒也还有许多字画挂在那里。

在客厅西旁的两间小室里吃过饭后，和尚就陪我们去看五泄；所谓五泄者，就是五个瀑布的意思，土人呼瀑布为泄，所以有这一个名称，最下的第五泄，就在寺后西北的坐山脚下，离寺约有三百多步样子，高一二十丈，宽只一二丈，因为天晴得久了，泄身不广，看去也只是一个平常的瀑布而已。奇怪的是在这第五泄上面的第一、二、三、四各泄，一道溪泉，从北面西面直流下来，经过几折山岩，就各成了样子、水量、方向各不相同的五个瀑布。我们爬山过岭，走了半天，才看见了一、二、三的三个瀑布，第四泄却怎么也看不到。凡不容易见到的东西，总是好的，所以游客，各以见到了第四泄为夸，而徐霞客、王思任等做的游记，也写得它特别的好而不易攀登。总之，五泄原是奇妙，可是五泄的前后上下，一路上的山色溪光，我觉得更是可爱。至如西龙潭——我们所去的地方，即五泄所在之处，名东龙潭的更幽更险，第一泄上刘龙子庙前的自成一区，北上山巅，站在响铁岭岭头眺望富阳紫阆的疏散高朗，那又是锦上之花，弦外之音了，尤其是寺前去西龙潭的这一条到浦江的路上的风光，真是画也画不出来，写也写不尽言的。

上面曾说起了刘龙子的这一个名字，所谓刘龙坪者，是五泄山中的一区特异的世外桃源。坪上平坦，有十几廿亩内外的广阔，但四周围却都是高山，是山上之山，包围得紧紧贴贴；一道溪泉，从山后的紫阆流来，由北向西向南，复折回来，在坪下流过，成了第一泄的深潭；到了这里，古人的想象力就起了作用，创造出神话来了。万历《绍兴府志》说："晋时刘姓一男子，钓如五泄溪，得骊珠吞之，化龙飞去，人号刘龙子，其母墓在撞江石山，每清明龙子来展墓，必风雨晦暝；墓上松两株，至今奇古可爱，相传为龙子手植云。”

同这一样的传说，凡在海之滨，山之瀑，与夫湖水江水深大的地方，处处都有，所略异者，只名姓年代及成龙的原因等稍有变易而已。

我们因为当天要赶到县城，以后更有至闽边赣边去的预定，所以在五泄不能过夜，只走马看花，匆匆看了一个大概；大约穷奇探胜，总要三五日的工夫，在五泄寺打馆方行，这么一转，是不能够领略五泄的好处的。出寺从原路回来，从青口再坐黄包车跑回县治，已经是暗夜的七点钟了；这一晚又在原旅馆住了一宵。

诸　暨　苎萝村

十一月十一目，星期六，晴朗如前。

昨夜因游倦了，并去诸暨城隍庙国货商场的游艺部看了一些戏，所以起来稍迟。去金华的客车，要近午方开，八点钟起床后，就出南门上苎萝山去偷闲一玩。出城行一二里，在五湖闸之下，有一小山，当浦阳江的西岸，就是白阳山的支峰苎萝山，山西北面是苎萝村，是今古闻名的美人西施的生地。有人说，西施生在江的东面金鸡山下郑姓家，系由萧山迁来的客民之女，外祖母在江的西面姓施，西施寄住在外祖母家，所以就生长在苎萝村里。幼时常在江边浣纱，至今苎萝山下，江边石上，还有晋王羲之写的“浣纱”两字，因此，这一段江就名作浣纱溪。古今来文人墨客，题诗的题诗，考证的考证，聚讼纷纭，到现在也还没有一个判决，妇人的有关国运，易惹是非，类都如此。

苎萝山，系浣纱江上的一枝小山，溪水南折西去，直达浦江，东面隔江望金鸡山，对江可以谈话。苎萝山上进口处有“古苎萝村”四字的一块小木牌坊，进去就是西施庙，朝东面江，南面新建一阁，名北阁，中供西施石刻像一尊。经营此庙者，为邑绅清孝廉陈蔚文先生，庙中悬挂着的匾额对联石刻之类，都是陈先生的手笔。最妙者，是几块刻版的拓本，内载乩盘开沙时，西施降坛的一段自白，辩西施如何的忠贞两美，与夫范蠡献西施，途中历三载生子及五湖载去等事的诬蔑不通。庙前有洋楼三栋，本为图书馆，现在却已经锁起不开了。

管西施庙的，是一位中老先生。这位先生，是陈氏的亲戚，很能经营。陪我们入座之后，献茶献酒，殷勤得不得了；最后还拿出几张纸来，要我们留一点墨迹。我于去前山看了未完成的烈士墓及江边镌有“浣纱”两字的浣纱石后，就替他写了一副对，一张立轴。对子上联是定公诗“百年心事归平淡”，下联是一句柳亚子先生题我的《薇蕨集》的诗，“十载狂名换苎萝”。亚子一生，唯慕龚定庵的诡奇豪逸，而我到此地，一时也想不出适当的对句，所以勉强拉拢了事，就集成了此联。立轴上写的，是一首急就的绝句：“五泄归来又看溪，浣纱遗迹我重题。陈郎多事搜文献，施女何妨便姓西。”暗中盖也有一点故意在和陈先生捣乱的意思。

玩苎萝山回来，十一点左右上杭江路客车，下午三点前，过义乌。车路两旁的青山沃野，原美丽得不可以言喻，就是在义乌的一段，夕阳返照，红叶如花，农民驾使黄牛在耕种的一种风情，也很含有着牧歌式的画意。倚窗呆望，拥鼻微吟，我就哼出了这样的二十八字：“骆丞草檄气堂堂，杀敌宗爷更激昂。别有风怀忘不得，夕阳红树照乌伤。”骆宾王，宗泽，都是义乌人。而义乌金华一带系古乌伤地，是由秦孝子颜乌的传说而来的地名。

下午三点过，到金华，在金华双溪旁旅馆内宿，访旧友数辈，明日约共去北山。

金　　华 北山

十一月十二日，星期日，晴。

金华的地势，实在好不过。从浙江来说，它差不多是坐落在中央的样子。山脉哩，东面是东阳义乌的大盆山的馀波，为东山区域；南接处州，万山重迭，统名南山；西面因有衢港钱塘江的水流密布，所以地势略低；金华江蜿蜒西行，合于兰溪，为金华的唯一出口，从前铁道未设的时候，兰溪就是七省通商的中心大埠。北面一道屏障，自东阳大盆山而来，绵亘三百馀里，雄镇北郊，遥接着全城的烟火，就是所谓金华山的北山山脉了。

北山的名字，早就在我的脑里萦绕得很熟，尤其是当读《宋学师承》及《学案》诸书的时候，遥想北山的幽景，料它一定是能合我们这些不通世故的蠹书虫口味的。所以一到金华，就去访北山整理委员会的诸公，约好于今日侵晨出发；绳索、汽油灯、火炬、电筒、食品之类，统托中国旅行社的姜先生代为办好，今早出迎恩门北去的时候，七点钟还没有敲过。

北山南面的支峰距城只二十里左右，推算起北山北面的山脚，大约总在七八十里以外了；我们一出北郊，腰际被晓烟缠绕着的北山诸顶，就劈面迎来，似在监视我们的行动。芙蓉峰尖若锥矢，插在我们与北山之间，据说是县治的主脉。十里至罗店，是介在金华与北山正中的一大村落。居民于耕植之外，更喜莳花养鹿，半当趣味，半充营业，实在是一种极有风趣的生涯。花多株兰、茉莉、剑兰，亦栽佛手；据村中人说，这些植物，非种入罗店之泥不长，非灌以双龙之泉不发，佛手树移至别处，就变作一拳，指爪不分了。

自罗店至北山，还有十里，渐入山区，且时时与自双龙洞流出的溪水并行。路虽则崎岖不平，但风景却同嚼蔗近根时一样，渐渐地加上了甜味。到华溪桥，就已经入了山口，右手一峰，于竹叶枫林之内，时露着白墙黑瓦，山顶上还有人家。导游者北山整理委员黄君志雄，指示着说："这就是白望峰，东下是鹿田，相传宋玉女在这近边耕稼，畜鹿，能入城市贸易，村民邀而杀之，鹿遂不返，玉女登峰白望，因有此名，玉女之坟，现在还在。”

这真是多么美丽的传说啊！一个如花的少女，一只驯良的花鹿，衔命入城，登峰遥望，天色晚了，鹿不回来，一声声的愁叹，一点点的泪痕，最后就是一个抑郁含悲的死！

过白望峰后，路愈来愈窄，亦愈往上斜，一面就是万丈的深溪，有几处泡沫飞溅，像六月里的冰花。溪里面的石块，也奇形怪状，圆滑的圆滑，扁平的扁平，我想若把它们搬到了城里，则大的可以镶嵌作屏风装饰；小的也可以做做小孩的玩物。可是附近的居民，于见惯之后，倒也并不以为希奇了。沿溪入山，走了一二里的光景，就遇着了一块平地，正当溪的曲处；立在这一块地上，东西北三面的北山苍翠，自然是接在眉睫之间，向南远眺，且可以看见南山的一排青影，北山整理委员会的在此建佛寿亭，识见也真不错；只亭未落成，不能在亭上稍事休息，却是恨事。从这里再往前进，山路愈窄亦愈曲，不及二里，就到了洞口的小村，双龙洞离这村子，只有百馀步路了，我们总算已经到了我们的目的地点。

北山长三百馀里，东西里外数十馀峰，溪涧、池泉、瀑布、山洞，不计其数；但为一般人所称道，凡游客所必至，与夫北山整理委员会第一着着手整理之处，就是道书所说的“第三十六洞天”的朝真、冰壶、双龙的山洞。三洞之中，朝真最大，亦最高，洞系往上斜者，非用梯子，不能穷其底，中为冰壶，下为双龙。

我们到双龙洞，已将十一点钟。外洞高二十馀丈，广深各十馀丈，洞口极大，有东西两口，所以洞内光线明亮，同在屋外一样。整理委员会正在动工修理，并在洞旁建造金华观，洞中变成了作场的样子；看了些碑文、石刻之后，只觉得有点伟大而已，另外倒也说不出什么的奇特。洞中间，有一道清泉流出，岁旱不涸，就是所谓双龙泉水，溯泉而进，是内洞了。

原来这一条泉水，初看似乎是从地底涌出来似的，水量极大；再仔细一看，则泉上有一块绝大的平底岩石覆在那里，离水面只数寸而已。用了一只浴盆似的小木船，人直躺在船底，请工人用绳索从水中岩石底推挽过去，岩石几乎要擦伤鼻子，推进一二丈路，岩石尽，而大洞来了，洞内黑到了能见夜光表的文字，这就是里洞。

里洞高大和外洞差仿不多，四壁琳琅，都是钟乳岩石。点上汽油灯一照，洞顶有一条青色一条黄色的岩纹突起，绝像平常画上的龙，龙头龙爪龙身，和画丝毫不爽，青龙自东北飞舞过来，黄龙自西北蜿蜒而至。向西钻过由钟乳石结成的一道屏壁间的小门，内进曲折，有一里多深；两旁石壁，青白黄色的都有，形状也歪斜迭皱，有像象身的，有像狮子的，有像凤尾的，有像千缕万线的女人的百裥裙的，更有一块大石像乌龟的；导游的黄君，一一都告诉我了些名字，可惜现在记不清了。这里洞内一里多深的路，宽广处有三五丈，狭的地方，也有一二丈。沿外壁是一条溪泉，水声淙淙，似在奏乐；更至一处离地三尺多高的小岩穴旁，泉水直泻出来，形成了一个盆景里的小瀑布。洞的底里，有一处又高又圆方的石室，上视室顶，象一个钟乳石的华盖，华盖中央，下垂着一个球样的皱纹岩。

这里洞的两壁，唐宋人的题名石刻很多，我听见到的，以庆历四年的刻石为最古。石室内的岩上，且有明万历年间游人用墨写的“卧云”两字题在那里，墨色鲜艳，大家都疑它是伪填年月的，但因洞内空气不流通，不至于风化，或者是真的也很难说。清人题壁，则自乾隆以后，绝对没有了，盖因这里洞，自那时候起，为泥沙淤塞了的缘故。这一次旧洞新辟，我们得追徐霞客之踪，而来此游览者，完全要感谢北山整理委员会各委员的苦心经营，而黄委员志雄的不辞劳瘁，率先入洞，致有今日，功尤不小。

在洞里玩了一个多钟头，拓了二张庆历四年的题名石刻，就出来在外洞中吃午饭。饭后更上山，走了二三百步，就到了中洞的冰壶洞口。

冰壶洞，口极小，俯首下视，只在黑暗中看得出一条下斜的绝壁和乱石泥沙。弓身从洞口爬入，以长绳系住腰际，滑跌着前行，则愈下愈难走，洞也愈来得高大。

前行五六十步，就在黑暗中听得出水声了，再下去三四十步，脸上就感得到点点的飞沫。再下降前进三五十步，洞身忽然变得极高极大，飞瀑的声音，振动得耳膜都要发痒。瀑布约高十丈左右，悬空从洞顶直下，瀑身下广，瀑布下也无深潭，也无积水，所以人可以在瀑布的四周围行走。走到瀑布的背后，旋转身来，透过瀑布，向上向外一望，则洞口的外光，正射着瀑布，象一条水晶的帘子，这实在是天下的奇观，可惜下洞的路不便，来游者都不能到底，一看这水晶帘的绝景。

总之冰壶洞象一只平常吃淡芭菇的烟斗，口小而下大。在底下装烟的烟斗正中，又悬空来了一条不靠石壁流下的瀑布。人在大烟斗中走上瀑布背后，就可以看见烟嘴口的外光。瀑布冲下，水全被沙石吸去，从沙石中下降，这水就流出下面的双龙洞底，成为双龙泉水的水源。

因为在冰壶洞里跌得全身都是烂泥沙渍，并且脚力也不继了，所以最上面的朝真洞没有去成。据说三洞之中，以朝真洞为最大，但系一层一层往上进的，所以没有梯子，也难去得。我想山的奇伟处，经过了冰壶双龙的两洞，也总约略可以说说了，舍朝真而不去，也并没有什么大的遗憾。

在北山回来的路上，我们又折向了东，上芙蓉峰西的凤凰山智者寺去看了一回陆放翁写的《重修智者广福禅寺碑记》。碑面风化，字迹已经有一大半剥落，唯碑后所刻的陆务观致智者玘公禅师手牍，还有几块，尚辨认得清。寺的衰颓坍毁，和徐霞客在《游记》里所说的情形一样。三百年来,这寺可又经过了一度沧桑了。

北山的古迹名区,我们只看了十分之一,单就这十分之一来说,可已经是奇特得不得了了;但愿得天下太平,身体康健,北山整理会诸公工作奋进,则每岁春秋佳日,当再约伴重来,可以一尽鹿田、盘泉、讲堂洞、罗汉洞、卧羊山、赤松山、洞箬山、白兰山诸地的胜概。

兰　　溪　横山

十一月十三日,星期一,晴快。

昨晚因游北山倦了,所以早睡,半夜梦醒,觉得是身睡在山洞的中间,就此一点,也可以证明山洞给我的印象的深刻。

晨起匆匆整装,上车站坐轨道汽车去兰溪。走了个把钟头,车只是在沿了北山前进,盖金华山的西头,要到兰溪才尽,而东头的金华山,则已于前日自诸暨来金华时火车绕过。此次南来,总算绕了金华山一匝,虽然事极平常,但由我这初次到浙东来游的野人看来,却也可以同小孩子似的向人夸说了。

在兰溪吃过午饭，就出西门江边，雇了一只小船，划上隔江西南面的横山兰阴寺去。

这横山并不高，也不长，状似棱形，从东面兰溪市上看来，一点儿也没有什么可取，但身到了此山，在东头灵源庙前上船，绕过南面一条沿江的山道，到兰阴寺前的小峰上去一望，就觉得风景的清幽潇洒，断不是富春江的只有点儿高远深静的山容水貌所能比得上的了。先让我来说明一下这横山的地势，然后再来说它的好处。

衢港远自南来，至兰溪而一折，这横山的石岩，就凭空突起，挡住了衢港的冲。东面呢，又是一条金华江水，迤逦西倾，到了兰溪南面，绕过县城，就和衢港接成了一个天然的直角。两水合并，流向北去，就是兰溪江、建德江，再合徽港，东北流去成了富春钱塘的大江。所以横山一朵，就矗立在三江合流的要冲，三面的远山，脚下的清溪，东南面隔江的红叶，与正东稍北兰溪市上的人家，无不一一收在眼底，像是挂在四面用玻璃造成的屋外的水彩画幅。更有水彩画所画不出来的妙处哩，你且看看那些青天碧水之中，时时在移动上下的一面一面的同白鹅似的帆影看，彩色电影里的外景影片，究竟有哪一张

图 21　兰溪双塔
（摄于 1934 年前）

能够比得上这里？还有一层好处，是在这横山的去兰溪市的并不很远。以路来讲，大约只不过三五里路的间隔，以到此地来游的时间来说，则只须有两个钟头，就可以把兰溪的全市及附近的胜景，霎时游望尽了。

横山上有一个灵源庙，在东头山脚，前面已经说过了。朝南的山腰里，还有一个兰阴寺，说是正德皇帝到过的地方，现在寺前石壁里，还有正德御笔的“兰阴深处”四个大字刻在那里；寺上面一层，是一个观音阁，说是尼姑的庵；最上是山顶，一个钟楼，还没有建造成功哩。

大抵的游客，总由杭江路而至兰溪，在兰溪一宿，看看花船，第二天就匆匆就道，去建德桐庐，领略富春江的山水，对于这近在目前的横江，总只隔江一望，弃而不顾，实在是一件大可惋惜的事情。大约横山因外貌不佳，所以不能引人入胜，“蓬门未识绮罗香”，贫女之叹，在山水中间也是一样。

晚上有人请客，在三角洲边，江山船上吃晚饭。兰溪人应酬，大抵在船上，与在菜馆里请客比较起来，价并不贵，而菜味反好，所以江边花事，会历久不衰，从前在建德桐庐富阳闻家堰一带，直至杭州，各埠都有花舫，现在则只剩得兰溪衢州的几处了，九姓渔船，将来大约要断绝生路。

兰　　溪 洞源

十一月十四日，星期二，晴朗。

去兰溪东面的洞源山游。

出兰溪城，东绕大云山脚，沿路轨落北，十里过杨清桥，遵溪向北向东，五里至山口，三里至洞源山之栖真寺。寺是一个前朝的古刹，下有赵太史读书处，书堂后面有一方泉水，名天池；寺右侧，直立着一块岩石，名飞来峰，这些都还平常。洞源山的出名，也是和北山一样，系以洞著的。

这山当然是北山的馀脉，山石也都是和北山一系的石灰水成岩，所以洞窟特别的多。寺前山下石灰窑边上，有涌雪洞，泉水溢出，激石成沫，状似涌雪，也是一个奇观，但我们因领路者不在，没有到。

寺后秃山丛里，有呵呵洞，因洞中有瀑布，呵呵作响，故名。再上山二里，有无底洞，是走不到底的。更西去里馀，为白云洞。

我们因为在北山已经见识过山洞的奇伟了，所以各洞都没有进去，只进了一个在山的最高处的白云洞。白云洞洞口并不小，但因有一块大石横覆在口上，所以看去似乎小了，这石的面积，大约有三四丈长，一二丈宽，斜覆在洞口的正中，绝似一只还巢的飞燕。进洞行数十步，路就曲折了起来，非用火炬照着不能前进，略斜向下，到底也有里把路深。洞身并不广，最宽的地方，不过两三丈而已，但因洞身之窄，所以仰起头来看看洞顶，觉得特别的高，毛约约，大约可有二三十丈，洞顶洞壁，都是白色的钟乳层，中间每嵌有一块一块的化石；钟乳层纹，一套一套象云也象烟，所以有白云洞的名称。这洞虽比不上北山三洞的规模浩大，但形势却也不同，在兰溪多住了一天，看了这一个洞，算来也还值得。

栖真寺后殿，有藏经楼，中藏有明代《大藏经》半部，纸色装潢完好如新，还有半部，则在太平天国的时候毁去了。大殿的佛座下，嵌有明代诸贤的题诗石碣，叶向高的诗碣数方，我们自己用了半日的工夫，把它拓了下来。

饭后向寺廊下一走，殿外壁上看见了傅增湘先生的朱笔题字数行，更向壁间看了许多近人的题咏，自己的想附名胜以传不朽的卑劣心也起来了，因而就把昨夜在兰溪做的一个臭屁，也放上了墙头："红叶清溪水急流，兰江风物最宜秋。月明洲畔琵琶响，绝似浔阳夜泊舟。"放的时候，本来是有两个，另一个为："阿奴生小爱梳妆，屋住兰舟梦亦香。望煞江郎三片石，九姑东去不还乡。"

闻江山的江郎山，有三片千丈的大石，直立山巅，相传是江郎兄弟三人入山成仙后所化。花船统名江山船，而世上又只传有望夫石，绝未闻有望妻者，我把这两个故事拉在一处，编成小调，自家也还觉得可以成一个小玩意儿，但与栖真寺的墙壁太无关了，所以不写上去。

龙　游　小南海

十一月十五日，星期三，仍晴。

晨起出旅馆，上兰溪东城的大云山揽胜亭去跑了一圈。山上山下有两个塔，上塔在仓圣庙前，下塔在江边同仁寺里。南面下山就是兰溪的义渡，过江上马公嘴去的。自兰溪去龙游的公共汽车站，就在江的南岸。

午前十点钟上汽车去龙游（按当日我系由兰溪绕道至龙游，所以坐的是公共汽车；如果由杭州前往，可乘火车直达，不必再换汽车），正午到，在旅馆中吃午饭后就上城北五里路远的小南海去瞻望竹林禅寺。寺在凤凰山上，俗呼童檀山，下有茶圩村，隔瀫水和东岸的观音前村相对。瀫水西溪和龙游江的上游诸水，盘旋会合在这凤凰山下，所以沿水岸再向北，一二里路，到一突出的岩头上——大约是瀫波亭的旧址，去向南远望，就可以看得出衢州的千岩万壑和近乡的烟树溪流，这又是一幅王摩诘的山水横额。溪中岩石很多，突出在水底，了了可见，所以水上时有瀫纹，两岸的白沙青树，倒影水中，和瀫纹交互一织，又象是吴绫蜀锦上的纵横绣迹。小南海的气概并不大，竹林禅院的历史也并不古——是光绪二十七年辛丑僧妙寿所建，新旧《龙游县志》都不载。但纤丽的地方，却有点像六朝人的小品文字。

明汤显祖过凤凰山，有一首诗，载在《县志》上："系舟犹在凤凰山，千里西江此日还。今夜销魂在何处，玉岑东下一重湾。”我也在这貂后续上了一截狗尾：“瀫水矶头半日游，乱山高下望衢州。西江两岸沙如雪，词客曾经此系舟。”题目是《凤凰山怀汤显祖》。

夜在龙游宿，并且还上城隍庙去看了半夜为募捐而演的戏。龙游地方银行的吴姜诸公，约于明日中午去吃龙游的土菜，所以三迭石、乌石山等远处，是不能去了。

浙东景物纪略①

郁达夫

方岩纪静

方岩在永康县东北五十里。自金华至永康的百馀里，有公共汽车可坐，从永康至方岩就非坐轿或步行不可。我们去的那天，因为天阴欲雨，所以在永康下公共汽车后就都坐了轿子，向东前进。十五里过金山村，又十五里到芝英是一大镇，居民约有千户，多应姓者；停轿少息，雨愈下愈大了，就买了些油纸之类，作防雨具。再行十馀里，两旁就有起山来了，峰岩奇特，老树纵横，在微雨里望去，形状不一，轿夫一一指示说："这是公婆岩，

① 本文原载《浙东景物纪》，杭江铁路局 1933 年 12 月初版；选自《达夫游记》，上海文学创造社 1936 年 3 月初版。

那是老虎岩……老鼠梯。”等等，说了一大串，又数里，就到了岩下街，已经是在方岩的脚下了。

凡到过金华的人，总该有这样的一个经验，在旅馆里住下后，每会有些着青布长衫，文质彬彬的乡下先生，来盘问你：“是否去方岩烧香的？这是第几次来进香了？从前住过哪一家？”

你若回答他说是第一次去方岩，那他就会拿出一张名片来，请你上方岩去后，到这一家去住宿。这些都是岩下街的房头，像旅店而又略异的接客者。远在数百里外，就有这些派出代理人来兜揽生意，一则也可以想见一年到头方岩香市之盛，一则也可以推想岩下街四五百家人家，竞争的激烈。

岩下街的所谓房头，经营旅店业而专靠胡公庙吃饭者，总有三五千人，大半系程应二姓，文风极盛，财产也各可观，房子都系三层楼。大抵的情形，下层系建筑在谷里，中层沿街，上层为楼，房间一家总有三五十间，香市盛的时候，听说每家都患人满。香客之自绍兴、处州、杭州及近县来者，为数固已不少，最远者，且有自福建来的。

从岩下街起，曲折再行三五里，就上山。山上的石级是数不清的，密而且峻，盘旋环绕，要走一个钟头，才走得到胡公庙的峰门。

胡公名则，字子正，永康人，宋兵部侍郎，尝奏免衢婺二州民丁钱，所以百姓感德，立庙祀之。胡公少时，曾在方岩读过书，故而庙在方岩者为老牌真货。且时显灵异，最著的，有下列数则：

“宋徽宗时，寇略永康，乡民避寇于方岩，岩有千人坑，大藤悬挂，寇至缘藤而上，忽见赤蛇啮藤断，寇都坠死。”

“盗起清溪，盘踞方岩，首魁夜梦神饮马于岩之池，平明池涸，其徒惊溃。”

“洪杨事起，近乡近村多遭劫，独方岩得无恙。”

“民国三年，嵊县乡民，慕胡公之灵异，造庙祀之，乘昏夜来方岩盗胡公头去，欲以之造像，公梦示知事及近乡农民，属捉盗神像头者，盗尽就逮。是年冬间嵊县一乡大火，凡预闻盗公头者皆烧失。翌年八月该乡民又有二人来进香，各毙于路上。”

类似这样的奇迹灵异，还数不胜数，所以一年四季，方岩香火不绝，而尤以春秋为盛，朝山进香者，络绎于四方数百里的途上。金华人之远旅他乡者，各就其地建胡公庙以祀公，虽然说是迷信，但感化威力的广大，实在也出乎我们的意料之外，这是就方岩的盛名所以能远播各地的一近因而说的话，至于我们的不远千里，必欲至方岩一看的原因，却在它的山水的幽静灵秀，完全与别种山峰不同的地方。

方岩附近的山，都是绝壁陡起，高二三百丈，面积周围三五里至六七里不等。而峰顶与峰脚，面积无大差异，形状或方或圆，绝似硕大的撑天圆柱。峰岩顶上，又都是平地，林木丛丛，簇生如发。峰的腰际，只是一层一层的沙石岩壁，可望而不可登。间有瀑布奔流，奇树突现，自朝至暮，因日光风雨之移易，形状景象，也千变万化，捉摸不定。山之伟观到此大约是可以说得已臻极顶了罢？

从前看中国画里的奇岩绝壁，皴法皱迭，苍劲雄伟到不可思议的地步，现在到了方岩，向各山略一举目，才知道南宗北派的画山点石，都还有未到之处。在学校里初学英文的时候，读到那一位美国清教作家何桑的《大石面》一篇短篇，颇生异想，身到方岩，方知年幼时的少见多怪，像那篇小说里所写的大石面，在这附近真不知有多多少少。我不曾到过埃及，不知沙漠中的 Sphinx 比起这些岩面来，又该是谁兄谁弟。尤其是天造地设，清幽岑寂到令人毛发悚然的一区境界，是方岩北面相去约二三里地的寿山下五峰书院所在的地方。

北面数峰，远近环拱，至西面而南偏，绝壁千丈，成了一条上突下缩的倒复危墙。危墙腰下，离地约二三丈的地方，墙脚忽而不见，形成大洞，似巨怪之张口，口腔上下，都是石壁，五峰书院、丽泽祠、学易斋，就建筑在这巨口的上下腭之间，不施椽瓦，而风雨莫及，冬暖夏凉，而红尘不到。更奇峭者，就是这绝壁的忽而向东南的一折，递进而突起了固厚、瀑布、桃花、复釜、鸡鸣的五个奇峰，峰峰都高大似方岩，而形状颜色，各不相同。立在五峰书院的楼上，只听得见四围飞瀑的清音，仰视天小，鸟飞不渡，对视五峰，青紫无言，向东展望，略见白云远树，浮漾在楔形阔处的空中。一种幽静、清新、伟大的感觉，自然而然地袭向人来。朱晦翁、吕东莱、陈龙川诸道学先生的必择此地来讲学，以及一般宋儒的每喜利用山洞或风景幽丽的地方作讲堂，推其本意，大约总也在想借了自然的威力来压制人欲的缘故，不看金华的山水，这种宋儒的苦心是猜不出来的。

初到方岩的一天，就在微雨里游尽了这五峰书院的周围，与胡公庙的全部。庙在岩顶，规模颇大，前前后后，也有两条街，许多房头，在蒙胡公的福荫；一人成佛，鸡犬都仙，原是中国的旧例。胡公神像，是一位赤面长须的柔和长者，前殿后殿，各有一尊，相貌装饰，两都一样，大约一尊是预备着于出会时用的。我们去的那日，大约刚逢着了废历的十月初一，庙中前殿戏台上在演社戏敬神。台前簇拥着许多老幼男女，各流着些被感动了的随喜之泪，而戏中的情节说辞，我们竟一点儿也不懂；问问立在我们身旁的一位像本地出身，能说普通话的中老绅士，方知戏班是本地班，所演的为《杀狗劝妻》一类的孝义杂剧。

从胡公庙下山，回到了宿处的程××店中，则客堂上早已经点起了两支大红烛，摆上了许多大肉大鸡的酒菜，在候我们吃晚饭了，菜蔬丰盛到了极点，但无鱼少海味，所以味也不甚适口。

第二天破晓起来，仍坐原轿绕灵岩的福善寺回永康，路上的风景，也很清异。

第一，灵岩也系同方岩一样的一枝突起的奇峰，峰的半空，有一穿心大洞，长约二三十丈，广可五六丈左右，所谓福善寺者，就系建筑在这大山洞里的。我们由东首上山进洞的后面，通过一条从洞里隔出来的长巷，出南面洞口而至寺内，居然也有天王殿、韦驮殿、观音堂等设置，山洞的大，也可想见了。南面四山环抱，红叶青枝，照耀得可爱之至。因为天晴了，所以空气澄鲜，一道下山去的曲折石级，自上面了望下去，更觉得幽深到不能见底。

下灵岩后，向西北的绕道回去，一路上尽是些低昂的山岭与旋绕的清溪，经过园内有两株数百年古柏的周氏祠庙，将至俗名耳朵岭的五木岭口的中间，一段溪光山影，景色真像是在画里；西南处州各地的远山，呼之欲来，回头四望，清入肺腑。

过五木岭，就是一大平原，北山隐隐，已经看得见横空的一线，十五里到永康，坐公共汽车回金华，还是午后三四点钟的光景。

烂柯纪梦

晋王质，伐木至石室中，见童子四人弹琴而歌，质因倚柯听之。童子以一物如枣核与质，质含之便不复饥。俄顷，童子曰："其归！"承声而去，斧柯摧然烂尽。既归，质去家已数十年，亲情凋落，无复向时比矣。

这传说，小时候就听到了，大约总是喜欢念佛的老祖母讲给我们孩子听的神仙故事。和这故事联合在一起的，还有一张习字的时候用的方格红字，叫作"王子去求仙，丹成入九天，山中方七日，世上已千年"。我的所以要把这些儿时的记忆，重新唤起的原因，不过想说一句这故事的普遍流传而已。是以樵子入山，看神仙对弈，斧柯烂尽的事情，各处深山里都可以插得进去，也真怪不得中国各地，有烂柯的遗迹至十馀处之多了。但衢州的烂柯山，却是《道书》上所说的"青霞第八洞天"，亦名"景华洞天"的所在，是大家所公认的这烂柯故事的发源本土，也是从金华来衢州游历的人非到不可的地方，故而到衢州的翌日，我们就出发去游柯山（衢州人叫烂柯山都只称柯山)。

十月阳和,本来就是小春的天气,可是我们到烂柯山的那天,觉得比平时的十月,还更加和暖了几分。所以从衢州的小南门出来,打桑树柏树很多的田野里经过,一路上看山看水,走了十六七里路后,在仙寿亭前渡沙步溪,一直到了石桥寺即宝岩寺的脚下,向寺后山上一个通天的大洞看了一眼的时候,方才同从梦里醒转来的人一样,整了一整精神。烂柯山的这一根石梁,实在是伟大,实在是奇怪。

出衢州的南门的时候,眼面前只看得出一排隐隐的青山而已。南门外的桑麻野道,野道旁的池沼清溪,以及牛羊村集,草舍蔗田,风景虽则清丽,但也并不觉得特别的好。可是在仙寿亭前过渡的瞬间,一看那一条澄清澈底的同大江般的溪水,心里已经有点发痒似的想叫起来了,殊不知入山三里,在青葱环绕着的极深奥的区中,更来了这巨人撑足直立似的一个大洞。立在山下,远远望去,就可以从这巨人的跨下,看出后面的一湾碧绿碧绿的青天,云烟缥缈,山意悠闲,清通灵秀,只觉得是身到了别一个天地。一个在城市里住久的俗人,忽入此境，那能够叫他不目瞪口呆，暗暗里要想到成仙成佛的事情上去呢？

石桥寺，即宝岩寺，在烂柯山的南麓，虽说是梁时创建的古刹，但建筑却已经摧毁得不得了了。寺后上山，踏石级走里把路，就可以到那条石梁或石桥的洞下。洞高二十多丈，宽三十馀丈，南北的深约三五丈，真象是悬空从山间凿出来的一条石桥，不过平常的桥梁，决没有这样高大的桥洞而已。石桥的上面，仍旧是层层的岩石，洞上一层，也有中空的一条石缝，爬上去俯身一看，是可以看得出天来的，所谓一线天者，就系指这一条小缝而言。再上去，是石桥的顶上，平坦可以建屋，从前有一个塔，造在这最高峰上，现在却只能看出一堆高高突起的瓦砾，塔是早已倾圮尽了。

石桥下南洞口，有一块圆形岩石蹲伏在那里，石的右旁的一个八角亭，就是所谓迟日亭。这亭的高度，总也有三五丈的样子，但你若跑上北面离柯山略远的小山顶上去了望过来，只觉得是一堆小小的木堆，塞在洞的旁边。石桥洞底壁上，右手刻着明郡守杨子臣写的“烂柯仙洞”四个大字，左手刻着明郡守李遂写的“天生石梁”四个大字，此外还有许多小字的题名记载的石刻，都因为沙石岩容易风化的缘故，已经剥落得看不清楚了。石桥洞下，有十馀块断碑残碣，纵横堆叠在那里。三块宋碑的断片，字迹飞舞雄伟，比黄山谷更加有劲。可惜中国人变乱太多，私心太重，这些旧迹名碑，都已经断残缺裂到了不可收拾的地步。《烂柯山志》编者，在金石部下有一段记事说：“名碑古物之毁于兵燹，宜也；但烂柯山之金石，不幸竟三次被毁于文人，岂非怪事？所谓文人的毁碑，有两次是因建寺而将这些石碑抬了去填过屋基，有一次系一不知姓名者来寺拓碑，拓后便私自将那些较古的碑石凿断敲裂，使后人不复有再见一次的机会。”

烂柯山南麓，在上山去的石级旁边，还有许多翁仲石马，乱倒在荒榛漫草之中。翻《烂柯山志》一查，才知道明四川巡抚徐忠烈公，葬在此地，俗称徐天官墓者，就是此处。

在柯山寺的前前后后，赏玩了两三个钟头，更在寺里吃了一顿午饭，我们就又在暖日之下，和做梦似地回到了衢州，因为衢州城里还有几处地方，非去看一下不可。

一是在豆腐铺作场后面的那座天王塔。

二是城东北隅吴征虏将军郑公舍宅而建的那个古刹祥符寺。

三是孔子家庙，及庙内所藏的子贡手刻的楷木孔子及夫人亓官氏像。

这三处当然是以孔庙和楷木孔子像最为一般人所知道，数千年来的国宝，实在是不容易见到的希世奇珍。

陪我们去孔庙的，是三衢医院的院长孔熊瑞先生，系孔子第七十三代的裔孙。楷木像藏在孔庙西首的一间楼上；像各高尺馀，孔子是朝服执圭的一个坐像，亓官夫人的也是一样的一个，但手中无圭。两像颜色苍黑，刻划遒劲，决不是近代人的刀势。据孔先生告诉我们的话，则这两像素来就说是出于端木子贡之手刻，宋南渡时由衍圣公孔端友抱负来衢，供在家庙的思鲁阁上，即以来衢州后的年限来说，也已经有八九百年的历史了。孔子像的面貌，同一般的画像并不相同，两眼及鼻子很大，颧骨不十分高，须分三挂，下垂及拱起的手际，耳朵也比常人大一点儿。孔子的一个圭，一挂须，及一只耳朵，已经损坏了，现在的系后人补刻嵌入的，刀法和刻纹，与原刻的一比，显见得后人的笔势来得软弱。

孔庙正中殿上，尚有孔子塑像一尊，东西两庑，各有迁衢始祖衍圣公孔端友等的塑像数尊，西首思鲁阁下，还有石刻吴道子画的孔子像碑一块。一座家庙，形式格局，完全是圣庙的大成至圣先师之殿。我虽则还不曾到过曲阜，但在这衢州的孔庙内巡视了一下，闭上眼睛，那座圣地的殿堂，仿佛也可以想象得出来了。

衢州西安门外，新河沿下的浮桥边，原也有江干的花市在的，但比到兰溪的江山船，要逊色得多，所以不纪。

仙霞纪险

从衢州南下，一路上迎送着的有不断的青山，更超过几条水色蓝碧的江身，经一大平原，过双塔地，到一区四山围抱的江城，就是江山县了。

江山是以三片石的江郎山出名的地方，南越仙霞关，直通闽粤，西去玉山，便是江西。所谓七省通衢，江山实在是第一个紧要的边境。世乱年荒，这江山县人民的提心吊胆，打草惊蛇的状况，也可以想见的了。我们南来，也不过想见识见识仙霞关的险峻，至于采风访俗，玩水游山，在这一个年头，却是不许轻易去尝试的雅事，所以到江山的第二日一早，我们就急急地雇了一辆汽车，驰往仙霞关去。

在南门外的汽车站上车，三里就到俗名东岳山，有一块老虎岩，并一座明嘉靖年间建置的塔在的景星山下。南行二十里，远远望得见冲天的三块巨岩江郎山，或合或离，在东面的群山中跳跃；再去是淤头，是峡口，是仙霞岭的区域了，去江山虽有八九十里路程，但汽车走走，也只走了两三个钟头的样子。

仙霞岭的面貌，实在是雄奇伟大得很！老远看来，就是那么高那么大的这排百里来长的仙霞山脉，近来一看，更觉得是不见天日了。东西南的三面，湾里有湾，山上有山。奇峰怪石，老树长藤，不计其数；而最曲折不尽，令人方向都分辨不出来的，是新从关外二十八都筑起，沿龙溪、化龙溪两支深山中的大水而行的那条通江山的汽车公路。

五步一转弯，三步一上岭，一面是流泉涡漩的深坑万丈，一面又是鸟飞不到的绝壁千寻。转一个弯，变一

图 22　仙霞关
(摄于 1934 年前)

番景色，上一条岭，辟一个天地，上上下下，去去回回，我们在仙霞山中，龙溪岸上，自北去南，因为要绕过仙霞关去，汽车足足走了有一个多钟头的山路。山的高，水的深，与夫弯的多，路的险，不折不扣的说将出来，比杭州的九溪十八涧，起码总要超过三百多倍。要看山水的曲折，要试车路的崎岖，要将性命和运命去拼拼，想尝一尝生死关头，千钧一发的冒险异味的人，仙霞岭不可不到，尤其是从仙霞关北麓绕路出关，上关南二十八都去的这一条新辟的汽车公路，不可不去一走。车到关南，行经小竿岭的那个隘口，近瞰二十八都谷底里的人家，远望浦城枫岭诸峰的青影的时候，我真感到了一种一则以喜一则以惧的说不出的心理；喜的是关后许多险隘，已经被我走过了，惧的是直望山脚的目的地二十八都，虽然是只离开了一程抛石的空间，但山坡陡削，直冲下去，总也还有二三千尺的高度。这时候回头来看看仙霞关，一条石级铺得象蛇腹似的曩时的鸟道，却早已高高隐没在云雾与树木的中间了。

从小竿岭的隘口下来，盘旋回绕，再走了三四十分钟头，到仙霞关外第一口的二十八都去一看，忽然间大家的身上又起了一层鸡皮的细粒。

太阳分明是高照在那里，天色当然是苍苍的，高大的人家的住屋，也一层一层的排列着在，但是人哩，活的生动着的人哩，人都到哪里去了呢？

许许多多的很整齐的人家，窗户都是掩着的，门却是半开半闭，或者竟全无地空空洞洞同死鲈鱼的口嘴似的张开在那里。踏进去一看，地下只散乱铺着有许多稻草。脚步声在空屋里反射出来的那一种响声，自己听了也要害怕。忽而索落落屋角的黑暗处稻草一动，偶而也会立起一个人来，但只光着眼睛，向你上下一打量，他就悄悄的避开了。你若追上去问他一句话呢，他只很勉强地站立下来，对你又是光着眼睛的一番打量，摇摇头，露一脸阴风惨惨的苦笑，就又走了，回话是一句也不说的。

我们照这样的搜寻空屋，搜寻了好几处，才找到了一所基干队驻扎在那里的处所。守卫的兵士，对我们起初当然也是很含有疑惧的一番打量，听了我们的许多说明之后，他才开口说："昨晚上又有谣言。居民是自从去年九月以来，早就搬走了。在这里要吃一顿饭，是很不容易，因为豆腐青菜部没有人做，但今天早晨，队长是已经接到了江山胡站长的信，饭大约总在预备了罢?”说了，就请我们上大厅去息息。我们看到了这一种情形，听到了那一番话，食欲早就被恐怖打倒了，所以道了一声队长万福，跳上车子，转身就走。

重回到小竿岭的那个隘口的时候，几刻钟前曾经盘问我们过，幸亏有了陈万里先生的那个徽章证明，才安然放我们过去的。那位捧大刀的守卫兵，却笑着对我们说:“你们就回去了么?”回来一过此口，已经入了安全地带，我们的胆子也大起来了，就在龙溪边上，一处叫作大坞的溪桥旁边下了车，打算爬上山去，亲眼去看一看那座也可以说是一夫当关，万夫莫开，宋史浩方把石路铺起来的仙霞关口。一面，叫空车子仍遵原路，绕到仙霞关北相去五里的保安村去等候我们，好让我们由关南上岭，关北下山，一路上看看风景。

据书上的记载，则仙霞岭高三百六十级，凡二十四曲，有五关、×十峰等等，我们因为是从半腰里上去的，所以所走的只是关门所在的那一段。

仙霞关，前前后后，有四个关门。第二关的边上，将近顶边的地方，有一座新筑的碉楼在那里，据陪我们去游的胡站长说，江山近旁，共有碉楼四十馀处，是新近才筑起来的，但汽车路一开，这些碉楼，这座雄关，将来怕都要变成些虚有其名的古迹了。

仙霞关内岭顶，有一座霞岭亭，亭旁住着一家人家，从前大约是守关官吏的住所。现在却只剩了一位老人，在那里卖茶给过路的行人。

北面出关，下岭里许，是一个关帝庙，规模很大，有观音阁、浣霞池亭等建筑，大约从前的闽浙官吏来往，总是在这庙内寄宿的无疑。现在东面浣霞池的亭上，还有许多周亮工的过关诗，以及清初诸名宦的唱和诗碣，嵌在石壁的中间。

在关帝庙里喝了一碗茶，买了些有名的仙霞关的绿茶茶叶，晚霞已经围住了山腰，我们的手上脸上都感觉得有点潮润起来了，大家就不约而同的叫了出来说："啊！原来这些就是仙霞！不到此地，可真不晓得这关名之妙喂！"

下岭过溪，走到溪旁的保安村里，坐上车子，再探头出来看了一眼曾经我们走过的山岭，这座东南的雄镇，却早已羞羞怯怯，躲入到一片白茫茫的仙霞怀里去了。

冰川纪秀

冰川是玉山东南门外环城的一条大溪，我们上玉山到这溪边的时候，因为杭江铁路车尚未通，是由江山坐汽车绕广丰，直驱了二三百里的长路，好容易才走到的。到了冰溪的南岸来一看，在衢州见了颜色两样的城墙时所感到的那种异样的、紧张的空气，更是迫切了。走下汽车，对手执大刀，在浮桥边检查行人的兵士们偷抛了几眼斜视，我们就只好决定不进城去，但在冰川旁边走走，马上再坐原车回去江山。

玉山城外是由这一条天生的城河冰溪环抱在那里的，东南半角却有着好几处雁齿似的浮桥。浮桥的脚上，手捧着明晃晃的大刀，肩负着黄苍苍的马枪，在那里检查入城证、良民证的兵士，看起来相貌都觉得是很可怕。

从冰川第一楼下绕过，沿堤走向东南，一块大空地，一个大森林，就是郭家洲了。武安山障在南边，普宁寺，鹤岭寺接在东首。单就这一角的风景来说，有山有水，还有水车、磨房、渔梁、石堋、水闸、长堤，凡中国画或水彩画里所用得着的各种点景的品物,都已经齐备了。在这样小的一个背景里,能具备着这么些个秀丽的点缀品的地方,我觉得行尽了江浙的两地,也是很不多见的。而尤其是出乎我们的意料之外的,是郭家洲这一个三角洲上的那些树林的疏散的逸韵。

郭家洲,从前大约也是冰溪的流水所经过的地方,但时移势易,沧海现在竟变作了桑田了。那一排疏疏落落的杂树林,同外国古宫旧堡的画上所有的那样的那排大树,少算算,大约总也已经有了百数岁的年纪。

这一次在漫游浙东的途中,看见的山也真不少了,但每次总觉得有点美中不足的,是树木的稀少;不意一跨入了这江西的境界,就近在县城的旁边,居然竟能够看到了这一个自然形成的象公园似的大杂树林!

城里既然进不去,爬山又恐怕没有时间,并且离县城向西向北十来里地的境界,去走就有点儿危险,万不得已,自然只好横过郭家洲,上鹤岭寺山上的那一个北面的空亭,去遥望玉山的城市了。

玉山城里的人家,实在整洁得很。沿城河的一排住宅,窗明几净,倒影溪中,远看好像是威尼斯市里的通衢。太阳斜了，城里头起了炊烟，水上的微波，也渐渐地渐渐地带上了红影。西北的高山一带，有一个尖峰突起，活像是倒插的笔尖，大约是怀玉山了罢？

这一回沿杭江铁路西南直下，千里的游程，到玉山城外终止了。“冰为溪水玉为山！”坐上了向原路回来的汽车，我念着戴叔伦的这一句现成的诗句，觉得这一次旅行的煞尾，倒很有点儿像德国浪漫派诗人的小说。

一九三三年十二月稿

杭江之秋

傅东华①

从前谢灵运游山，"伐木取径，……从者数百人"，以致被人疑为山贼。现在人在火车上看风景，虽不至像康乐公那样杀风景，但在那种主张策杖独步而将自己也装进去做山水人物的诗人们，总觉得这样的事情是有伤风雅的。

不过，我们如果暂时不谈风雅，那末觉得火车上看风景也有一种特别的风味。

风景本是静物，坐在火车上看就变动的了。步行的风景游览家，无论怎样把自己当做一具摇头摄影器，他的视域能有多阔呢？又无论他怎样健步，无论视察点移

---

① 傅东华(1893—1971)，浙江金华人，名则黄。翻译家，文字学家。曾在商务印书馆编写出版中学国文教科书。译有《伊利亚特》《奥得赛》《堂吉诃德》等，著有《字源》《汉字》《现代汉语的演变》等。本文原载《东方杂志》第三十卷第六号，1933 年 3 月 16 日出版。

得怎样多，他目前的景象总不过有限几套。若在火车上看，那风景就会移步换形，供给你一套连续不断的不同景象，使你在数小时之内就能获得数百里风景的轮廓。“火车风景”（如果许我铸造一个名词的话）就是活动的影片，就是一部以自然美做题材的小说，它是有情节的，有布局的——有开场，有 climax，也有大团圆的。

新辟的杭江铁路从去年春天通车到兰溪，我们的自然文坛就又新出版了一部这样的小说。批评家的赞美声早已传到我耳朵里，但我直到秋天才有功夫去读它。然而秋天是多么幸运的一个日子啊！我竟于无意之中得见杭江风景最美的表现。

“火车风景”是有个性的。平浦路上多黄沙，沪杭路上多殡屋，京沪路只北端稍觉雄健，其馀部分也和沪杭路一样平凡。总之，这几条路给我们一个共同的印象——就是单调。它们都是差不多一个图案贯彻到底的。你在这段看是这样，换了一段看也仍是这样——一律是平畴，平畴之外就是地平线了。偶然也有一两块山替那平畴做背景，但都单调得多么寒伧啊！

秋是老的了，天又下着濛濛雨，正是读好书的时节。

从江边开行以后，我就壹志凝神的准备着——准备着尽情赏鉴一番，准备着一幅幅的画图连续映照在两边玻璃窗上。

萧山站过去了，临浦站过去了，这样差不多一个多钟头，只偶然瞥见一两点遥远的山影，大部分还是沪杭路上那种紧接地平线的平畴，我便开始有点觉得失望。于是到了尖山站，你瞧，来了——山来了。

山来了，平畴突然被山吞下去了。我们夹进了山的行列，山做我们前面的仪仗了。那是重叠的山，“自然”号里加料特制的山。你决不会感着单薄，你决不会疑心制造时减料偷工。

有时你伸出手去差不多就可摸着山壁，但是大部分地方山的倾斜都极大，你虽在两面山脚的缝里走，离开山的本峰仍旧还很远，因而使你有相当的角度可以窥见山的全形。但是那一块山肯把它的全形给你看呢？那一块山都和它的同伴们或者并肩，或者交臂，或者搂抱，或者叠股。有的从她伙伴们的肩膊缝里露出半个罩着面幕的容颜，有的从她姊妹行的云鬓边透出一弯轻扫淡妆的眉黛。浓妆的居于前列，随着你行程的弯曲献媚呈妍；淡妆的躲在后边，目送你忍心奔驶而前，有若依依不舍的态度。

这样使我们左顾右盼的应接不暇了二三十分钟，这才又像日月蚀后恢复期间的状态，平畴慢慢的吐出来了。但是地平线终于不能恢复，那逐渐开展的平畴随处都有山影作镶绲；山影的浓淡就和平畴的阔狭成了反比例。有几处的平畴似乎是一望无际的，但仍有饱蘸着水的花青笔在它的边缘上轻轻一抹。

于是过了湄池，便又换了一幕。突然间，我们车上的光线失掉均衡了。突然间，有一道黑影闯入我们的右侧。急忙抬头看时，原来是一列重叠的山嶂从烟雾迷漫中慢慢地遮上前来。这一列山嶂和前段看见的那些对峙山峦又不同。它们是朦胧的，分不出它们的层叠，看不清它的轮廓，上面和天空浑无界线，下面和平地不辨根基，只如大理石里隐约透露的青纹，究不知起自何方，也难辨迄于何处。

那时我们的左侧本是一片平旷，但不知怎么一转，山嶂忽然移到左侧来，平旷忽然搬到右侧去。如是者交互着搬动了数回，便又左右都有山嶂，只不如从前那么夹紧，而左右各有一段平畴做缓冲了。

这时最奇的景象，就是左右两侧山容明暗之不了。你向左看时，山的轮廓很暧昧，向右看时，却如几何图画一般的分明。你以为这当然是“秋雨隔田塍”的现象所致，但是走过几分钟之后，暧昧和分明的方向忽然互换了，而我们却是明明按直线走的。谁能解释这种神秘呢？

到直埠了。从此神秘剧就告结束，而浓艳的中古浪漫剧开幕了。幕开之后，就见两旁竖着不断的围屏，地上铺着一条广漠的厚毯。围屏是一律浓绿色的，地毯则由黄、红、绿三种彩色构成。黄的是未割的缓稻，红的是荞麦，绿的是菜蔬。可是谁管它什么是什么呢？我们目不暇接了。这三种彩色构成了平面几何的一切图形，织成了波斯毯、荷兰毯、纬成绸、云霞缎……上一切人类所能想象的花样。且因我们自己如飞的奔驶，那三种基本色素就起了三色板的作用，在向后飞驰的过程中化成一切可能的彩色。浓艳极了，富丽极了！我们领略着文艺复兴期的荷兰的画图，我们身入了《天方夜谭》里的苏丹的宫殿。

图 23　牌头站
(摄于 1934 年)

这样使我们的口胃腻得化不开了一回，于是突然又变了。那是在过了诸暨牌头站之后。以前，山势虽然重叠，虽然复杂，但只能见其深，见其远，而未尝见其奇，见其险。以前，山容无论暧昧，无论分明，总都载着厚厚一层肉，至此，山才挺出峋嶙的瘦骨来。山势也渐兀突了，不像以前那样停匀了。有的额头上怒挺出铁色的巉岩，有的半腰里横撑出骇人的刀戟。我们从它旁边擦过去，头顶的悬崖威胁着要压碎我们。就是离开稍远的山岩，也像铁罗汉般踞坐着对我们怒视。如此，我们方离了肉感的奢华，便进入幽人的绝域。

但是调剂又来了，热一阵，冷一阵，闹一阵，静一阵，终于又到不热亦不冷、不闹亦不静的郑家坞了。山还是那么兀突，但是山头偶有几株苍翠欲滴的古松，将山骨完全遮没，狰狞之势也因而减杀。于是我们于刚劲肃杀中复得领略柔和的秀气。那样的秀，那样的翠，我生平只在宋人的古画里看见过。从前见古人画中用石绿，往往疑心自然界没有这种颜色，这番看见郑家坞的松，才相信古人著色并非杜撰。

而且水也出来了。一路来我们也曾见过许多水，但都不是构成风景的因素。过了郑家坞之后，才见有曲折澄莹的山涧山溪，随山势的纡回共同构成了旋律。杭江路的风景到郑家坞而后山水备。

于是我们转了一个弯，就要和杭江秋景最精采的部分对面了——就要达到我们的 climax 了。

苏溪——就是这个名字也像具有几分的魅惑，但已不属出产西施的诸暨境了。我们那个弯一转过来，眼前便见烧野火般的一阵红——满山满坞的红，满坑满谷的红。这不是枫叶的红，乃是柏子叶的红。柏子叶的隙中又有荞麦的连篇红秆弥补着，于是一切都被一袭红锦制成的无缝天衣罩着了。

但若这幅红锦是四方形的，长方形的，菱形的，等边三角形的，不等边三角形的，圆形的，椭圆形的，或任何其他几何图形的，那就不算奇，也就不能这般有趣。因为既有定形，就有尽处，有尽处就单调了。即使你的活动的视角可使那幅红锦忽而方，忽而圆，忽而三角，忽而菱形，那也总不过那么几套，变尽也就尽了。不，这地方的奇不在这样的变，而在你觉得它变，却又不知它怎样变。这叫我怎么形容呢？总之，你站在这个地方，你是要对几何家的本身也发生怀疑的。你如果尝试说，在某一瞬间，我前面有一条路。左手有一座山，右手有一条水。不，不对，决没有这样整齐。事实上，你前面是没有路的，最多也不过几码的路，就又被山挡住，然而你的火车仍可开过去，路自然出来了。你说山在左手，也许它实在在你的背后；你说水在右手，也许它实在在你的面前。因为一切几何学的图形都被打破了。你这一瞬间是在这样畸形的一个圈子里，过了一瞬间就换了一个圈子，仍旧是畸形的，却已完全不同了。这样，你的火车不知直线呢或是曲线地走了数十分钟，你的意识里面始终不会抓住那些山、水、溪滩的部位，就只觉红，红，红，无间断的红，不成形的红，使得你离迷惝恍，连自己立脚的地点也要发生疑惑。

寻常，风景是由山水两种要素构成的，平畴不是风景的因素。所以山水画者大都由水畔起山，山脚带水，断没有把一片平畴画入山水之间的。在这一带，有山，有水，有溪滩，却也有平畴，但都布置得那么错落，支配得那么调和，并不因有平畴而破坏了山水自然的结构，这就又是这最精采部分的风景的一个特色。

此后将近义乌县城一带，自然的美就不得不让步给人类更平凡的需要了，山水退为田畴了，红叶也渐稀疏了，再下去就可以“自桧无讥”。不过，我们这部小说现在尚未完成，其馀三分之一的回目不知究竟怎样，将来的大团圆只好听下回分解了。

真所谓“文章本天成，妙手自得之”。自古造铁路和计划何曾有把风景作参考的呢？然而杭江路居然成了风景的杰作！

不过以上所记只是我个人一时得的印象。如果不是细雨濛濛红叶遍山的时节，当然你所得的印象不会相同。你将来如果“查与事实不符”，千万莫怪我有心夸饰！

征途杂记

低眉人①

三十年春，余作客金华。夏，复由江西吉安经金华而返沪，略书旅中见闻，曰《征途杂记》。八月二十五日在沪寓。

浙东商场

浙东商场设在法院街，为金华最大之百货商店。谈者谓二十九年结算，此店盈馀达数十万金。经营之始，资本不过数千元，不数年间，发达至于此极。余尝向其购利华药皂一块，价七角；问有力士香皂否？店伙摇首示无，一副待理不理神气。四月十五日，浙东金华、永

① 低眉人，生平不详。本文原载《万象》第一年第三期，1941 年 9 月出版。

康、兰溪、武康、义乌、丽水等地，同遭轰炸，金华法院街浙东商场毁焉。余于十六日离吉安，十七日到宁都，十八日到鹰潭，十九日上浙赣铁路火车，始知浙东商场遭毁。闻人冷然曰："平时要他们便宜五分钱，杀去了他们的头也不肯。"

蒋腿故事

金华蒋腿遐迩驰名，实则产地是东阳，金华本地自制者几无之焉。相传制腿最精者姓蒋，故曰蒋腿。其人名雪舫，故腿面标字如之。一日，蒋姓赴杭州向腿号收账。归家，觉腿号多付账款甚巨。夫妻商议，吞没其款或归还腿号乎？妻曰："毋躁，如无人追来，且置不问；若有人追来，则我启前门纳之，君自后门出，亲赴杭州送还之。"果然腿号有人追来。妻纳之，曰："事诚有之，昨日已特赴杭州送还宝号矣，毋虑也。"腿号既得款，颇佩其诚。自是凡最上等火腿，定名曰蒋腿，并加"雪舫"二字于其上，以酬其德。而蒋腿之加"雪舫"字样者，竟亦大得购者信悦。其馀各腿号效之，于是有腿皆蒋，蒋腿皆标二字曰“雪舫”。

桃花坞

自汽车站复走数百步之遥，地名桃花坞。遍地桃树，不知共几千几万枝，惟觉满眼都是，多不可数而已。金华人艳称之。余本定三月十二日上浙赣火车去赣，某君曰：“桃花坞桃花已开，何不一看？君归时桃花当腐尽泥中也。”不觉心动，遂偕往，置身桃林间，前后左右无非是桃树矣。可惜花尚在展瓣之初，未曾盛放，望近处一片红雾，远望则红雾太淡，若有若亢，不得使余魄动魂驰为憾耳。

巧遇张慧剑

二月垂尽之某日，风雨。夜，赴五福楼进食。见壁边侧坐一客，甚似张慧剑，审视之，无误。近前拍其肩。慧剑惊觉，遂对坐而谈。余寓雅堂街金城旅馆，彼寓尽渠头浙东第二旅馆，自是日必互相往来。慧剑昔受《上饶日报》约，离《时事新报》自渝到赣。上饶朋友太少，寂寞甚，归渝。复自渝返皖家。《东南日报》胡定安闻其返皖，电皖请就《东南》报编务，因再进《东南日报》，与刘湘女不睦，愤而去职。永康《浙江日报》将创刊，闻而坚聘之，辞不赴。慧剑曰："待胡定安自渝归，一晤后复去渝也。"问慧剑："有诗否？"曰："不甚作，在渝时略有所作，未必佳，且写过不能都想得起来矣。"其《唇膏》云："货路填山更塞川，从天尚有鸟能传。此情好与何人说，一寸唇膏十万钱。"谓贵妇所用唇膏，用香港飞机运渝，而日用必需之品，却是货运阻塞，不易运来。又《咖啡店》，其一云："国剧阑珊电影陈，又无舞榭可容身。海滨旧乐成残梦，只有咖啡慰客情。"其二云："巴西制造巴东喝，都说洋茶胜国茶。外汇万千浓似血，可怜一霎尽成渣。"重庆坐咖啡店之风甚盛，董莲枝在渝某处唱郑青士所作大鼓词，座有马超俊。曲罢，马痛哭起立，悲声而呼。慧剑有诗咏之，渝中传诵，兹不录。

电　灯

金华电灯之暗，少有少见。室有电灯，作光如豆，写字看书.都所不便，令人满怀懊恼，反不如无灯来得痛快。故商店大都另备汽油灯，而蜡烛之畅销，几于有钱无处去买。余夜辄看书或写字，必于电灯泡下另燃洋蜡烛一枝，如熄电灯，烛光不减其亮度，如灭烛火，电灯简直比不上一盏豆油灯。

好嗓子

三月五日，余自金城旅馆迁寓功德旅馆。一客矮而胖，戎装，和尚头，浓眉毛，挺胸凸肚翘屁股，风度似惠泉山泥娃娃。天生一条好嗓子，声若洪钟。好说话，不择词而发，“老子”长，“老子”短，一片声响，如联珠炮。寓隔室，辄闻其呼叱勤务兵，“妈的”！“混蛋”！“该死”！“混账”！脱口便出，说得熟练异常。其勤务兵是一条雌鸡喉咙，举动不慌不忙，尽管老爷连骂混蛋该死不绝，还是笑嘻嘻连声答“是”！不以为忤，且不以为意，老爷亦无奈之。余十三日上浙赣路火车，此好嗓子又与余同车。过龙游时，见其凭窗大呼：“卖辣椒的！卖辣椒的！”愈呼愈急，而站上卖辣椒者久无一至，其人愈急躁，如热石上蚂蚁。余既购得辣椒，走告之曰：“我已买到，君需否？”其人面赤如肺，答曰：“好了，我也买到了！谢谢。”火车继续驶行，离龙游站片刻，其人与其勤务兵各持蛋炒饭一盆，和辣椒大嚼，状甚自得。龙游小辣椒，名产也。

北山三洞

金华北山有十景，最著者三洞，双龙洞、冰壶洞、朝真洞也。而双龙洞尤是举世驰名。余一日间游遍三洞，复步行二三十里，踏月返城，谈者辄惊余腿健，而余则两腿如脱，举步蹒跚，如经大杖者凡数日，非体健足以胜此，实强以行之耳。双龙洞幽广奇怪，游之如在梦中。冰壶洞悬瀑直灌，深下里许，游之如在壶中。朝真洞曲折行进，愈入愈险，游之如在冥中。三洞均非以汽油灯为导不可，手电筒无效焉。若无灯，则迷失其间，虽不吓煞，也准要急得半死。

葬 礼

初到金华，正当梅枝始作花。及将去赣，梅花将让桃花矣。金城旅馆后园，有稚梅一株，余常泡一壶茶，囊一包纸烟，携一卷书，搬一张凳，坐梅下吸烟看书饮茶自乐。某夜大风，次晨徘徊后园，梅瓣散躺梅根之周，地上片片梅瓣之间，一鸟白腹乌羽，僵卧死焉。不知其何由而死也。伺园内无人时，以小刀掘梅下土，埋鸟尸。复伺隙向旅馆茶房，借扫帚一柄，扫集梅瓣，覆于鸟尸之土面。何敢自作多情，余是寂寞人，梅是寂寞树，此鸟死得好寂寞，因怜而葬之耳。

浙东篇

山阴五日记游

俞平伯①

九年四月三十日，晨九时，舆出杭州候潮门。轮渡钱塘江，潮落沙夷，浪重山远。渡江后弥望平衍，约十里许至西兴，巷陌湫隘，不堪并舆。桥下登舟，凡三舱，乌篷画楫，有玻璃窗。十时行，并橹连樯，穿市屋树阴而去。小眠未成寐。正午穿萧山城过，河面甚狭。泊舟威文殿下，庙祀文昌关帝。饭罢即行，途中嘉荫曲港往往见之。埂陌间见一树，年久干枯，绕以翠萝，下垂如云发。八时泊柯桥，绍兴名镇。晚饭后复行，夜半泊柯岩下。

五月一日晨七时，步至柯岩。有庙，殿后有潭，石壁

① 俞平伯(1900—1990)，浙江德清人，名铭衡。诗人，散文家，古典文学家，昆曲家。著有《冬夜》《西还》《燕知草》《红楼梦辨》等。今人辑存《俞平伯全集》。本文选自《杂拌儿》，上海开明书店1928年8月初版。

外覆，色纹黑白，斧凿痕宛然。有一高阁，拾级登之。殿傍又一潭，小石桥跨其上，壁间雕观音像。岩左一庙，大殿中石佛高三四丈，金饰庄严，审视，殿倚石为壁，就之凿像。庙后奇峰一朵，镌“云骨”两隶字，四面珑玲，上丰下削，峰尖有断纹，树枝出其罅，谛视欣赏不已。稍偏一潭，拨草临之，深窈澄澈，投以石块，悠悠旋转而下。

十时返棹，移泊雷宫，道中山川佳秀，左右挹盼。午后二时，以小竹兜游兰亭，约行七八里，沿路紫花繁开，而冈峦竹树杂呈翠绿，四山环合，清溪萦回。度一板桥，则兰亭在望矣。亭建于清乾隆时，新得修葺，粉垣漆楹，有兰亭、流觞亭、竹里行厨、鹅池等，皆后人依做，遗址盖久湮为田垅。然以今所见，雷宫兰亭之间，所谓“崇山峻岭，茂林修竹，清流激湍”，则风物故依然也。流觞亭傍有右军祠。张筵小饮，清旷甚适。归途夕阳在山，得七律一首：“缕缕霞姿间黛痕，青青向晚愈分明。野花细作便娟色，清濑终流激荡声。满眼千山春物老，举头三月客心惊。苍峦翠径微阳侧，凭我低徊缓缓行。”

舟移十里，夜泊偏门。村人方祭赛演剧，云系包爷爷生日，四乡皆来会。其剧跳荡嗷嘈，而延颈企足者甚

图 24　绍兴昌安水城门
（摄于 1936 年前）

夥。傍舟观之，盖别有致。枕上闻雨声，入睡甚早。

二日清晨登岸，不数武抵快阁。乃一小楼，栏杆蔚蓝，额曰“快阁”。屋主姚氏，就遗址缔构。通谒而入，阍者导游。先登小楼，供放翁像，联额满壁。屋主富藏书，殆佳士。有园圃三处，虽不广，而池石花木颇有曲折。白藤数架，微雨润之，朗朗如玉璎珞。亭畔更有紫藤，相映弄姿。挪舟会稽山下，谒大禹庙，垂旒搢笏，容像庄肃。殿上蝙蝠殆千万，栖息梁栋间，积粪遍地。据云，蝠有大如车轮者。殿侧高处有窆石亭。石高五尺如笋尖，中有断纹，上有空穴。志载石上有东汉顺帝时刻文，已漫漶不可辨。宋刻文尚可读。石旁有两碑，一曰“禹穴”，一曰“石纽”，篆势飞动。出庙门，访岣嵝碑，系乾隆时摹刻。又谒禹陵，墓而不坟，仅一碑亭楷书曰“大禹陵”。后山林木苍蔚。

午食时天气炎热，移泊大树下。饭后以山兜入山，三里至南镇，庙宇新整，神像威武，茶罢即行。七里至香炉峰绝顶，山径盘旋直上，侧首下望，山河襟带，城镇星罗，秦望、天柱诸山，宛如列黛。野花弥漫郊坰，如碎紫锦。中途稍憩小庙。又逾岭冈数重，始见香炉峰。峰形

图 25　绍兴东湖
（摄于 1920 年前）

峭削，山径窄而陡，旁设木栏以卫行客，有石梁跨两崖间。逾之不数武，路忽转，两圆石对峙，舆行其间，乘者须敛足曲肱而过。绝顶仅一小庙，绝湫隘，闻值香汛，香客来者以千数。峰顶尖小，故除庙外无立足地，仅可从窗棂间下窥，绍兴城郭庐舍楚楚可辨，钱江一线远亘云表，群峰多如培塿，惟秦望独尊。天色欲雨，舆人催客，匆促下山。至南镇，见疏雨张盖。

返舟，移舟十里，见绕门山石壁。过桥，桥有闸，泊舟东湖，为陶氏私业。潭水深明浓碧。石壁则黑白绀紫，如屏如墙，有千岩万壑气象，高松生其颠，杂树出其罅。山下回廊闲馆，点缀不俗。绣球皎白，蔷薇娇红，与碧波互映。风尘俗士，乍睹名山，似置身蓬阆中矣？细雨飘洒，石肤弥润。雨乍止，拏舟行峭壁下。洞名仙桃，舟行其中，石骨棱厉，高耸逼侧，幽清深窈，不类人间。湖中大鱼潜伏，云有长逾丈者，天气郁蒸方出，虽未得观，而尺许银鳞荡跃水面，光如曳练，是日数见之。晚饭后易乌篷小艇而出，篷可推开，泛月良宜，并放棹外河，约半里许方归。是夕宿东湖舟中。

三日晨五时，船开，舟人喧笑惊梦。七时起看山，晓雾未收，初阳射之，与黛色银容相映，蔚为异采。遂泊舟攒宫，此名殆自宋已然，相沿未改。以山兜子行，道中密箐乔松，苍翠一色中，晓日侵肤都无炎气。挑柴者络绎于道，继而畦亩间黄绿杂呈，牛郎花遍山，数里不断。映山红犹未尽凋，错杂炫目。谒南陵（宋孝宗）北陵（宋理宗），树木殿宇尚修整。又访度宗陵，仅存碑碣而已。归途经郭太尉殿，乃护陵之神，不知何许人也，殆南宋遗臣耶？殿中比附灵迹，如送子降妖等，甚夥。

归后船即行，移泊吼山下，一名狗山。拾级而登，一庙正当石峰下，峰之怪诡不可状，逼视而怪愈甚。左峰笔立，上置石圆锥形。右者尤奇，峰顶两石如倚，中有罅，罅有殿宇在。闻昔有僧居之，以缒汲通饮食，坐关行满而后下。复至庙后仰观，见峰颠庙榜曰“灵霄”，峰势攲侧如欲下压，凝盼移时，神思悚荡。

午食于沈氏庄，临水石荡，荡为其私业，蓄鱼甚多。饭后以小艇遍游之，岩壁高耸，萝薜低垂，有青狮白象之目，狮肖其首，象状其鼻。幽峭微减东湖，而弘深过之。安巢舅氏即在象鼻峰下题名，词曰：“庚申三月长沙张显烈约游吼山，风日晴美，山川奇丽，谈宴尽欢，醉后题记。

同游者德清俞陛云铭衡，钱唐许端之之引之贤之仙宝驯。钱唐许引之题记。”

五时后舟歇绕门下，换舟而游。山正在开凿，皑皑似雪。一潭正方而小，其深骇人，下望懔然，投以巨石，半晌始闻声轰然。又燃爆竹，回响如巨雷，亦一奇也。仍返泊东湖，晚饭后月色明洁，荡小舟至西面石壁下，形似小姑山，尖削如笋。泛月直至西郭门外，小步岸上，见铸锅者，熔铁入范时，银彩四流，伫观移时，始返舟睡。

四日早六时，附轮开船。下午二时到西兴，二时半渡江，至长桥，晚潮方至，厉涉而过。三时半返严衙弄许宅。综计是游，东湖最惬心，以为兼擅幽奇丽之妙，吼山奇伟，柯岩幽秀，炉峰峭丽，各擅胜场。爰略记梗概，以为他日重来之券。

十七年二月改定

兰亭游记

王葆桢①

十五临池学禊帖，神游兰亭，思一践其地，梦寐间时或遇之。三十橐笔走江淮，与故乡山川，渺焉日远。今春侨杭州，西泠印社诸子，以岁逢癸丑，举兰亭大会于西湖。予病未与。无何，有事剡中，取道山阴，欲游又不果。越五月来越城，同邑徐聘耕驻军于此，公暇陪予往游。买舠载酒，出水偏门，西南行三十里，抵娄宫。舍舟登陆，时方亭午，秋阳暴人，相与解衣，磅礴穿林越涧，踯躅近十里。予脚力疲，未知兰亭究在何处。鼓力前行，流曲如带，山围作屏，竹树丛中，露亭一角。心窃喜，顾同游邹剩庵、章筱斋而戏曰："此得毋兰亭也耶？"问诸隔

---

① 王葆桢(1872—1924)，浙江黄岩人，字子长，号漱岩。南社社员。著有《长勿勿斋诗集》《南洋劝业会杂咏》等。本文选自《南社丛选》卷五，上海国学社 1936 年 6 月版。

图 26　绍兴兰亭的小兰亭、御碑亭、流觞亭
(摄于 1936 年前)

水樵者，答曰：“然。”当门有桥，为山洪所坏，梁颓于水。水逢秋枯，浅才没胫，命仆夫负而涉。入门有屋三楹，壁画龙虎，泥痕狼籍。内为鹅池，浅荷零落，稻梗填波。度小桥，折而左，修篁夹径，两陂隆起，若犄角然。循陂而上，旁有碑，书“兰亭”二字。迤东即流觞亭。前有泉，涓涓欲活。石砌使曲，如往而复，殆所谓流觞曲水者此也。亭后去数十武，岿然中起，背枕峭壁，面揖群峰，左挽漓渚，右控石荡，则兰亭在焉。檐牙半折，阑槛欲欹，天风不来，铃铎无语。中树一碑，长三丈，广八尺，碑阳刻清帝康熙书《兰亭集序》，其字径三寸许。碑阴刻乾隆七律诗一章。西北隅有竹半亩，中筑矮屋，颜曰“竹里行厨”，仍右军旧句也。亭东有祠祀右军，壁间石刻甚夥，吴门石韫玉集禊文，尤见杰出，是影天乙阁神龙本钩勒上石者。巡廊却视，欷歔者再。神龛漏雨，香火久湮，墨池积淤，础爽皆湿，榜额坠而补门，楹帖拾以当几，名人笔墨，扫地已尽。洛阳园林，关天下盛衰，兰亭为会稽名胜地，一任池台荒蔓若此，卒无人焉葺而新之，足觇社会人心之坠落矣。晋人清谈，为世诟病。方今求清谈已不易得，毋怪山水间，觞咏寡其俦焉。醉笔书此，以告后之览者。黄岩王葆桢。

会稽山水纪胜

蒋维乔①

民国十八年十一月，余偕金松岑、沈醉愚、周子美三君，自杭州渡钱塘江，至萧山县之西兴，复乘萧绍长途汽车至绍兴，寓城中新旅社。叶葵轩、曹吉人二君来招待，曹君且连日伴同游览，皆松岑之友也。会稽之兰亭，以春游为宜，今已秋末冬初，故未往。游踪所及者，为禹陵、曹山、吼山、宋六陵、柯岩。凡四日而游毕，分纪其胜景如下。

禹　陵

禹陵在绍兴县东南十三里，夏禹王巡狩至越，因病

① 蒋维乔（1873—1958），江苏武进人，字竹庄，别号因是子。教育家，佛学家，养生家。曾任江苏省教育厅厅长、人文月刊社社长等职。著有《中国近三百年哲学史》《因是子静坐法正续编》等。本文选自《因是子游记》，上海商务印书馆1935年12月初版。

殂落，葬于会稽，俗称禹王庙。余等自城中雇人力车出会稽门，行十五里至焉。庙貌巍然，规模弘大，惜多倾圮。正殿之顶，已圮其太半，相传悬窆之处无可考。明嘉靖年间，闽人郑善夫考定在庙南数十步许，知府南大吉遂立石，刻“大禹陵”三字，覆以亭，且构室焉。今此亭经后人修葺，尚完好。亭中有窆石竖立，为椭圆形，长可丈馀。石之两旁，各有一碑，左镌“禹穴”二字，右镌“石纽”二字。“禹穴”二字，相传为李白所书；“石纽”二字，篆法奇古，体似岣嵝。观毕，雨已大至，遂至殿门前廊下啜茗。守庙之人皆姒姓，禹之后裔也。雨稍止，仍乘人力车回城。

曹　山

曹山，在县东南三十里。出绍兴东郭门，雇乌篷船而往。十里过东湖之尧门山，山石如斧削，壁立湖畔，顶有老松特立，疏落有致。复行二十里，至舞阳桥，桥之两端各有庙，曰舞阳庙，俗因乎双庙桥。至此乃易小舟，荡桨入港，约里馀，抵曹山下，亦称曹家山。山小而极奇，为明人陶望龄读书处，有室三楹，中有楼，原名石篑山房，今为沈姓所有，颜曰“畏庐”。山口有水闸，闸不启不得入，乃由舟子通告沈姓，启闸摇舟而入。则见悬岩环于三面，其下积水成潭，曰放生池，池畔岩壁，镌“观鱼乐”三字，总称之为水石宕。绍人开山采石，以材料筑宫室坟墓，其开采别具匠心，凿石所留，或削如壁，或锐如峰，或挺如柱，或裂如门，岁久风霜剥蚀，苔藓蔽之，藤萝绕之，蔚为奇景。尧门之峭削，水石宕之玲珑，皆人工所成也。池之南有一方石，突起水面，宽广可二丈馀。其东北凿石成梁，长十馀丈，跨于池上。梁下有二洞，舟从洞进，更见山岩下穹上突。岩角有石柱，斜伸入池，舟可绕过其下。沈氏之畏庐，倚山临池，占尽胜境。余等舍舟登其堂，主人出外未归，图书满架，妇子嬉然，实世外桃源也。

吼　山

吼山，即在曹山之东南，与曹山一河相隔，度桥步行，约里馀即至。一名犬山，亦名犬亭山，又名狗山。《越绝书》谓勾践畜犬，获南山白鹿，欲得之献吴王，卒不可得，故名犬山，其高为犬亭。今则总称旱石宕，盖对曹山之水石宕而言也。山下有烟萝洞，洞内峰峦环绕，奇石怪树，森然错列。前有池，池畔旧亦有陶氏书屋，今为王姓所居。曹山如世外桃源，此则竟是洞天福地矣。更进为万寂洞，就洞构小阁，曲折两层，中塑佛菩萨像，有优婆夷二人，居此净修。登阁远眺，青山碧树，罗列眼前，曹山已小如培塿。在烟萝洞外，固不知洞内尚有如此妙景也。出洞，折西南行，约半里，至云石山，俗呼棋盘山，有大小石柱，四方峻削、高可数十丈，亦工人采伐所留，亭亭如云，故名云石。二石距离数十武，大石之顶，有二石横盖之，小者则横盖一石。大云石下有庵，曰云泉庵，高踞石根，颇得地势。游毕，仍返曹山，由小舟过大舟回城。吼山与曹山本是一山，而曹山则为其附属耳，县志分为二山，今人则统称吼山，而曹山之名隐矣。

宋六陵

宋六陵者，南宋高宗、孝宗、光宗、宁宗、理宗、度宗之陵寝也，在县东南三十里之宝山，今名攒宫山，其地本泰宁寺故址。宋嘉定十七年，命吏部侍郎杨华为按行使，归奏泰宁寺之山，形势天设，吉气丰盈，遂诏迁寺，而以其地定卜焉。赴陵游览者，出绍城之五云门，乘船至尧门山下，更转向南行，至攒宫村登岸。有宋陵公所，在此雇兜子入山。修竹夹路，树木成阴，约行五里即到陵地，荒烟蔓草，道茀不堪行。所谓六陵者，盖此指南渡后高孝光宁理度六帝而言。实则尚有徽宗及三皇后之陵，共为十陵。殆因徽宗被虏于金，崩于五国城，金人送归梓宫，始葬于此，故不入六陵之数也。南陵皆南向，北陵除邢皇后陵外，皆北向。余等先至哲宗昭慈孟皇后陵，盖高宗之生母，随高宗南渡者。《宋史》绍兴元年四月，孟皇后崩，诏权宜择地攒殡，俟军事宁息，归葬园陵。此即攒宫之始。当时原拟军事定后北归，未尝以此地为永久之山陵也。孟后陵之南，为高宗之永思陵，其东为孝宗之永阜陵，又东为宁宗之永茂陵。高孝宁三陵并列。其南为光宗之永崇陵，以上为南五陵。除孝宗陵尚有享殿外，馀皆无之。折而北，至徽宗之永祐陵，又北为徽宗显仁韦皇后陵，折而南为高宗宪节邢皇后陵。韦邢二后，均与徽宗同时被虏，邢后亦崩于五国城，韦后则随徽宗梓宫南还，崩于临安者也。又向北地势较高，为理宗之永穆陵。北五陵惟理宗有享殿，殿有额曰“过去佛”，旁有联曰：“五季风颓昌正学，卅年泽厚育真儒。”南宋诸帝，惟理宗提倡理学，治绩可观，故联语云然。其南为度宗之永绍陵。以上诸陵，苟无碑碣，则与野田荒冢，了无区别。徘徊凭吊，无限苍凉。反不若民间中产以上之坟山，犹见松柏成林郁郁气佳之象也。

志称元至元二十一年，江南总摄西僧杨琏真珈与丞相桑哥，表里为奸恶，将发掘宋诸陵金宝。宋遗民山阴唐珏，货家具得白金若干，乃为酒食，阴召诸恶少，谓之曰：“尔辈皆宋人，吾不忍陵寝之暴露，已造石函，刻纪年一字为号。自思陵以下，欲随号收葬之。”众皆诺。夜往收贮遗骸，潜易以伪骨，取真者瘗之山阴天章寺前。六陵各为一函，每陵树冬青一枝为识。独理宗颅骨巨，恐易之事泄，不敢为伪骨。真珈既发陵，筑白塔于钱塘，藉以骨，号曰镇南，而以理宗颅骨为饮器。明洪武二年，始下诏北平，索理宗颅，西僧某以献，瘗南门高座寺之西北。三年，遣使访历代帝王陵寝，浙江以绍兴宋诸陵图进，复命礼部尚书崔亮，奉敕以理宗颅骨归旧穴。据此段历史，明代恢复宋陵，初未知有唐珏潜易真骨之事。其归葬旧穴者，仅理宗之颅骨，而理宗之尸身，则尚混杂于伪骨中，在钱塘白塔下也。今白塔已不可考，而山阴天章寺前之真骨瘗埋处，亦不得而知。然则所谓宋六陵者，已名存而实亡矣。古今来帝王家以金宝埋穴中，无益于死者，而有漫藏诲盗之实，卒召骸骨分散、身首异处之祸，夫岂徒宋六陵而已哉。

柯 岩

柯岩在县东南三十五里，山皆石骨，亦人工采伐所成，其下有柯水。相传蔡邕经会稽高迁亭，见屋椽竹东第十六柯，可以为笛，取用之，有异声，此柯山之所以得名也。余等自绍兴趁长途汽车赴柯桥镇，雇飞沙船一艘，东行约四里，抵柯山村。登岸，循小径曲折而上，先至柯岩东之普照寺。寺后有山岩如圆柱，平地拔起，就石势凿大佛，高可五丈馀，庄严为金身，上建大雄宝殿。殿后凭山石，前为楼阁，高几与岩齐。殿左有屋三楹，颇整洁。其前空园，有石骨削立，下窄上阔，高出寺之正

图 27　普照寺和云骨
（原文配图）

图 28　绍兴柯岩
(摄于 1934 年前)

殿，上镌“云骨”二大字。正殿前有金刚殿，门左有钟楼。此寺依石佛建立，甚为奇特，俗呼石佛寺。循寺而西，即为柯岩，顶平下削，壁立千仞，上镌“柯岩”二大字。岩西有石窟，大可数楹，旧名烟霞洞。洞后石壁下有深潭，潭水清碧，广可五丈，横半之。依石窟之高下，建一庵，供北斗，故又名七星岩。庵前左壁有衡阳彭玉麟之画梅，其东有摩崖，为“一番风月千里烟云”八大字，径可尺馀。旁亦署“同治八年衡阳彭玉麟”。循石磴东上，有朗吟阁，亦依岩建筑。再自阁后登柯岩最高处，有石龛，曰“文昌阁”。自阁而下，至庵之西偏，有泉三面回环，约亩馀，曰“放生池”，池上建屋曰“柯岩耆社”。社后有石亭，挺立池畔，曰“自在亭”，亭旁石壁镌“小南海”三字。池后岩石深邃处，塑观音大士像，故又称观音岩。凡此岩石之奇特，不亚于浙之雁宕，均为人工凿成，亦足奇也。

绍人之凿山采石，其设计颇具美术思想，曹山、吼山、柯岩皆其例也。其采伐方法如何，极应研究。适柯岩向西之龙头山，工人数百，正在开凿，砰轰之声，远震数里，急往观之。步入凿空之山洞，俯视洞底．已深至数十丈，四周凿成长方形，工人皆缘长梯而下，凿成之大石板，则以辘轳绞挽而上。此洞底若凿至泉眼，即深潭也。曹君吉人云，凡开凿一山，预定计划，若应开凿，若应存留，向高山开凿而上者，即在岩壁上规定尺寸，用巨铁钉钉入石隙。悬绳缒下，连以木板，工人持椎凿坐于板上，凌空动荡，一荡即乘势一凿，循石理成方形，或长方形，然后用水灌入石隙，石即裂开，或横或直，成为板状，缒而下之。工人之能悬空开凿高山者，其技较优，工资亦巨，每日作工，只数小时耳。开凿一部分，存留一部分，正如庭园中之布置假山，岩壑峰峦洞穴，如随人意，参差错落，成为奇境。以视吾乡之用炸药轰山，使山容顿变丑恶者，其巧拙迥不侔矣。余等游柯岩毕，仍趁长途汽车回西兴，渡江返杭，一宿即回沪。

山阴道上访古续记

陈万里①

初记曾刊《东南日报》，今以续记付《旅行杂志》，兼附影片数幅，以备好古者之参考。

十月七日晚在僧佗处，见着萧山阿狗，他是专程来报告柯桥西河塔村，在一个太康圹里所掘得的几件古物底消息，我就决定了明早同他们去一看究竟。

八日早起，驱车到三廊庙，渡江，在义渡桥上见到僧佗，他正在桥上慢慢儿一摇一摆底踱着方步；阿狗呢，在他前面数十步，提着一只破藤篮，默默地走着。我在车上招呼了他们一声，说，先到车站上去等候。他们俩依

① 陈万里(1892—1969)，江苏吴县人，名鹏。中国第一代摄影家，考古学家，古陶瓷家。著有《大风集》《瓷器与浙江》《中国青瓷史略》《西行日记》《闽南游记》等。本文原载《旅行杂志》第十一卷第九号，1937年9月出版。

然是一个慢慢儿踱着方步，一个默默地走着，我则终是心急慌忙底向前跑，惟恐赶不上车似的，有点儿好笑。

吾们趁七点钟车，到柯桥正八时，先在车站附近茶店里泡了一壶茶，僧佗去吃面，阿狗就去雇船，只剩下我一个人。不一会儿，船已叫好，面亦吃完，于是三个人就挤进一只脚划船里，向项里出发。

经过柯山桥，七星岩是看到了。其实跟东湖的陶公洞，同样地为人工所开凿出来的风景，偏偏能够吸引着许多游客，还有那些斗方名士，此唱彼和地歌咏起来，于是所谓名胜之区，于以成立，说戳了这西洋镜，岂不是可笑得很！

不过绍兴四乡的风景，实在不坏，有山，有水，山上多松柏，湖水清澈见底，一只脚划船，正是一叶扁舟，出落得潇洒自如，胜于吾乡之小快船多多。并且湖塘宽广，尘襟为之一洗，以拟嘉湖一带，虽多港汊，只能点缀一点野趣，终不能与鉴湖相媲美也。

过铜山，竹林极茂密，河塘里处处见到采菱的小船，我想柏叶红时，更多乐趣无疑。

到项里，已十时，从柯桥来，据说有十五里云。

项里说是项王曾经到过的，因此迪埠那里，也就有韩信庙，这些荒唐的故事，让诸喜欢听说那种民间传说的人们来研究罢。在项里，阿狗找来一个向导，晓得太康圹里的各件，已被人家买去了，阿狗似乎很懊丧，他先回船里去休息。我与僧佗跟了向导，去看最近出土的古物，都是习见之品。最后看到太康圹里的东西，是一只洗，里面有一只狗，昂头向上，两只耳朵有点损坏。一猪圈，约四寸高，四面有孔，中间立着一头猪。一只有绞丝把柄的提篮，篮底上部有小圆孔。此外还有零星小品多件，都是属于明器一类。不过由此证明了太康时代的磁器是这样的。本来漓渚方面的出土，晋器也很多。往往器皿与圹砖都分散了，无从证明其确实的时代，只说是晋器而已，此则太康二年圹砖尚在，且能指出圹地，当然是毫无疑问的了。圹地在吴塔村，离此有三里路，拟下次来时，前去摄片。

近来项里出土东西很不少，可惜都四散了。我总觉得对于地下古物的发掘与保存，是一个复杂而又最感困难的问题。文告的禁止发掘，是无补于事实的，因为大利所在。实非一纸公文书可以发生什么效力！何况山里，处处地方，他们都可以在夜间私自偷掘，有什么方法可以取缔！已经掘得的古物，固然不能明目张胆地出卖，然而偷偷摸摸带到外边来，又有什么方法可以干涉！所以我个人对于这件事情，似乎不易得到一个最适当的办法。如何可以任得这些出土的古物，不致于散失，同时可以由地方或政府机关保存起来，可以说是难之又难了。不过如其政府不能去发掘，学术机关又没法去发掘，与其这样四散了，还给一般市侩做了好买卖，那末还以严禁为是。看好了这许多物品以后，时间已近十二点，大家赶回船里，出发迪埠。

煮熟好的新鲜菱，就权当了一餐午饭。

到迪埠去的目的，是在一看出现黄龙砖圹的情形，并且希望在那里，能够见到一点破碎的磁片，来明证那一个时代的产物。然而结果很失望，因为圹的上方有坟墓，怕会倒坍下去，所以把砖圹填塞了。并且据说圹里并无古物，由此要想寻觅一点碎磁片的期望，也就不能达到。圹在村后半山脚下，尚有遗留残砖，整块的已经难得，阿狗曾得四十方，云有数块颇精，一时不肯单独出让。

由此走到一小村去，约有两里路，见着最近出土之壶碗小盏等约有二十件，俱系粗货，而乡下人一开口就是四百块，不能分拆。现在地头上，动辄是几十几百，这是受到几面铜镜的关系。其中已有人吃着苦头，眼看最近之将来，有人赚钱，亦就有人上吊，可以断言。

回到船上，跟阿狗闲谈（僧佗在另一船）。他在黄龙圹前检得一块碎片，居然上有文字三四，可谓此行最大之收获。我则看到太康圹里所出土的古物，获益实非浅鲜。僧佗购得小品数件，仅资点缀而已。

三时到柯桥，僧佗往绍兴，阿狗回萧山，我仍当日返杭。

十月二十日早起渡江，僧佗已先在，并且遇见了谢君，他去雄山看地，就同坐七点钟的车往柯桥。

到了那里，先在一家茶馆楼上小坐，雇好了划船，买停当了一点东西，就下船出发，同去的是得森、双喜及甘杜。

船向西南，经过湖塘，再折入小港，计程十五里到古城。双喜找到了一位姓朱的地头人，他就可以领吾们去看王叔文夫人的古墓。双喜造了我是来相看坟地的一个假托，于是我在去的时候，路上虽是有人问起古物，竟是掉头不愿地说来看地的，想起来真是好笑。

古城附近竹林极多，不要说云栖这一点算不了什么，就连武康道上的竹径，也比不上古城那么茂密。两旁边都是竹林，中间砌一石道。我在这一段石路上，默默地走着，似乎很多感慨，然而我却不愿意以此情怀，来损害到我今天访古的兴趣。

离古城村约有两里路，就到了山里。王叔文夫人的墓地面积，仿佛并不甚宽阔，墓砖散在附近，砖的质地，远不若黄龙太康那样坚结，就是从气息上说，也似乎晋砖来得古朴些，倒底离汉不远，还有汉砖的一点味儿，唐砖就没有这种气息了。我在此处竟十足做出看地的样子，双喜呢，还要老太爷长、老太爷短说种种鬼话，本来拆穿了西洋镜说，还不是人骗人呢。后来我问了一点当时墓里所出土的一些古物底情形，可惜不能说出怎样的排法，因为他们当然是不注意的。

回到古城村，在一家人家里，看到几块最近出土的晋砖，可是年号已经模糊了，同时出土的有虾蟆水池一，询之没有价值，随即退出。近来虾蟆水池之出土颇多，先时我以为是唐代的物件，此刻才晓得也是晋器。原来岳珂的《桯史》里面，也提到晋征虏将军墓里所出土的一个像砚滴样底小瓶，说是背作虾蟆形，制甚古朴云。可见此种制作，实为晋代一时风尚使然，不过究竟作何用途，为什么晋代的圹里有此明器，似亦一值得研究之问题。

离古城到湖塘小停，预备在此午饭，先由得森介绍一家小茶店，可是门前左右各有一厕所，苍蝇还是很多。我同僧佗说，吾们还是另找一处罢，就在七尺庙前一家茶店里坐下。僧佗他们从柯桥买来的醉蟹冻肉等等很不错，饭由船上烧来一锅新米饭，热气腾腾，在这一种生活里面，确实是别有风味。我则依然面包两枚，烧了一锅新鲜菱，亦复自得其乐，兴趣极浓。

此处所谓湖塘，就是有名的鉴湖，酿酒以此处为最。市镇在湖的一岸，对岸都是山，风景真是好极了。七尺庙的来历，我从记上看来，晓得在宋朝的时候，掘出一段七尺长的人骨，当时不敢惊动它，自然也没有一位人类学家来研究这一段七尺长的人骨，因此仍旧埋在土里。

图 29　七尺庙
（原文配图）

就在那里塑起一尊神像，庙祀起来，就叫做七尺庙。后来竟有人传说这是防风氏的骨，我想此刻研究民间传说的人们，不妨来考查一下。

此处湖塘长距约有十里，所以有“十里湖塘七尺庙”之说。湖塘的水，清澈可爱。一叶小舟荡漾其间，真是神仙生活。假使两傍湖岸，稍稍开拓一下，着实可以吸引一点游客。不过根本一句话，绍兴的毛厕要是没办法，那末什么优秀的风景，都要被它破坏了。所以要建筑成功一风景区域，第一件事儿要拆除毛厕。

然而绍兴人之于毛厕，不啻是第二生命，有人要去拆除，势非拼命不可，其实利之所在，以合作社之方式而维持他们私有的产权，也未始不可以设法改革的，就是有没有人肯出来跟绍兴的厕所奋斗，这是一个先决问题。

离湖塘又十五里往吴塔，由双喜找来一人引导，去看发见太康砖的古圹。圹已填塞，但残砖颇多，有仅存“太康”二字的，有则“梁国何尚作”字样，尚能见到。此处所出土之古物不少，惜已散失，据我所知道的就是现存项里的几件，的确从这个圹里掘出的。此外都是不过一种传说，似乎不能凭信。

一切都看过了，回到船里，已近三点。经由项里、铜山，到柯桥，僧佗诸人上岸去，我则独自一人坐船往安昌。过华舍，已上灯时间。到安昌，正七点。喜晤所中诸人，两小时枯寂的生活，至此复活跃起来。饭后与同人畅谈所务，见到一个不到三个月的小小机关，充满着蓬蓬勃勃的朝气，一天的疲劳与辛苦，竟为此兴奋的情绪所克服，一点也不瞌睡，不感到丝毫的倦怠，这是欢慰到了极点的关系罢。

十一月一日约定僧佗趁七点钟车往柯桥转舟山，正要出门，忽下雨，只好中止。不到半小时，雨又停了，急急赶到平海路，僧佗同馥保已去三廊庙，随往江边渡江，到车站已七点四十分。找他们不到，想已趁七时三十分的慢车去绍兴，我就搭七时五十五分的快车追上去。

及至上车以后，反而转念到他们也许仍往柯桥的罢，然而快车是直达的，只能到了绍兴再说。

过阮社，快车越慢车而前，然而看不到他们。到绍兴雇车往火珠巷见着箕裘，拟回到柯桥罢，又恐怕他们

图 30　古窑庵

（原文配图）

图 31　远望古窑庵

（原文配图）

来绍兴相左。最后决定索性与箕裘先生采寻离渚附近古窑基，放着舟山的事随后再去，亦是一办法。

同箕裘出偏门，雇一小船，出发，约十五里到蒋家池塘。上岸去找地头人某甲，因帮工割稻忙，下田去了，仅能在附近看到几处挖掘过的古圹。据说窑基在蛇头山，离此尚有四五里，然非某甲不能知其所在，那就只能再约日期。

由蒋家池塘往阮港，先经过桃源村，今年各地丰收，所以农村气象极好。阮港村外有古窑庵，吾们的目的就在这古窑二字，因为有了古窑庵，自然古窑的窑基，当能寻到了。及至其处，庵后似有一小丘，碑记上载明嘉靖年间就藺山古窑基建祠，因名古窑庵。是庵的地方就是古窑基了。可是吾们四处寻觅砖片，不能得，仅有残破之合钵小块，当然就可以证明窑基即在附近，而砖片却未能发见，就不能确知此处的出品，究作何式样与色泽也。

庵的对面据说曾有所谓吹釉的物品掘得，并且数量尚多。箕裘疑系烧好物品堆积之处，我以未见当时发掘情形，不能妄加臆断。细检此处，亦无遗留残片。后于农家见到残破小炉一具，即往岁灰灶头所出土之物品，如其此处古窑的产物，正是那一些的话，不是一个很重要的发见么？可惜得不到一点证明，不过我终以为古窑庵的所在，定是当时的窑基，假使能在庵的附近，有所发掘，或者可以解答我这一个闷葫芦。

后由某甲的领导，坐了轿子，到大岭头下面所谓窑基墩头那边去，看一看情形，结果仅仅一个土堆，宛然我去年到吴兴城外访问蜀山古窑的情形一样。

其时雨又下起来了，仍回阮港过岭，往离渚，一路上为风雨所袭，衣履尽湿。

到离渚后，仍去张宅，晤见熟友多人，闲谈项里舟山一带出土情形，约一小时，即回船进城，已过七点。

今日一天访古，所知道的有两事，一为蛇头山有破碎片极多，想来是一个窑基；二是古窑的地方，确有窑基。惜乎未能发见破片，终算两件事都是有了一点线索，并不能说有收获。

到龙山，晤见僧佗、馥保，僧佗在柯桥等我甚久，舟山因之未去，馥保则去了一趟项里。

二十六年三月十四日，午前到绍兴县政府，晤见培心县长，出示赤乌圹里所发见而送县保受的古物多种。内有形若笔筒样子的两件，一般人所通称为鬼灶一件，人面洗四只，小壶及虾蟆水池各一件，均完整，俗称之痰盂尊一，口部已损坏，三脚盘一，已不全。各件釉水均作黄色，多剥落。破尊上有席纹一圈，作青色，底部凹陷，这与黄龙圹里所发见的大致相同。虾蟆水池有小立口，不过没有画花。这是孙吴时代的产物，大概跟西晋前期相一致，因为时期是相差无几的，并且在宝鼎、凤凰、天册、天纪等十馀年间，已经是晋的泰始、咸宁年代了。

饭后，同箕裘出偏门，坐小船往南池。在区署里晤见了朱华北乡的乡长徐君，就决定了坐轿去木栅之锁龙桥，小船在那里等候。

南池去锁龙桥约有十里，中间经过坡塘等几个村落，古圹即在锁龙桥西峰山下，据说是在四号那天由农民挖掘黄土栽植松秧而偶然发见的。

圹深约二丈，宽约丈馀，由圹口悬梯而下。圹砖有“赤乌十二年造”字样，砖的一头，并有一“华”字。邻近尚有一古圹，圹砖有“锺学官”三字，圹里有内外两部分，尚有一小圹，所有陶器，据说即在此处发见云。

朱佩弦兄遗念

——甲子年游宁波日记①

俞平伯

一九二四年三月七日，由杭州城头巷寓所启程赴沪。车上人多而暖，昏昏然。于下午七时抵沪，寓法界爱多亚路七二一号许宅。接佩弦自春晖来信，遂决作甬游。至亚东访汪孟邹，适去芜湖，未晤。取了二十元。以《西还》诗集版权印花三千枚付店。在竹生居晚饭，饱甚。至孟渊及振新旅馆，打听船。归作家书，十二时睡。

八日，九时起，在南来理发，定新江天舱位，打电给佩弦，嘱来接。访圣陶、伯祥，以时间局促略谈即别。在复兴园午食，甚昂。返寓取行李上船。发杭州一片，亚东图书馆一信。四时许开船。所占舱位颇小，人声嘈杂。同舱者二人，予得下铺，付船钱一元。甲板上全以

① 本文原载《论语》第一百六十一期，1948 年 9 月 16 日出版。

油布围之以搭客，故作海行而未得观海。阅《水浒后传》，和衣昏昏而卧，睡不甚佳。晚饭时由茶房吆喝去吃饭，草草而已。

九日，曙色朦胧中舟抵镇海，暂停复行。不及六时抵宁波，天阴雨甚。给茶房酒资一元。雇人力车至沪杭甬车站，费二角，路远而价贵，敲竹杠也。佩来信云，“在百官车站见面”，遂打票赴百官。我以为离甬必不远，孰知二等票须一元四角许，始大讶。雨中登车，久待至八时始开。二等车中客亦殊不少。沿途景色可观。近五夫站时绕壮山湖，甚阔大。过驿亭而抵百官，下车。地殊荒陋，且有小山，觅佩弦不得，不解其故。欲雇轿子到春晖中学，而居人对以不知。后问询一剃头者，始知在驿亭附近，到百官已多走了一站。后来雇得轿子，价一元八角。

途中遇雨，幸未沾湿。走了许久始回抵驿亭站，跨过铁轨，南面有一牌大书曰“春晖中学校”，始知不误。又里许望见校舍，入校展转询问，始由校中职员导行，得佩弦之居，启门而入，果得晤焉。付轿钱二元。急询以究竟何谓百官车站。他说，宁波人管沪杭甬车站为百官车站。他信上的意思，在宁波的百官车站会面，而我初不知有此称谓，解释为百官的车站。其实他和我同车来的，我大约先到站，在车上久待之顷，已经错过了。我亦不知今晨他将由甬赴春晖也。

略谈后，他去上课，是日为星期，春晖例不休息，我旁听了一堂。学生颇有自动的意味，胜第一师范及上海大学也。未进午食，枵腹奔走，后得豆腐花油条食之。

下午夏丏尊君来，邀至他家晚饭。去时斜风细雨，衣服为湿。他屋颇洁雅素朴，盆栽花草有逸致。约明日在校讲演，辞之不获。饭后偕佩筅烛而归，傍水行，长风引波，微辉耀之，踯躅并行，油纸伞上沙沙作繁响，此趣至隽，惟稍苦冷与湿耳。畅谈至夜午始睡。是日寄家书及京信。

十日，寄沪许寓守者信，告返期。佩弦上下午各有课二小时，我拟讲稿。下午同在郊野散步。春晖地名白马湖，校址殊佳，四山拥翠，曲水环之。菜花弥望皆黄，间有红墙隐约。村户稀少，只数十家。校中不砌垣墙，亦无盗贼，大有盛世遗风。学生多朴实，理解力亦好。是日雨未止，出行路泞沾足。归续写讲稿。晚饭后在校

图 32　宁波南水关
(摄于 1930 年前)

讲演，议论病空泛，入文犹可，说话似迫促，勉强对付而已。仍与佩弦夜谈，睡较昨早。

十一日，今将去此，在沪给佩之电报终未送达，可怪也。整治行李。丏尊过谈，以讲稿付春晖刊出，从夏嘱也。他送我信纸一匣，丰子恺所绘。午后匆匆而行，行装已由校役挑送驿亭站。途中仍有小雨，到站略待，火车始来。三等座中尚不甚挤。佩弦在车中取吾箧中稿《鬼劫》及白采的诗读，均赏之。于下午三时馀抵宁波。车中茶房已识我，为我携行李，殆以百官之行花了冤钱之故欤。雇人力车赴湖西第四中学师范部。

宁波道路全以石板铺之，车行颠欹，尤甚于杭州。抵四中校暂息，佩约在李荣昌夜饮，品宁酒及绍酒。绍自胜于宁，但宁酒初尝耳。此店佐酒有野味多种，如竹鸡鹌鹑水鸭等品，均甚美，亦畴昔所未经。共喝了两斤酒，稍剩了一点，不殊昔年碧梧轩之洗味也（碧梧轩，杭州酒店名，在旗营）。又吃了炒年糕，扶薄醉而归。杜君来久坐，始去。三年级学生数人来，约我讲演。他们前曾向佩说，他径代我辞去。今又当面来说，我不得已允之。游玩杂以讲演，心殊畏之。佩弦小眠，我为他看诗稿。备删订用，旋即就寝。

十二日，七时起，整行李，八时赴三年级教室讲“中国小说之概要”，约一时而毕。返室，杜君及郑莼村君来，郑还邀我作一公开讲演，力辞之。佩弦下课后，卢君及经子渊君来。佩抽空写信，及为我写字一张。午，郑君邀至李荣昌，今日食单与昨相仿，惟添食麂肉，我则以面代年糕耳。返寓雇轿，佩送至码头，轿钱也是他付的。得三十九号舱下铺，上午预定也。佩小坐始别去，凭舷送之，仍不免惘惘之色。四时馀船开，在上层甲板上闲眺，稍领略此行海景。抵镇海后进舱，同舱亦二人。来时新江天，返时亦新江天也。午饭太饱，晚饭吃不下，又船上餐亦不佳，后买油豆腐食之。在铺上略翻阅《断鸿零雁记》，觉文笔殊欠自然。因表在白马湖时坏了，不知道时刻，睡醒了又睡，如是者终宵。十三日，天未明而船停，起看灯火粲然，已抵上海金利源码头矣。

之东（节选）

黄炎培①

宁　波

女招待——诗和酒——天潼阿育王

坐长途汽车东行到曹娥，渡江，便是百官镇。拜访了一座破烂不堪的庙宇。中午过了，大家嚷肚子饿。街旁的饭店，挑着高高的酒帘，家家雇人当街叫喊拉客，成立了对抗的局势。吾们当然挑一家比较整洁的进去，惹得那边叫喊的女招待员大大的抱怨，叽咕了好半天。这也是内地市况不景气的一种表现呀！

---

① 黄炎培(1878—1965)，江苏川沙人，字任之，号楚南。教育家、实业家，社会活动家。1949 年后历任政务院副总理兼轻工业部部长、全国人大副委员长、全国政协副主席等职。著有《黄海环游记》《抗战以来》《延安归来》等。本文选自《之东》，生活书店 1943 年 11 月初版。

从百官坐火车到宁波，天色晚了。宁横路工程师李志青很殷勤地招待到后街江浙旅社住宿，到大中华菜馆吃饭，大中华也雇有女招待员，因此回想到百官，回想到绍兴的禹庙，更回想到杭州西湖旁边的粥店，怎么到处雇着女招待？吾很不愿意把花瓶的作用去亵渎地推测她们，总是喜欢到女子职业在浙江已在逐渐的发达。

那一晚，和吾同室卧的，是钱铸九。两人大谈其诗。你写的是旧诗，对时下的白话诗有什么感想？铸九问。吾答，吾脑海里从没有感觉到这是新诗，那是旧诗，这是白话诗，那是文言诗。就使观察到种类有些不同，不过等于这是黄酒，那是白酒。批评酒味的，不能说黄酒比白酒好，或白酒比黄酒好。绍兴三十年的陈花雕果然不坏，贵州的茅台又何尝坏呢？所以称为酒，就为中间有些酒母。否则水和白酒有什么分别？最使吾们扫兴的，当它是酒，一上口，却是“金生丽”。倒还哄人说：“你不懂的，这是白酒呀！”也有人，因此便说白酒总不是酒呀！岂非错之又错了么？

后塘河的水，浴着一丸海天旭日，一只小汽船，鼓足了汽力，很想表现它每小时能行二十五里的速率，不料

图 33　天童寺镇蟒塔
（摄于 1934 年前）

撇扑撇扑发了几响，停了。发了几响又停了。船主没法，终于荐贤自代，吾总感谢它的退职，比在职的贡献还大。过了五乡楔，行入别港，从少白河头上岸，坐轿，轿夫倒和得缺的县长一样，首先着眼到肥瘠问题。某先生很不受他们欢迎。吾呢？也不很受他们欢迎。旁人说，料不到他们对你们这般害怕！我说，这叫做“君子不重则不威”。

簇簇新的镇蟒塔到了。一口气爬上第九层塔顶。回头一步一步数下来，到达平地，凡一百三十级。过天潼市，好像到了普陀一般，完全佛国。是妇女们抱了小孩，带了香烛，趺坐在竹篮里，用一条竹杠，两人肩着走，叫做“元宝篮”。吾说，让吾也来坐一下。哼！这是她们女客坐的。轿夫很庄严地答。

快到天潼寺，只见石路越发整洁，低头偶见路中大石片刻着荷花，每二十块嵌一块，在那浓绿的松荫下，一直到寺门。吾不暇称赞它规模的伟大，倒先称赞他们管理的严密，到处只觉整齐、清洁、肃静。直入后堂登藏经楼，方丈大和尚亲自主坛，替施主启建水陆道场，上供毕，方丈大和尚退，坐廊下大椅，传唤执事诸僧，一一问

图 34　天童寺天王殿
（摄于 1932 年前）

话，执事诸僧肃然。楼上讲坛供白玉佛三尊，我问这佛像那里来？执事僧答从西方来。这话吾倒很能替他证明，这种开相法，吾在暹罗、缅甸才见到，和中土确不一样。

从天潼到阿育王寺，路旁观村农演戏，他们也有梅兰芳、马连良，一时人山人海，到这种地方，我最高兴，因为这是真正的民众娱乐，不比大人先生们自己取乐，硬装到民众头上去的。替他们照了一相。

天潼和阿育王两寺真是难兄难弟。规模一样的大，香火一样的盛，管理一样的严密。入大殿，一僧问要观舍利否？出尺许高的小塔，令欲观者合掌跪蒲团上，一一传观，有见为红色的，有见为白色的，各各不同。轮到我，我原想看看，可恨我两膝很倔强不听命令不肯跪。

《天潼太白间山行纪事六首》："三月后塘河里舟，五乡碶近水分流。泉声不断天潼路，过客尘心洗得不。""元宝篮摇拂地平，一肩稳坐母怀婴。名香文褓齐将去，要为佳儿乞佛名。""阿育王寺舍利光，天潼玉佛出西方。大千士女全风动，古刹年年作道场。""袈裟铙钹杂钗裾，应赴风开天监初。辇得黄金去求福，绮罗结队拜文殊。"

“隔着云山望十洲，四明葱郁景全收。百三十级从头拾，镇蟒荒唐一塔留。”“雪练当空一径开，半山亭下走晴雷。昨宵急雨知何意，端为峰坳送瀑来。”

气象万千的溪口

雪窦——文昌阁——武岭学校

宁奉汽车从宁波走了一个多钟头，过奉化城，也不及进城了。一直奔到溪口。

溪口的形势雄伟得很。周围是山。车站下来，不上几步，走进一座巍巍的武岭牌坊，右边是武岭学校，左边山坡上高高地一所房子——文昌阁，蒋介石先生归来，住在这里的。再往前进，一条和溪水平行的大道，水泥筑得又平滑又宽阔。许多卖菜翁披了蓑衣，赤了脚，在溪水里从竹筏上起出大量的青菜，运上水泥的大道，潺潺不断的溪声，仿佛安慰而又鼓励他们的劳作，吾想他们这双脚，走在这般平滑而宽阔的水泥大道上，怕不免有些受宠若惊罢！大道左边是临溪的人行道，右边人行道上蜿蜒着一大排市房，蒋家的祠堂，蒋先生的老宅，都排列在中间。隔溪碧绿荫翳的竹木。竹木尽处,便是高山。向上游一望,千岩万壑,溪水从云山深处曲曲弯弯直奔下来,回头望下游,文昌阁恰当其冲。不待登阁,早预料凭栏远眺,有意想不到的妙景。

道旁布告保卫团募集团员,说明保卫团的意义,对国家对乡里的任务。而慎重声明决不编做兵丁,万勿误会。从此可知奉化虽为蒋先生故乡,而子弟并没有以从军为乐,也许是地方生计较好的关系,倒是值得注意的一问题吧!

吾们的第一任务是游山。急急忙忙顺着水泥大道,望那溪水源头,云山深处——雪窦直奔上去。到入山亭,渐渐高了。坐山轿一气向上,也没有商定计划,悉听轿夫自由。过寒华亭,到飞雪亭。隔山大瀑,雪沫直喷入栏槛来。亭有题名簿,乘着高兴,立刻把名题上。轿夫催快走,上边还有好景致,上不多路,妙高台到了。前台后楼,通以回廊,楼前岩石突起,像平台。下边山谷深不可测。雪白的泉水环绕着。左右两边山壁峭立。山田青绿平铺着像锦绣一般。登屋四望,远峰近岭,重重叠叠,林木阴森,气象万千。楼下书架放着《雪窦小志》,

浏览了一下，才知楼外可望不可即的瀑布，就是千丈岩瀑。

向资圣寺行，高高下下，曲曲弯弯，到了。寺的规模，比天潼、阿育王两寺差些。壁间悬着上款太虚和尚楹联，方知太虚即此间方丈。问在山么？答在。入方丈室相见。午餐毕，游千丈岩。直下岩根，达瀑布的下端，有桥，小坐桥栏上，水沫横飞，使人目眩。过桥有榭，是洋式的建筑，却没有人管理，渐渐毁坏了。瀑布从桥底流出，随着瀑布从琤瑽琤瑽的大声里沿溪直下，回头一望，瀑布像雪一般高高地挂在树林中间；更望下却移在树林顶上。到溪势渐平处，壁间刻“乐不”两大字。这是问句，问得好，到这里来问得更好。

太阳渐渐西下了。随着轿夫的意思下山。到入山亭，舍轿而走。按照亭壁间公告的轿价给酬，不受。加给些，仍认为不满，不受。大叫大闹，一时人声鼎沸。不得已，重重地给与。轿夫与轿夫间，支配又发生问题了，幽雅清高的环境，立刻变作临时决斗场所。问题起于客有肥瘠，肥客的轿夫，不服均等给酬。瘠客的轿夫主张论质不论量，那见瘦子不是重要人物。大骂大打一场，不知所终。吾想科学管理法如果进步下去，火车卖票，一定会把客人在磅秤磅过，按磅收价。到那时吾们同行的郭步陶先生才吃亏理。

《雪窦》："天潼阿育王，庄严两道场。欲览溪山秀，甬东惟雪窦。雪窦溪山秀更雄，烟云无际峰外峰。妙高台顶试极目，周遭万朵青芙蓉。水从千丈岩间落，如雷发声出幽壑。长过匡庐三叠泉，肥似黄山九龙瀑。杜鹃初苞桃怒华，异香风送岩洞茶。上下隐潭更奇绝，石磴百级通悬崖。山水文章一而已，快心惟在不平耳。谁谓和平天性然，无心流露乃如此。世途夷险孰避趋，人心矛盾信有诸。试寻资圣寺，以语释太虚。"

"武岭突起于剡溪九曲之口，独立于四明群峰之表。"这是民国十四年九月蒋中正撰，谭延闿书武岭《乐亭记》的起句。俗名文昌阁，今改乐亭。登阁推窗，夕阳向溪山深处缓缓而下，红霞嵌补峰隙，返映五色玻窗，宝光满室。游览一过，别屋为秘书室，为电报室，为电力室，为厨房。

武岭学校，规模阔大而雄伟。有小学，有初级中学，学生五百馀人。初中是农科，附设农场，农作以外，试验养猪，养鸡，养兔，养羊等，设备周到。全校年费四万馀圆，积有基金二十四万圆。旧系三姓合设，三姓子弟入学免费。今由蒋姓独立扩充。礼堂悬有民国二十年四月蒋先生训话笔录，历叙幼年读书劳作勤苦状况，劝子弟勿奢华，勿游惰。且知此校是奉蒋太夫人命创办的。

剡溪九曲

沿途景物——竹岸十一龄女儿——王江辛乡的误读

我们前进的目的地，是天台了。上天台，须经新昌，溪口新昌间正在筑公路，隔夜访知这段公路长五十七公里，还没有完工。若贪舒服，须折回宁波，由原路渡曹娥江坐长途汽车经嵊县到新昌，绕一大圈，路虽长，而安适，时间亦不费。但吾们是游民，目的在游。俗语说得好，"好马不吃回头草"。从溪口到新昌，经过的就是剡溪九曲，自古骚人雅士，名宦高僧，恋这溪山胜景，遁迹其中，不知凡几。吾们从文章上诗歌上，神游目想，亦已有年。不趁这次好机会去饱看一番，更待何年何日？去！去！众意已决，更不踌躇。

时在四月二日清晨七时左右，雇定山轿，挑夫挑了行李，地方当道特别慎重，派定了护兵十名，一行人众，浩浩荡荡地离了溪口，向西南方进发。

过公棠村、镇东桥，见一个横匾，上写着“剡溪第九曲”。过康岭庙，渡一条溪水，架树干为桥，上面用树枝横铺着。一片一片竹筏，很像朝鲜女子最摩登的鞋，翘着尖尖的头，满载着小树枝，从上游顺着溪流而下。过康岭村，见一祠堂，匾写“剡源先正祠”，轿夫忙忙赶路，不及下轿进去一观，吾对了他不觉深深起敬。过九溪庙，过定水庵，横匾写着“恩流剡曲”四大字。过柏坑，过上跸驻，过下跸驻，见炊烟一缕一缕从村落间直上，午鸡齐鸣。

所经过的景物是怎样呢？一重一重的山，夹在大道左右，相距大约不及二三里，有时，峭壁当前，好像无路可走了。一转湾又是一番境界。溪水过了一道，没多时又是一道。曲曲湾湾，蜡黄的沙，常给碧绿的树林遮蔽着。路倒是平坦的。隔三五里必有一村。村必有庙。庙必有戏台。隔三五里必有路亭。亭必有茶灶。

公路还没有修好。沿公路走，不得通，还不及走老路好。一堆一堆工人正在筑路，问你们是那里人，都答是台州。问轿夫你们那里人，也都答是台州。吾们向溪口轿行雇轿，从溪口到新昌，每顶轿车两名共银七圆二角。问轿夫轿行给你们若干？答每人一圆三角。那么，两人两圆六角，来回五圆两角，轿行可得两圆了。

地方天产，唯一丰富的是竹木。牛输出甚多，半日之间，一群一群迎面而来的着实不少。每群必几十头。

男女面貌都很清秀。村容也很整齐。没有见过乞丐。

过六诏村，有庙名钱王庙。特别地金碧辉煌。门上题着一首诗："一曲溪从古剡分，溪边庙食晋将军。砚馀尘土鹅群少，六诏空山自白云。"不知是谁手笔。肚子饿了，把所带干粮陈列在大殿供桌的前面，乘饥畅吃，这"庙食"两字，让吾们来实做一下。

过剡界岭，岭不很高，但两水从此分流，很是显明。这边剡溪，是出甬江的。那边的水，是出曹娥江的。过了这道岭，便是新昌县境。

奇怪！一入新昌，路渐渐不平了。村容也不很整齐了。庙也有，便不像那样金碧辉煌了。过沙溪，见小瀑布一道。过龙王堂，不好了！雨来了。天慢慢地黑。天越黑，雨来得越大。吾们只知溪口到新昌约莫有一百里，不料有一百三十里。走过了九十里，还有足足四十里。过去还有四道大岭，轿夫纷纷要求歇脚，这怎么办呢？问这里地名，答是竹岸。大家冒着雨快快进村里去找食宿。

恭喜！居然找到一家了。招牌写茂裕酒店。主人陈押炎，带了一班女剧员出门演新剧去了。店里只有一位老板娘和十一龄的女儿，来了这般多的不速的贵客，母女二人手忙脚乱，一面办吃，一面办宿，倒难得那位女孩子，又聪明，又镇静，香烟，花生，一切零食，她都能送递，且能用心来算账，丝毫不会错过。不一会儿，打扫好一间小楼，给吾们席地高眠。某君说，这乡名王江辛乡，吾问过土人了。

“辨色而起”，雨止了。走出门外，看门牌，才知道这乡名王观音乡。想了一下，大彻大悟，昨夜土人嘴里说的第二字“观”（ㄍㄨㄢ），听者误为“江”（土音“江”读ㄍㄤ）。第三字，说“立”字底下“日”字，听者把“日”字误为“十”字，土音“日”和“十”同音，便把王观音乡改作王江辛乡了。

太阳出来了。趁着一股朝气，走！快走！过银珠岭，过坑西岭，过鹤岭，过千官岭，果然四条大岭。过拔茅村了——门牌写着“拔茅”，地图写着“拔马”，吾乡土音六麻韵字，有读作萧肴豪的，到此得一个例证了。好容易望见了新昌城，进了东门，直进县政府。前面一道大溪，架竹为桥，长足足二十丈。

后来才知昨夜寄宿的竹岸村，倒是著名的匪窟。

《奉化至新昌道中九首》：“论老披襟支遁才，到门访戴子猷回。风流剡曲无人问，我向溪山深处来。”“溪口山头绿树稠，万千气象乐亭收。华镫白遍缘溪路，赤足人归夜筏浮。”“公棠社里拂云旗，康岭庙前扪藓碑。以此坊民吾欲式，剡源先正百年祠。”“架木编枝成略彴，横篙浮竹下溪涡。康庄一路成功日，无复林峦深处过。”“尽日穿林度涧行，桃花流水若为情。偶然合眼轻舆坐，剩听隔溪鸟语声。”“六诏钱祠金碧辉，四明花谷散芳菲。新昌入境萧条甚，两邑村容有瘠肥。”“雨脚浓围日隐崦，荒村一枕梦能甜。当垆秀慧年十一，不见主人陈押炎。”“里粮晓发更精神，放却篮舆自在身。行尽拔茅村外路，溪桥廿丈吓行人。”“见说山城息吠尨，县官戢暴建奇功。昨宵竹岸羁眠稳，往岁萑苻啸聚凶。”

兰江小语

姚　颖①

宁波面临甬江，旧称兰江，予游览所得，因名之曰《兰江小语》。

月　湖

月湖与日湖相连，故又曰双湖，明人张岱之《陶庵梦忆》中，记之甚详。月湖内旧有十洲，即芙蓉洲、芳草洲、菊花洲、竹汀、柳汀、松岛、月岛、烟屿、梅屿、蓼屿也。各洲今多连于岸，惟柳汀、竹洲、松岛、月岛，尚容与乎中流，洲上有亭台池馆，可游者惟竹洲、柳汀而已。其湖周围约五里馀，形如将圆未圆之月。若能于其中创设游舫

① 姚颖，生平不详。本文原载《天下》第六期，1944 年 1 月出版。

图 35 宁波日湖
(摄于 1920 年前)

灯船，则七里山塘，十里秦淮，恐未能独擅其美也。

天童寺

天童寺，在宁波东乡，每至春夏之间，进香及游览者，不绝于道。其寺建于三山合抱之中，逐层向上，至方丈室，将近中山之顶，夕阳在山时，如同画图。其路程自宁波张斌桥乘船，至小白河头上陆，越小白岭至寺山门，一路风景清幽。中有十里松关，其松皆有数抱之巨，黛色参天，接连至十里左右，夏时浓荫蔽日，凉气袭人，骑驴觅诗其间，真天造地设之仙境也。前年郁达夫先生，游后曾有诗云："每逢佳处辄徘徊，况复洞天隔俗埃。三里竹松诗境辟，半山楼阁佛堂开。思从贝叶翻身转，愧向红尘插脚来。我欲时时闻妙谛，生公说法几登台。"

东钱湖

东钱湖亦在东乡，又名万金湖，昔时李夷庚曾出万金以修此湖，故有此名。更号铁面湖，则不知其义何在？

湖广十八里，山角风回，波浪汹涌，如同小海。湖上有小普陀，为钱武肃王母后颐养之所。东乡田亩百万顷，赖以不涸者，皆此湖灌注之功也。湖上风景甚佳，竹篱茅舍，赖是湖掩映其间，亦觉生色不少。湖之东有陶公山，传为昔日陶朱公范蠡隐退之所，范尝载西施，游息其间。予游此曾咏之以诗云："抱琴入山径，松子落纷纷。千百馀年后，我来访隐君。"诗虽未工，聊以寄慨也。

梁山伯庙

梁山伯庙，地在西乡，距宁波约三十里，乃晋时鄞令梁山伯之生祠也。考梁山伯为鄞令时，极有政声，嗣卒于任所，因由祠而改为庙，俗称梁圣君庙。以八月廿一日为神诞期，进香之盛，轴轳相接。水程两岸，多樟柏两树，碧色幕天，绿阴罩地，舟行其中，如入画图。庙中塑男女两神像，一即俗称双蝴蝶中之祝英台也。庙之后园，有鸳鸯冢，即为梁祝合葬处，冢畔露绣裙一角，予哂其为伪装，盖梁祝合配与否？虽不能细考，然此一角绣裙，岂能越千百载而不朽腐者乎？今颜色每见如新，岂非庙祝所伪装，而藉以哄动远近，使多得香烟入款之盛耳。然往游该庙者，多男女成双，盖欲践“若要夫妻同到老，梁山伯庙到一到”之俗谚也。

后乐园

后乐园今已改为中山公园，地在城中，乃前清薛福成为宁绍台道时，出私资所建筑，取名之义，即“先天下之忧而忧，后天下之乐而乐”。园内曲径通幽，浓荫蔽日，有薛楼、螺髻亭、清凉洞、独秀山、滴翠轩、送香亭、岘台、云石山房、浸月池等胜景。自改建中山公园后，复添有九曲廊、桥上亭、鸳鸯池、湖心亭、美术馆、九曲池、金鱼池、纪念塔、纪念堂等，周围约有四里，实为宁波诸园林之冠。

天一阁

天一阁在西门外，为天下四大藏书楼之一，阁全用砖石所建，为范氏所私有。予得范资源君之介，曾入内观览，内中所藏古籍，价值极巨，闻近年时有散失，实为可惜。其地幽秀，足与杭州文澜阁等相抗衡。阁中且藏有王安石公手稿多种（王曾为鄞令，颇有政声），为外间所未见者。

雪窦寺

——在浙江奉化溪口

陈友琴①

“雪深不记山深浅，人行半天岩壑。旷野飞声，虚空倒影，松挂危峰陡落。流泉喷薄。自窈窕寻源，引瓢孤酌。倦倚高寒，少年游事老方觉。　幽寻闲院邃阁。树凉僧坐定，翻笑行乐。近竹惊秋，穿篱误晚，都把尘缘消却。东邻似昨。待留取当年，晋人曾约。童子何知，故山空放鹤。”

这是宋人张叔夏（炎）在雪窦寺做的一阕《台城路》词。当我挟着一卷《山中白云词》，坐在雪窦寺傍的中国旅行社里，读到此处，不觉为之大快。从前柳子厚所谓“目谋”“耳谋”“神谋”“心谋”的话，真是我此时此境的极

① 陈友琴(1902—1996)，安徽南陵人。古典文学家。曾任《中央日报》副刊编辑、杭州幼师副校长、北京大学文学研究所副研究员等职。著有《川游漫记》《萍踪偶记》《长短集》等。本文原载《逸经》第十九期，1936 年 12 月出版。

妙说明。

于是不再枕席而卧，便抛卷而起，一游词中所写的境地吧。

原来雪窦寺所在的地方，本是在高山上，可是这高山上竟有一块极大的平原，除种田种地植林住宅以外，就要算雪窦寺所占的区域最广了。寺后还有更高的回峰叠嶂，从那里面流出百道清泉，汇集到雪窦寺前，成了一条深深的溪涧，白石粼粼，激湍细细，而又左旋右折，很自然地放出它不疾不徐的步骤，直向山口峻崖前奔流而去。在未到峻崖之前，有一座大桥，叫做关山桥，桥上有亭，叫做青锁亭，走到此处，已经惊雷急雨狂风大浪般的，满耳皆轰轰之声了。再向前走去，绕过开山桥和青锁亭，沿着泉水，攀着树条，不上数十步，便是大名鼎鼎的千丈崖。可是在这里，你不能看下去，你只能望望前面平平的远山，和低低的原野，你要知道你自己正是立在危峰之上，白雪词中所谓“危峰陡落”者，就是此处。

虽然自己立在危峰之上，看不见自己的危险，可是本山侧面飞雪亭上，有些渺小的人立在那边危峰之上，凭栏眺望着我们脚下的瀑布，他们那样儿可真危险啦。

图 36　奉化雪窦寺
(摄于 1920 年前)

于是举起照相机，替他们来一下。忽然想到“人世险巇君莫问，自家身在急流中”的句子，虽然那是嘲笑渔夫的，却是诗中的意义，正可以借用一下。

不过千丈崖的瀑布总得要看，立在瀑布的上流，干什么呢？决计便绕到那边飞雪亭上去。

在关山桥前，替自己留下一影，你看除开泉水潺潺的流着，树木森森的立着以外，还有什么？不是还有几条牧童骑的老黄牛在饮水罢了。我在画中仿佛是个牧童，但样儿不像，有些怅然。几时能让我真个在雪窦山中做个牧童就好了。不过这显然是梦想，是笑话，因为不久将有“牧翁”的资格了，童于何有哉！

绕过关山桥，曲曲折折，高高下下，向飞雪亭那边走去。飞雪亭并没有“翼然”的姿势，只是极普通的小平房，筑在山颠，两面有走廊，走廊外有铁栏杆，伏在铁栏杆上，你的腿不觉的就要发起颤来，大有“一失足成千古恨”的戒心。亭中住持僧（此亭是属于雪窦寺的），搬出凳子来，让我坐下。问问住持僧，知道刚才立在这儿的士女们已经走了，于是我心无二用，呆呆地向着千丈崖的瀑布赏鉴起来。这儿的瀑布，和天台的石梁瀑，雁荡的龙湫瀑，另有不同；虽然不及石梁瀑的伟大，龙湫瀑的奇美，却有它天生的巧妙，虽然我是游过不少名山的人，却也有些爱它，不敢妄加菲薄。它的好处、由纤细而壮大，由窄紧而展开，始如匹练悬空，终如薄纱飞雾，又如银瓶之倒泻琼液，如银河之垂落九天。口占五律一章以纪之："雪窦山前水，高悬匹练长。灵岩开鬼斧，鸟道绝羊肠。飞雪腾空下，惊雷何处藏。恍疑有大士，瓶口泻银浆。"诗虽不佳，瀑则可爱，存之聊以见真。

飞雪亭离开千丈岩的瀑布，可惜太远了一点，而且从高处看高处，也太平凡，即如这张照片，也是从高处照下去的，就显得不甚伟观。若从下面仰看，像当初我在天台下方广仰看上方广下来的石梁瀑一样，那该是多么的壮伟啊。可是千丈崖的下面，本有更好的赏鉴之处，从飞雪亭向下望，也可看见。下有深潭，离潭不远，有一水泥造的小屋，下面气候很凉爽，是避暑的最好所在。在那儿仰望千丈崖倒挂下去的危泉，是惟一适宜的地方，据说近瀑布时，还须穿上雨衣或簑褂，才可免湿透衣裳。问问寺僧走到那儿有多远，他回答须得绕道下去，至少有七里路哩。

我因为职务在身，下午就要下山去，不但“滚雪昙花”“神龙掉尾”的地方，不能看个畅饱，便是“旷野飞声”“虚空倒影”的所在，也不得多勾留一会儿，自然“窈窕寻源”的雅兴儿，更说不上了。

于是踏着空山的落叶，向雪窦寺的左近归去。雪窦寺和其他名山的禅院，没有多少不同，庙宇很庄严，面积也很大，巡礼了一番，急忙走出，方丈室中有些名人的书画，和高僧的留影。听说声名洋溢乎中国的太虚和尚，也住在寺内。前几天在上海，曾于南京路冠生园的冠真照相馆门前，看见他和蒋院长介石合摄一影。此地是蒋氏的故乡，他住在这儿，不是没来由的。我心想到会他，谈谈佛法，终于是足将进而趦趄的退出了（因为我到底是不懂佛法的）。

后来，寻到著名的妙高台上去纵眺了一回，气概伟大，境地清幽，前山环绕，恍似弯身拱揖和匐伏的一般。我想起美国大作家霍桑的“Great Stone Face”（《大石面》）一篇妙文，描写乡下人对于伟人的崇拜，这儿高崖奇石很多，有没有“Great Stone Face”呢？作我向导的一个车夫（本地人），曾经向我说雪窦山中的泉水，是“九龙抢珠”形，我不禁微笑起来，这大概和《大石面》的故事有些相似了吧！

妙高台上有新造成的房子，无线电和有线电早已都办好了，可以和山外通达消息，里面也有书报阅览室，我匆匆看了一下便走出来。

回到中国旅行社，取了自己最简单的行囊，向雪窦寺告别了。在山口远远的向它又摄了一影，以作临别的纪念。

按雪窦寺的“雪窦”二字，大概是取义于滚雪飞泉的瀑布，自晋代起，就有名士高僧的踪迹，见于纪载，后来唐宋时高僧，驻锡于此，亦常以“雪窦”为号。苏轼诗所谓“高怀却有云门兴，好句争传雪窦风”，大概就是指的和尚的雅号而言。

东坡的足迹，并未到过雪窦寺，所以他常以未入溪口东山为恨。这一点，我似乎比东坡值得矜夸些，虽然在那儿只是短短的一刹那。

佛国巡礼

倪贻德①

经过了一夜的海行，在晨光熹微中，在烟雨濛濛里，普陀山像海市蜃楼一般地出现在我们的眼前了。这真像童话中的奇迹一般，在浊浪滔滔的大海中，有这样一处世外的桃源仙境。我们好像从尘世中来，将要到达西方极乐土地似的。就是立在岸上来招呼游客的许多土人，远望过去，也好像是西方的接引使者，来引渡众生的样子。我倚在船栏上，任风雨吹打在我的身上，心里好像已经忘情于一切，只沉浸在空灵虚无的幻想里。

位在浙江的海面上，舟山群岛中最优秀的一个岛屿

① 倪贻德(1901—1970)，浙江杭州人。画家，美术理论家。1949年后历任中央美术学院华东分院教授教授兼副院长、浙江省美术家协会副主席、《美术》杂志主编等职。著有《西洋画概论》《水彩画研究》《玄武湖之秋》《东海之滨》《百合集》等。本文选自《画人行脚》，上海良友图书印刷公司1934年10月初版。

的普陀，是佛门的圣地，是夏季避暑的场所，这是世人所熟知的了。我常常听到许多游了普陀回来的朋友说，那地方的岩石是如何奇险，海潮的声音是如何的悲壮，寺院的建筑是如何的庄严，整个的氛围气是如何的清静而高旷。听了这样的话，使我时常起往游普陀的遐想。

但我的想去普陀，一方面也是想去描写一些海景的原故。海，海是一个那样神秘的东西，它是广无法际，深不可测，它有着无限的威力，它的变幻又是如何的不可捉摸。描写海，是能表现出一种力量的美，和明快而空远的感觉的。在西洋画上，描写海的画家，也有很多很多。而写实主义者的柯尔培(Courbet)，他所描写的海景，尤有特色。那题为《浪》的一画，是大海中有三艘帆船的风景，前景描写着怒涛的碎片，空中满卷着黑云，画面上具有重厚的写实感，浪的动，海的深，都十分地表现出实在感来。又如《骤雨》的一画，前景右面是岩石，左面是波涛，而上面大部分是天空，黑云之中，降下猛烈的骤雨，表现出一种急烈的冲动。现代画家之中，像佛拉芒克所画的海景的悲剧的情景，马谛斯和裘绯等所画的平静海岸上的清快味，都具有特殊的作风。看了那样的

图 37　普陀山普济寺
（摄于 1932 年前）

画，每使我激动起描写海景的兴趣。

普陀是避暑的胜地，所以一般人都是在夏季往游的。夏的普陀，住满了数千数万的避暑客，形成一种欢腾热闹的场面。然而正因为这样，普陀本来所特有的静寂的情调，反被打破了。游普陀，我想应当以一种平静的心境，趁游人稀少的时节，作孤寂的行脚，或是躺在苍翠的松林下，静听海潮的悲鸣；或是坐着海岸的危岩上，闲看白云的飞荡。这样，才能充分地享受到这南海佛国的清趣吧。春天，海上吹着和风，碧空白云片片，除了少数香客之外，游人是绝迹的。那么，我们正可乘这时候，去作一次写生的行旅。

宗教常常利用了艺术来作宣传，而艺术也往往因了宗教而发达，这在西洋是如此，在东方也何独不然？中国以前的许多雄伟壮丽的建筑，除了宫殿之外，差不多完全因了佛教而光大起来的。名山胜景的地方，哪一处没有丛林古刹点缀在那里，为山河生色。尤其这普陀，可说完全被佛教的势力所占领了，寺院的建筑，布满在山前山后，形成了极庄严的伟观，如果没有那些佛门子弟的经营，普陀到现在恐怕还是一个荒岛吧。当我走上南天门下面的层层的石级的时候，心里这样的感到。

我们随着向导，走过许多曲折的夹树的山径，便到了我们预定旅居的报本堂。这儿是找不到一家旅馆的，寺院，就兼营着旅馆的事业。但那寺院的建筑和设备，并不比较上海的许多大旅社为低劣。反之，更显得宽敞而安乐。这报本堂，是普济寺后面的专为香客旅居的寺院的内堂，在普陀，听说这是最高贵的住处。庭前花木的荫深，屋内陈饰的华贵，即使是富人的别墅，亦无以过之。从我所住的楼上望出去，白茫茫的一片海水，寂寂的躺在中午的阳光下。海岸上有一带疏疏的松林，松涛浪涛的声音，合为一片，间以一声二声的梵钟，不时轻轻地送到我们的耳里，使人万念俱消，静如止水。半个月来在上海时所受的精神上的痛苦，好像完全忘了的样子。我觉得像这样的环境，对于像我那样厌倦了都市生活的人，怕是最适宜的吧。我很欢慰在那里有十多天小住的幸福。

怀了一种好奇的心境，我们把行装安排好之后，就想去看一看海的伟观了。走出寺门，经过一个小小的市集，再转一个弯，一片橙黄色的海滩，就展开在我的眼前，那便是所谓十里沙滩了。海水缓缓地打到滩上来，又退了出去，沙滩被冲成那样的平滑而松软，人经过那地方，留着步步的脚印。我们一面走，一面在沙中拾着美丽的贝壳，有时又向着海的彼方狂叫起来，好像是回复到儿童时代的情景。这地方，听说便是夏季的海水浴场，到了盛暑的时候，有无数的青年男女，到这里来浴在海波里，享受青春的幸福的。

但这里海水的色彩都呈现一种黄赭色，实在是美中不足的地方。所谓碧海蓝天，海水应当是碧色才更能引人入胜吧。这使我想起香港的情景，你若是从香港仔向南望下去，那一湾海波，澄清碧绿，像水晶一般的透明，白色的风帆，愉快地行驶过的时候，那种清凉的色彩，明快的感觉，会使你充分地感到一种南国的抒情味。而在这普陀的海岸，却只看到滔滔的浊浪，连接天际，和岛上的岩石，海中的舟楫，都没有明快的对比。表现在画面上，很容易引起沉闷的感觉。

然而普陀的岩石，毕竟是可爱的，这里的海边，不像吴淞口岸那样的只见浅草平原，却是随处都有奇险玲珑的崖岩，把海岸线形成高低曲折的奇兀姿态。海潮浸入的时候，波涛冲在岩石上，激起雪白的浪花，再从石缝里流泻出去。而在这中间，发出梵钟似的洪音，因此有潮音洞、梵音洞那样的名称。我常常欢喜坐在这样的岩石上，凝视着白沫的飞扬，静听着潮音的澎湃，任浪花把衣襟沾湿，自己好像忘情于一切的样子。

这样的天空海阔的景色，对于游览不消说是能唤起高旷放逸的心怀的。但绘在画面上，不免有些空虚单调。我画了一二幅之后，就觉得有点心厌了。老是那橙黄色的海水，白色的浪花，赭色的崖石，青的天空，此外，就空无所有了。这样的地方，我想最好是在盛夏暴雨袭来时候，描写那种黑云飞卷、怒浪激冲的恐怖的情调，确能表现出一种强力的悲壮的美。但在这春风和煦的时候，除了这平静的原始的情趣之外，便什么也没有了。

比较具有人间情味的，只有南天门的一角，因为这是和大陆交通的唯一的码头，乌篷的渔船，都聚集在那里，有的扬帆远去，出没天际。有时也可以看得见一二艘巨大的商轮和军舰，远远地停泊在海中。码头上，有许多做苦力的土人，卖食物的小贩，这就增加了不少的生气。站在稍高的地方望下去，南天门的雄姿，坚实地盘踞在海涯上，像是以十分自信的千钧的力量，镇慑着波涛的泛滥的样子。

但普陀的山景，比较海景更能引起我的兴趣。普陀原是突出于海中的群山之一，到处都起伏着峰峦岗陵，其中佛顶山要算是第一高峰，登临其上，可以俯览全岛的形势，海阔天空，极目无际。但是我以为山的景色，与其山顶，不如山麓的富于诗意。那儿常可以看见疏疏落落的茅居草舍，依山而筑，农家的男女，操作在高原的田亩间，竹篱柴门的前面，常闻犬吠鸡啼的声音，令人想起陶渊明的诗句来。尤其是在日落黄昏，暮烟疏雨的时候，山脚下笼罩着一层苍茫的烟幕，缕缕白色的炊烟，缭绕在茅舍的烟突上，一种松枝燃烧的香味，弥漫在山野的四周，从我们所住的寺院的楼上望下去，就有这样的一幅山居图。

层峦叠翠的风景，在中国画的表现法上，有着很大的成功，但在西洋画上，只要有适当的技巧去处置它，更能获得美满的效果。这样的画材，在普陀是常可以发现出来。最好是在早晨，或新雨之后，空气中包含着浓厚的湿意，山腰间的白雾还没有退尽，在暗淡之中有几处分外的鲜明，在模糊之中有几处分外的清晰，那树，那山，那疏落的家屋，都若隐若现地出没在烟雾之中。这样的情景，正是我理想中所追求的“motive”，想不到在这岛上随处都可以获得。

在这周围不到十里的岛上，大大小小的寺院却有数百处之多，可说是全国佛教的中心点了。这许多寺院里面，规模最大而僧徒最众的，除了我们所住的普济寺之外，便是法雨寺了。法雨寺依山傍海，四围环绕苍翠的松林，寺前横隔清碧的溪流，那处境的幽邃，佛殿的雄伟，更较其他的禅院为优胜。我想，这里大约一定有道高德厚的高僧住着在吧。我又羡慕那些僧众，他们可说是享尽人间的清福了。而同时我又生了一种怀疑，他们这些佛门头陀，都是不事生产的，那末又怎样能享到如此悠闲的生活呢？

有一位比较富有经验的朋友，听了我这样的话笑着对我说，你太傻了，你不看见这周围的山田，不都是他们寺院的产业么？然而他们还有更丰富的收入呢。因为这里是观音的灵场，佛教的圣地，所以四方的善男信女，一年之中，到这里来，耗费了数千数百的血汗的金钱，广建水陆道场，以希望超度他们的祖先，祈求自身的幸福者，不知道有多多少少。尤其是那些上海的资本家，那些杀人放火的强盗，他们干了许多奸淫劫掠的勾当，积下了丰富的资产，然而又畏惧死后地狱中的苦难，希望来生幸福的持续，所以当他们放下屠刀，就一变而为菩萨心肠，不惜以巨量的金钱，供献给佛门中，以求获得无量的功德。因此，这里的寺僧，他们的逢迎富豪、献媚女性的丑态，和市侩没有两样；而他们的生活的优裕，物质的享乐，不下于富商豪绅。谁说佛门尽是清静土呢？

然而这只限于方丈住持之类，大多数的和尚，到底还是苦的。在普陀，寂静的山道间，所能够遇到的，尽是那些秃顶缁衣的方外之人。这真是古怪，做和尚大约都生就了和尚的面相的吧。他们都有一种与常人不同的变了形的颜面，就像我们平时在庙里所看到的罗汉那样的狰狞而滑稽的脸相。他们大都是行脚僧，四海飘泊，到处为家，久经了风霜的那种憔悴的神态，褴褛破旧的百补袈裟，这里面也许有坚毅卓绝的苦行头陀，然而大多数还是因了穷愁末路而逃入空门，以谋一饭之饱的吧？我想。

看了这样的情形，每使我想起一种人生的孤寂感来。他们永远享不到家庭的和乐，儿女的情爱，他们永远只能流放在这天涯海角的孤岛上。我很怕自己也许有一天也走到这样的人生末路上来。普陀，我是再也住不下去了。当我初来的时候，对于这世外桃源有无限的怀慕，而不到旬日，我已感到这孤岛上的枯燥而荒凉了。这里，太缺少人间味了。沉寂的空气层层包围了我，使我的呼吸也要窒息似的。我好像被放逐在荒岛上，永远不能回到人间去的样子。那百无聊赖的讽诵经忏的声音，那令人万念俱灰的梵钟的清音，在黑暗的深夜里，我听了直要哭了出来。这时，即使看到了一条妇人的裤子，听到了几声小孩子的哭声，也能感到莫大的欢慰吧。

这儿虽然也有人家，也有市集，然而因为佛教的势力过于庞大，他们也都成为佛门的附属者了。他们因佛教而生活，为佛教而服务，他们自身也都佛教化了。而尤其使我感到痛苦的，便是吃不到一点鱼肉的荤腥。每天清菜豆腐，淡茶粗饭，我的几天不知肉味的肠胃，感到极度的恐慌了。

我于是想起了上海。上海，我虽然有时对它起了厌倦。但现在想起来，实在是可爱的。想起了那都会中心点的车辆的交织，夜市中的红绿灯光的辉映，那男人们为生活而紧张的神情，那女人为卖弄风情而摆动屁股的浪态，那长街上喧腾的人气，那菜市中诱人食欲的香味……想起了这些，使我十分地感到都市的亲切味来。

啊，上海实在是可爱的，我要回去。

一九三三年春

夕阳影里访丹山

胡憨珠①

“千点峰环翠。闲访雨香寺。记陶公昔日修丹地。爱厂底清泉，好试辟尘味。凉沁游襟洗，更何处阵阵，花气风吹扑鼻。 仄径幽、半间石屋倚。浅谷浮岩里。偎孤石、听流水。看山带白云，冉冉松巅憩。杜鹃醉欲眠。夕阳悄无语，浑忘世事。”——调寄《满园花》。

这是今年的暮春时节，我和三个朋友同游浙东象山县境内的丹山，在归途中占得上面这一阕不成调的俚词，聊作纪念。

丹山是浙江象山县所属群山中的一座小山，象山县是舟山列岛中的一个唯一附着大陆的半岛。在这半岛

① 胡憨珠，浙江绍兴人，笔名探子报、跑龙套等。初任大中通讯社记者，后入时事新报社，创办《报报》。著有《董小宛演义》《学戏秘诀》等。本文原载《万象》第四年第二期，1944 年 8 月出版。

上，万山千屿，相缀而成。相传梁代陶弘景，就在此间隐居修丹，后人便名其地为“丹山”，称象山县城为“丹城”。

据史书所载，陶弘景，南北朝时秣陵人，字通明，齐高帝时，尝为诸王侍读，后隐于句容句曲山，自号“华阳隐居”，晚号“华阳真逸”，又曰“华阳真人”。好神仙，善辟谷导引之术，年八十五，无病而卒，或传其仙去，谥“贞白先生”。

根据这记述，似乎陶弘景的隐居所在地是在句容的句曲山，现在句曲山上有无贞白遗迹，不得而知。不过这里的丹山，山腰间有他当年隐居修丹的石屋，县城北门外，又有一座“贞白真人祠”。而象山县志上，也大书其隐居的事迹。所以这些丹山古迹，是真是假，我们一时很难明白。不过陶弘景确有其人，他仕于齐，仕于梁，是不错的。性好辟谷导引之术，也是不错的。耽于泉林之乐，而视富贵如浮云，亦系事实，所以他有“山中宰相”的雅号。

象山县在宁波东南，是一个滨海的僻邑，城墙大半圮倾，有的部份，巍然尚存。但是睥睨平除，草莱没径，要不是仔细辨认，决不知道是固圉御侮的所在。那天我们登临的是北门边的台城，城外一带，层峦叠岗，蜿蜒围绕，稍东的一个山峰，就是象山。山从平地陡起，左右两山，逶迤向后，好似象头傍的两耳，正中一道斜陂，直类象鼻。象山两边的坳里，建有东西两寺，绀宇庄严，碧甍粼粼，据说这就是象的两眼。当年象地士绅，系根据地形家言而建造的，自从建寺以来，文人辈出，代产名臣，所以这僻海的小县，着实有些名声，而此间民风的淳朴，足冠宁波府属各县。

从台城拾级出城，即为贞白先生祠。祠建平层三楹，祠后有樟树一株，大逾数围，柯枝繁弹，叶荫半亩。祠门前有井一口，叫做“丹井”，井水澄碧，垂手可勺。相传当年陶贞白先生修丹完成，适逢亢旱，象地人民，尽患赤目，贞白先生将丹投入井中，嘱咐人民勺水洗目，赤目皆愈，至今人有患赤目疾，犹到这井中勺水洗疗。井傍有方形小亭一座，颜曰“丹井亭”。亭与祠门，望衡对宇，祠门以内，小庭一所，占地约有半弓，遍植麦冬草，蒙茸葳蕤，油碧如茵。庭中傍墙，种有牡丹花一棵，花开如盎，缤纷五色。屋的正中供有神龛，龛内塑像，先后两尊，先像塑身略小，白发上束，顶挽小髻，衣黄色的八卦道袍，手持麈拂，庞眉皓须，清癯似鹤；后像塑身稍大，头戴瓦楞黑船道巾，身衣紫色长襟道袍，黑髯拂胸，颜同渥丹。两傍塑有垂髫短褐的两男童像。大概前后两尊塑像都是陶贞白先生吧？右边耳屋，供有栗主一具，上镌“梁侍御陶弘景贞白先生”等字样，案头陈列烛奴香炉之外，还有乩盘一只，积尘盈寸，乩笔抛弃。大约此间一般扶乩先生们，久不问苍生，也不问鬼神了。

祠后有山屏立，就是丹山，和象山毗联，陶贞白先生的修丹处，即在西边的半山间。傍山辟有小道可通，宛委曲折，随坡而上，一路碎石铺，浅草茵展，路的两边，满山遍野，乱植着绿柳翠松，莺啭叶底，鸠鸣远枝，直同仙乐一般。岩石隙处，尽是野生的杜鹃花，时当春老，那花朵开放得同醉人的颜面一般，加以夕阳笼罩其上，把整座山色，染成一片朱霞，鲜艳耀目。据雨香寺的成照和尚告诉我，这条登山的小道，叫做“游春径”，那是丹山十景之一。小径半途，有两块孤石，分列左右，好似门榜一般，石高三四尺，峋嶙矗立，一石略大而高，一石稍小而矮，相向对峙，仿佛晤语，这是丹山十景中的“姊妹石”。我们拭去石上的残英和古苔，依偎小坐。纵目南望，正当“千岩瀑”，那岩在两峰中间的嫋处，因为春雨连宵，山间积雨，汇向岩底深壑中流去，虽不能如白练素缣，高悬飞挂，但是流音琤琮，颇类鸣琴，令人遥对，红尘心消。我当时信口胡诌一阕《梅花引》小令，以志景色：“绮峦绣，壑环曲。千岩飞瀑春寒足。高低流。韵声幽。浑似鸣琴，一曲伊凉州。　绿杨荫底啼莺老。深浅残英落多少。拄游笻。抚孤松。但见翠苔。白石衬山红。”

游春径尽处，即与丹山十景中的“登云路”相衔接，大约山麓以下向石屋去的一条路，叫做游春径，山麓以上的叫做登云路。游春径和登云路，虽没有显明的分别标记，但是意料上去，不至于错误！那条登云路是避去峭岁，迁就斜平的山势而筑成的，所以弯弯曲曲，高高低低，路底浅草，被游人们践踏得于黄砂赤碛中呈现青根，小树野楚，遍山皆是。行到山半，地势稍平，便是一座竹林，千寻篔筜，弥漫山际。因为时届深春，竹根稚笋，都自黄泥间脱颖而出，黛色箨衣，紧裹玉版，生在竹根隙处，大似孺童依恋于慈母身傍一般。山僧防止窃笋，把枳篱围绕竹林以外，并悬字条在柴门门傍，禁止偷掘。竹林深处，辟有小径，小径尽头，岩石当路，路侧有石级三五步，顿现石地一方，傍山的石厂斜弹，翼然如屋，这就是陶贞白先生的修丹处。白石镂窗，花作卍纹，石楹一条，横架其上，镌有“石屋”两字。屋中间有一座石台，台置神龛，龛列二尺馀的石像三尊，高巾偪衣，执圭拱立，雕刻得古朴可爱。龛前有清渠一泓，泉流淙淙，自峭壁间流出。屋外石凳一方，供游人憩息，且有不少青葱可喜的麦冬草，缀生在石壁下的地上。

石屋的上边，仍属山土，苍松翠竹，郁植成林。石屋南边，筑有十馀级小石阶，石阶尽处，就是雨香寺。寺址不广，周围约五十多步，筑成小平屋五间，屋前悬匾，上书“石屋禅林”，板联一副，其题句是“瀛海孤悬处”“蓬莱第一峰”。有一现年五十三岁的成照和尚，住持其间，当我们步入寺门，成照和尚正短衲赤足，治理园蔬归来，见客至即烹茶相饷。据其所谈，他原籍是天台，十三岁时受剃度，雨香寺建于清同治年间，是静观老和尚募化兴盖，寺无田产，只有数亩山地，所以三传至今，仅是孤僧，山产所获，担市易粟，香火稀少，清苦异常。但观成照和尚所衣的一袭短衲，襞襀百结，其寒苦可知了。所谓红鱼青磬，邈不得见，而他诵经时所用的木鱼，却用大竹根雕成鱼形，击时发声，虽是橐橐，但顾物思名，这不是木鱼是竹鱼了。正中一间，供有佛龛，把如来、弥勒、普贤、文殊、韦驮、慈航等各种塑像，大大小小，供在一处，可称为诸佛的集中营。

屋后即山，傍山别建一所小屋，塑有“望海观音”像一尊，山泉一泓，绕流屋前，据成照和尚说是丹山十景中的“流花涧”。山间小泉，涓涓不绝的流入涧中，可是涧水潴而不流，虽有几朵杜鹃山茶等残英落瓣，披风吹堕，轻浮水面，稳稳安安的停着不动，所以“流花涧”三字，似应改称“落花涧”，较为妥贴。西边屋外，有一小池，池面不广，积水不深，可是碧澄晶莹，池底石体，了了可鉴，池傍岩石上，镌有篆文“洗心池”三字。去池东十馀步，有岩石一方，崱屴矗立，石上也镌有篆文的“移情台”三字。石前植有香蕉树五六株，高及丈馀，绿叶如帆，迎风飞舞。据成照和尚告称，香蕉树来自南粤，当年由海舶载来，移植此间，但是每岁结实，总是细小如蚕。这当然是因为气候和土质的关系。

出雨香寺门的东边，傍山腰间有小径一条，可通“占鳌头”，那里是半山中的一方平地，地形略作尖团，仿佛同鳌鱼头一般。建有魁星阁一座，上供魁星神，在科举未废以前，象山县属的一班求名之士，都到阁上敬香，礼祀魁神，入民国后，也为士绅们在春秋佳日宴饮游乐之处。不料去年秋末，浙东地区发生飓风，这座魁星阁被风拽倒，阁顶飞去，栋折墙倾。最不幸的是那尊魁星神，腹破头碎，臂断肱折，至今还横卧在路傍的草际泥途间，彩衣剥蚀，筠管零落，腹内的草绳木杙和黄泥，都映入吾人眼帘。魁星神的遭遇如此，难怪近代文人有末路之叹了。心有所感，便作一阕《替成功》小令，以吊魁星："鳌山形变，不阁渺虚。魁星被劫堕云衢。零落筠管，谁握交枢。血心呕尽，身陷泥途。　可怜采笔，梦失花敷。策勋底事架珊瑚。读书何必，学问无需。世间士子，合泣路隅。"

占鳌头折湾处的山腰石上，刻有"招鹤峰"三字，字作苏体，镌工低劣。鹤影固渺，何处招得，就是峰峦，也未获见，除了山腰白石上三个字外，毫无景物可言。峰下有小径分歧，一路为通石屋和登云路，一路是到"眠云坞"和"飞云洞"去的要津。眠云坞同招鹤峰一样，也是一方石上，镌刻三个三四寸见方的大字，千载白云，欲眠不得，或许当年一般好事文人，故意造出丹山十景的名称，来吸诱游人们的游心。至于飞云洞，虽有一个小窟窿，仅堪一人容身，也没有石刻题字，要不是成照和尚指示我们，但觉山角间的一个洼窈所在，洞不飞云？还是云匿洞底？惟有由游人们去意会了。介在眠云坞和飞云洞间，大约成三角角度里的空地上，有一方石碑，巍然矗立，碑间文字，被古苔碧藓，浸漶湮灭，不堪卒读。我虽剔藓拭苔，扪按字迹，略约识得是一篇《丹山记》，而立碑的年代为明万历三年。据传碑上本筑有碑亭，翼蔽风雨，不知在何年月，亭遭倾圮，从此碑文被蚀，面目全非了。

游览既倦，我们便别了成照和尚，于暮色苍茫中，跄跄踉踉地跑回丹城寓里。

浙南篇

南游日记[1]

郁达夫

十月二十二日，旧历九月十五日，星期一，阴晴，天似欲变。午后陪文伯游湖一转，且坚约于明晨侵早渡江，作天台雁宕之游。返家刚过五时，急为上海生生美术公司预定出版之月刊草一随笔，名《桐君山的再到》，成二千字；所记的当然是前天和文伯去富阳去桐庐一带所见和所感的种种。但文伯不喜将名氏见于经传，故不书其名，而只写作我的老友来杭，陪去桐庐。在桐君山上写的那一首歪诗亦不抄入，因语意平谈，无留存的价值。

晚上，向图书馆借得张联元觉庵所辑《天台山全志》一部，打算带去作导游之用。因张志成于康熙丁酉年，

---

① 本文原载《文学》第四卷第一号，1935 年 1 月出版；选自《达夫游记》，上海文学创造社 1936 年 3 月初版。

比明释传灯所编之《天台山方外志》,年代略后,或者山容水貌,与今日的天台更有几分近似处。

翻阅志书,至十时,就上床睡,因明天要起一个大早,渡江过西兴去坐车出发。

二十三日(九月十六),星期二,晴,有雾。六时起床,刚洗沐中,文伯之车,已来门外。急会萃行李,带烟酒各两大包,衣服鞋袜一箱,罐头食品,书籍纸笔,絮被草枕各一捆,都是霞的周到文章,于前夜为我们两人备好的。

登车驶至江边,七点的轮渡未开。行人满载了三四船之外,还有兵士,亦载得两船,候轮船来拖渡过江,因想起汪水云诗"三日钱塘潮不至,千军万马渡江来"的两句。原诗不知是否如此,但古来战略,似乎都系由隔岸驻重兵,涉江来袭取杭州的。三国孙吴,五代钱武肃王的军事策略,都是如此。伯颜灭南宋,师次皋亭,江的两岸亦驻重兵,故德祐宫中有三日钱塘潮不至之叹。若钱江大桥一筑成,各地公路一开通,战略当然是又要大变。

西兴上岸,太阳方照到人家的瓦上,计时当未过八点。在岸旁车站内，遍寻公路局借给我们用的车，终寻不着。不得已，只能打电话向公路局去催，连打两次，都说五百零九号的雪佛勒车，已于今晨六时过江来了。心里生了懊恼，觉得首途之日，第一着就不顺意，不知此后的台宕之游，结果究将如何。于是就只能上萧绍长途汽车站旁的酒店里去喝酒，以浇抑郁，以等车来。

九点左右，车终于来了，问何以迟至，答系汽车过渡不便之故。匆匆上车，向东南驶去，对柯岩、兰亭、快阁、龙山、禹陵、禹穴、东湖、六陵，以及吼山等越中名胜，都遥致了一个敬意，约于他日来重游。到绍兴约十点过，山阴道上的石栏，鉴湖的一曲，及府山上的空亭，只同梦里的昙花，向车窗显了一显面目。

离绍兴后，车路两旁的道路树颇整齐，秋柳萧条，摇曳着送车远去，倒很象是王实甫曲本里的妙句杂文。由江边至绍兴的曹娥江头，路向是偏南朝东的，在曹娥一折，沿江上去，车就向了正南。过蒿坝、三界、嵊浦等处，右手是不断的越中诸山（嵊山、画图山等），左手是清绝的曹娥江水，风景明朗，人家也多富庶，真是江南的大佳丽地。十二点过剡溪，遥望着嵊县东门外的嵊山溪亭，下去吃了一次午餐就走。

车入新昌界后，沿东港走了一段，至拔茅班竹而渐入高地，回旋曲折，到大桥头，岭才绕完。问之建筑工人，这叫什么岭，工头说是卫士（或围寺）岭，不知是哪两字，他日一翻《新昌县志》，当能查出。在这卫士岭上，已能够远远望见天姥山峰天台山脉了，过关岭，在天台山中穿岭绕过，始入天台界。文伯姓王，我姓郁，初入天台山境，只见清溪回绕，与世隔绝，自然也生了些邪念，但身入山中，前从远处看见的山峰反而不见了，所以就唱出了两句山歌："山到天台难识面，我非刘阮也牵情。"知昨天在湖上，文伯曾向霞作过谐谑说："明儿我们俩要扮作刘晨、阮肇，合唱一出《上天台》了，你怕也不怕。"

午后四时，渡清溪，望赤城山，至天台县城东北之国清寺宿。寺为隋时智者禅师所手创，因禅师不及见寺成，只留一隐语说："寺若成，国即清"，故名。规模宏大，僧众繁多，且设有佛学研究所一处，每日讲经做功课不辍，真不愧是一座天台正宗发源地的大丛林。来陪我们吃夜饭的法师华清，亦道貌秀异，有点象画里的东坡。

图 38　天台山国清寺金钢殿
（摄于 1932 年前）

这一晚，只看了些寺里的建筑，和伽蓝殿外的一株隋梅，及丰干桥溪上的半溪明月，八点多钟，就上床睡了。

二十四日（九月十七），星期三，晴爽。晨七时上轿，去方广寺看“石梁飞瀑”。

初出寺门，向东向北，沿山溪渡岭过去，朝日方照在谷这一面的山头。溪水冲击声不断，想系石梁小弱弟日夜啼号处。两岸山色也苍翠如七八月时，间有红叶，只染成了一二分而已。溪尽山亦一转，又上一条小岭。小岭尽，前面又是高山，山上有路亭在脊背，仰望似在天上；一条越岭的石级路，笔直笔直的穿在这路亭下高山的当中，问之轿夫，说这是金地岭，是去华顶寺方广寺必经之路；不得已只好下轿来攀援着走上岭去。幸而今晨出发的时候，和尚送给了两枝万年藤杖摆在轿子里，到了金地岭的半当中，才觉得这藤杖真有意想不到之效力了。

到了金地岭头，上面却是一大平阪。人家点点，村落田畴，都分布得非常匀称。田稻方熟，金黄尚未割起。回头一望来处，千丈的谷底，有溪流，有远树；远有国清寺门前的那枝高塔——传说是隋时的塔，也看得清清楚楚。再向西远望，是天台县城西北的乡间，始丰溪与清溪灌流的地域，亦就是我们昨天汽车所经过的地方了。岭上的路，成了三枝，一枝是我们的来路，一枝向东偏南，望佛陇下太平乡的台底是高明寺（立在岭上寺看得很明白），一枝朝北，再对高山峻岭走去，经寒风阙、陈田洋等处，可到龙王堂，是东去华顶寺，西北至方广万年寺的大道。

金地岭头，树丛里有一个真觉寺，寺门外立有元和四年的唐碑一块，寺内大殿里保存着一座智者大师真身的骨塔，相传大师于隋开皇十七年示寂于新昌大佛寺后，他的徒众搬遗蜕来葬于此地的；传说中的定光禅师在梦中向智者大师招手之处，亦即在这岭头的一大岩石上，现称作“招手岩”者是。

在金地岭头西北的一大村落，俗称“塔头村”，因为真觉寺的俗名是塔头寺，所谓“塔头”者，系指智者大师的骨塔而言；乡人无智，谓国清寺前之塔，系一夜中由仙人移来，塔身已安置好了，只少一塔头，仙人移塔头到此，金鸡唱了，天已将亮，不得已就只能弃塔头于此地；

现在上国清寺前那枝塔中去向天一望，顶上果有一个圆洞，看得出天光，象是无顶的样子；而金地岭，俗名也叫作“金鸡岭”；不过乡人思虑未周，对于塔头东面的那条银地岭，却无法编入到他们的神话里头去。

我们到了塔头村，看到了这高山上的大平原，以及东西南三面的平谷与远景，已经有点恋恋不忍舍去了；及到了更上一层的俗称“水磨坑”“落水坑”上的高原地，更不觉绝叫了起来。山上复有山，上一层是一番新景象，一个和平的大村落，有流水，有人家，有稻田与菜圃；小孩们在看割稻，黄白犬在对我们投疑视的眼光，桃花源上更有桃源，行行渐上，迭上三四条岭，仍不觉得是在山巅，这一点我觉得是天台山中最奇特的地方；将来若要辟天台为避暑区域，则地点在水磨坑落水坑（陈田洋、寒风阙的外台）一带随处都是很适宜的。

自金地岭北去，十五里到龙王堂，又十五里到方广寺。寺处万山之中，上岭下岭，不知要经过几条高低的峻路，才到得了。这地的发现者，是晋昙犹尊者，后传有五百应真居此，宋建中靖国元年（一一〇一年）始建寺，复毁于火，绍熙四年（一一九三年）重建。其后兴灭的历史，却不可考了。一谷之中，依山的倾斜位置，造了上方广、中方广、下方广的三个寺。中方广在石梁瀑布之旁，即旧昙花亭址。

这深谷里的石梁瀑布的方向，大约是朝西南的，因过龙王堂后，天下了微雨，我们没有带指南针，所以方向辨不清楚。一道金溪，一道不知名的溪，自北自东的直流下来；到了上方广寺前，中方广寺侧的大磐石上，两溪会合，汇成了一条纵横有数十丈宽广的大河；河向西南流，冲上了一块天然直立在那里有点象闸门似的大石。不知经过了几千万年，这一块大石壁的闸门，终被下流之水，冲成了一个弓形的大窟窿。这石窟窿有四五丈宽，丈把来高，水经此孔，一沿石直捣下去，就成了一条数十丈高的飞瀑；这就是方广寺的瀑布与石梁的简单的说明。

上方广寺，在瀑布之上；中方广寺，在瀑布与石梁之旁，登中方广寺的昙花亭，可以俯视石梁，俯视石梁下的数十丈的飞瀑；下方广寺，在瀑布下的溪流的南面，从中方广寺渡石梁，经下方广寺走下去里把来路，立在瀑布下流的溪旁，向上一看，果然是名不虚传的一个奇景，一幅有声有色的小李将军的浓绿山水画。第一，脚下就是一条清溪；溪上半里路远的地方悬着那一条看上去似乎有万把丈高的飞瀑；离瀑布五六尺高的空中，忽有一条很厚实很伟大的天然石梁，架在水上，两头是连接在石岩之上的；这瀑布与石梁的上面，远远还看得见几条溪流，一簇远山，与半角的天光；在瀑布石梁及溪流的两旁，尽是些青青的竹，红绿的树，以及黄的墙头。可惜在飞瀑上树林里撑出在那里的一只中方广寺县花亭的飞角，还欠玲珑还欠缥缈一点；若再把这亭的挑角造一造过，另外加上一些合这景致的朱黄涂漆，那这一幅画，真可以说是天下无双了。

我们在中方广寺吃了午饭后，还绕了八九里路的道去看了叫作“铜壶滴漏”的一个围抱在大石圈中状似大瓮的瀑布；顺路下去，又看了水珠帘，龙游枧。从铜壶滴漏起，本可以一直向西向南，上万年寺，上桃源洞去的；但一则因天已垂垂欲暮了，二则我们的预算在天台所费的三日工夫，恐怕不够去桃源学刘阮的登仙，所以毅然决然，把万年寺桃源洞等舍去，从一小道，涉溪攀岭，直上了天台山的最高峰，向华顶寺去借了一夜宿。

二十五日（九月十八），星期四，晴和。昨夜在寒风与雾雨里，从后山爬上了华顶。华顶寺虽说是在晋天福元年僧德韶所建，但智者禅师亦尝宴坐于此，故离寺三里路高的极顶那座拜经台，仍系智者大师的故迹。据说，天晴的时候，在拜经台上，东看得见海，西南看得见福建界的高山，西北看得见杭州与大盆山脉；总之此地是天台山的极顶，是“醉李白”所说的高四万八千丈的最高峰；在此地看日出，和在泰山的观日峰，劳山的劳顶，黄山的最高处看日出一样，是天下的奇观。我们人虽则小，心倒也很雄大，在前一晚就和寺僧们说：“明天天倘使晴，请于三点钟来叫醒我们，好去拜经台看一看日出。”

到了午前的三点，寺里的一位小工人，果然来敲房门了。躺在厚棉被里尚觉得冷彻骨髓的这一个时候，真有点怕走出床来；但已有成约在先，自然也不好后悔，所以只能硬着头皮，打着寒噤从煤油灯影里，爬起了身。洗了手面，喝了一斤热酒，更饱吃了一碗面，身上还是不热。问那位小工人，日出果然是看得见的么？他也依违两可，说：“现在还有点雾，若雾收得起，太阳自然是看得见的。"说着也早把华顶禅寺的灯笼点上了，我们没法，就只好懒懒地跟他走出门去。一阵阵的冷风，一块块浓雾，尽从黑暗里扑上我们的身来；灯笼上映出了一个雾圈，道旁的树影，黑黝黝地呈着些奇形怪状，象是地狱里的恶鬼，忽而一阵大风，将云层雾障吹开一线，下弦的残月，就在树梢上露出半张脸来，我们的周围也就灰白白地亮一亮，一霎时雾又来了。月亮又不见了，很厚很厚象有实体似的黑暗粘雾之中，又只听见了我们三人的脚步声和手杖着地的声音；寒冷、岑寂、恐怖、奇异的空气，紧紧包围在我们的四周，弄得我们说话都有点儿怕说。路的两旁满长着些矮矮的娑罗树，比人略高一点，寒风过处，树枝树叶尽在息列索落的作怪响；自华顶寺到拜经台的三里路，真走出了我们的冷汗，因为热汗是出不出的，一阵风来穿过胴体，衣服身体，都象是不存在的样子。

到拜经台的厚石墙下，打开了茅篷的门，我们只在蜡烛光和煤油灯光的底下坐着发抖，等太阳的出来。很消沉很幽静的做早功课的钟声梵唱声停后，天也有点灰白色的发亮了，雾障仍是不开，物体仍旧辨认不大清楚，而看看怀中的表看，时候早已在六点之后；两人商量了一下，对那小工人又盘问了一回，知道今天的看日出，事归失败，只能自认晦气，立起身来就走。但拜经台后的一座降魔塔，拜经台前的两块“台山第一峰”与“智者大师拜经处”的石碑，以及前后左右的许多象城堡似的茅篷，和太白读书堂、墨池、龟池等，倒也看的，不过总抵不了这一个早起与这一番冒险的劳苦。

重回到寺里，吃了一次早餐，上轿下山，就又经过了数不清的一条条峻岭。过龙王堂，仍走原路向塔头寺去的中间，太阳开朗了起来，因而前面谷里的远景也显得特别的清丽，早晨所受的一肚皮委曲，也自然而然的淡薄了下去。至塔头寺南边下山，轿子到高明寺的时候，连明华朗润的山谷景色都不想再看了，因为自华顶下来，我们已经走尽了四十多里山路，大家的肚里都感着饿了，江山的秀色，究竟是不可以餐的。

高明寺亦系智者大师十二刹之一，唐天祐年间始建寺，传说大师的发见此地，因他在佛陇讲《净名经》，忽风吹经去，坠落此处，大师就觉此处是一绝好的寺基；其后寺或称“净名”，堂称翻经者，原因在此，而现名高明寺

图 39　天台山高明寺
(摄于 1932 年前)

者，因寺依高明山之故，或者高明山的得名，正为了此寺，也说不定。

寺里的宝物，有一件智者禅师的袈裟和一口铜钵，但都是伪造的东西了。只有几叶《贝叶经》和《陀罗尼经》四卷倒是真的，我们不过不知道这两种经是哪一朝的遗物而已。

在高明寺东北六七里地远的地方，有一处名胜，叫"螺溪钓艇"，是几块奇岩大石和溪水高山混合起来的景致，系天台八景之一；本来到了高明，这景是必须去看的，但我们因为早晨起来得太早，一顿饱饭吃后，疲倦又和阳光在一起，在催逼我们早些重回国清寺去休息，所以也就割弃了这幽深的"螺溪钓艇"，赶了回来。所谓天台八景者，是元曹文晦的创作，其他的七景是：赤城栖霞（赤城山），双涧回澜（国清寺前），华顶归云（华顶寺），断桥积雪（在"铜壶滴漏"近旁），琼台夜月（桐柏宫西北），桃源春晓（桃源岭下），寒岩夕照（天台县西，去大西乡平镇二十里）。还有前面曾经说起过的那位编《天台山方外志》的高僧传灯，也是高明寺里的和尚，倒不可不特别提起一声，因为寺后的一座无尽灯大师塔院和寺里的一处楞严坛，都是传灯的遗迹。

二十六日（九月十九），星期五，晴暖。游天台刚两日，已颇有饱满之感；今日打算去自辟天地，照了志书地图，前去搜索桐柏宫附近的胜景。不坐轿，不用人做引导，上午八点，自国清寺门前，七如来塔并立处坐汽车到何方店。一路上看赤城山，颜色浓紫，轮廓不再象城，因日光在东，我们在阴面看去，所以与午后看时，又觉两样。

自何方店向北偏东经何方村而入山，要过好几次溪。面前的一排山嶂，山中间的一条瀑布，是我们的目的地，山是桐柏岭，西接琼台与司马悔山；瀑布是“桐柏瀑”，瀑身之广，在天台山各瀑布当中，应称为王，“石梁瀑”远不及它的大。可惜显露得很，数十里外在官道上，行人就能望见瀑身，因此却少有人注意。从前在瀑布附近，有瀑布寺，有福兴观，现在都只剩了故址。《灵异考》载有“华亭王某，于三月三日江行，忽见舟中两道士招之，食以粟；旋命黄衣送上岸，乃在天台瀑布寺前，已九月九日矣”。足见从前的人，对此瀑布的幻想，亦同在桃源岭下差仿不多。

由何方店起，行十里，就到桐柏岭脚的瀑布旁边，再上山五里，由桐柏岭头落北向西就是桐柏宫了。这一条桐柏岭，远看并不高，走起来可真有点费力。但一上岭头，两目总得疑神疑鬼的骇异起来；因为桐柏宫附近的桐柏乡，纵横将十里，尽是平畴，也有农村、田稻、溪流、桥梁、树林等的点缀，西北偏东的三面，依旧有高低的山峰围住；在喘着气爬上桐柏岭来的时候，谁想得到在这么高的山上，还有这一大平原的田园世界呢？又有谁想得到在这高原村落之上，更有比此更高的山峰围绕在那里的呢？

桐柏宫是一道观，西南静躺在桐柏乡正中的田野里。据说，这道观的由来，系因唐司马子微承祯隐居于此，故建(唐景云二年)。宋大中祥符元年，改桐柏崇道观，当时因宋帝酷信道教，所以在志书上的桐柏崇道观的记载，实在辉煌得了不得；明初毁于火，现在的道观，却是清雍正十三年奉敕所建，当时大约也规模宏大，有绝大之石磉石基等存在，雕刻精绝。现在可真坍败不堪，只有一块御碑尚巍然屹立在殿前败屋中。还有菜地里的一块宋乾道二年四月“尚书省牒白云昌寿观文书”

碑，字迹也还看得清。道院西边，有清圣祠，供伯夷叔齐石像二座，系宋黄道士由京师辇至者，像尚完整，而司马子微之塑像，已经不在了。两庑有台郡名贤配享牌位，壁上游人题咏很多，这道观西面的一隅，却清幽得很。

我们在桐柏宫吃过中饭，就走上西面三里多地的山头，去看“琼台双阙”。路过五百大神祠，庙小得很，而乡下人都说是很有灵验的庙。

琼台的风景，实在是奇不过。一条半里路宽的万丈深坑曲折环绕，有五六里路至十里内外的长。两岸尽是峭壁，壁上杂生花草矮树，一个一个的小孔很多，因而壁的形状愈觉得奇古。立在岩头，向对面一望，象一幅米襄阳黄庭坚的大草书屏，向脚下一转眼，可了不得了，直削下去的黑黝黝的石壁，那里何止万丈，就说它千万丈万万丈，也不足以形容立在岩上者的战栗的心境。而这深坑底下，又是什么呢？是一条绿得来成蓝色的水，有两个潭，据说是无底的，还有所谓双阙的两枝石山呢，是从谷底拔地而起，象扬子江中的焦山似地挺立在潭之上，坑的中间，两阙相连，中间低落像马鞍，石山上也有草花松树及几枝红叶的柏树枫树，颜色配合的佳妙及峻险的样子，若在画上看见，保管你不能够相信，古来说双阙者，聚讼纷坛，有的说有仙人座的地方，两峰对峙，就是双阙；有的说，这深坑的外口，从谷底上望，两峰壁立，就是双阙。但这些无聊的名义，去管它作什么。我们在仙人座这面的岩头坐坐，更上一处象半岛似地向西突出在谷里的平面岩峰上爬爬，又惊异，又快活，又觉得舍不得走开，竟消磨了一个下午。循原路回到何方店，上车返国清寺的时候，赤城山上的日光，只剩得塔头的一点了。

预备在天台过的三天日期已完，但更幽更远的西乡明岩、寒岩，以及近在目前的赤城山，都还没有去过。晚上躺在床上，翻阅着徐霞客的游记及《天台山全志》里的王思任（季重）、王士性（恒叔）、潘耒（稼堂）等的《游天台山记》，与天台忍辱居士、齐巨山、周华的《台岳天台山游记》等，我与文伯在讨论商量，明天究竟还是坐车到雁宕去呢，还是再留一二日去游明岩、寒岩？雁宕也只打算住它三日，若在此地多留一日，则雁宕就须割去一日；徐霞客岂不是也有两度上天台两度游雁宕的记事的么？我们何不也学学他，留一个再来的后约呢！这是文伯的意见。他住在北平，来一趟颇不容易，我住在浙江，要来马上可以再来，既然他在那么的说，我自然是乐于赞同的了。于是就收拾行李等件，草草入睡，预备明天早晨再起一个大早，驱车上雁宕去。

一九三四年十一月五日

之东(节选)[1]

黄炎培

从天台到雁荡

赤城远望——始丰溪下水——渔与盗——械斗

七日天明五时顷，从国清寺出发。步陶、剑华、仲彝、培基不上雁荡。从国清寺向西行，游赤城、桐柏宫，取道新昌，坐长途汽车回沪。我偕铸九、慕儒、叔贤、朱科长、延平五人将出寺门，忽一青年比丘尼前来行礼，细认一下，原来是吾乡川沙县真武台尼宝鹤来此受戒的。一个幼弱女子，走了几千里路，来到这深山古寺，了她皈依佛法的心愿，怎能不令人感动呢？行七里，至天台县

---

① 本文选自《之东》，生活书店1943年11月初版。

城。在城北济公院近边，回头望天台赤城，一级一级的赤泥，远望很像一层一层红砖叠成城墙式样。想起一千五百年前孙绰作《天台赋》描写这一段，称“赤城霞起以建标”真不错。

说起赤城，吾不能不记录一桩幽郁悲凉的事实。赤城西边有一餐霞洞，葬孙天祚父子。天祚，天台人，早死，妻齐氏素以能书能画著名，既寡，守节抚孤。孤儿近二十岁时，因为患神经病，投国清寺前丰干桥下溪中而死。这位齐太夫人万分悲苦，从此绝笔书画。选定餐霞洞，将葬她丈夫和儿子，而在旁边，自建小楼，所有殉葬用大小器物，墓砖，以及小楼自用一切器物，绝不假手工人，完全由齐太夫人取赤城土用手亲自抟捖而成，也绝不用工具，而坚固精美，和著名的陶器一样。齐太夫人守他丈夫和儿子的墓，住小楼四十多年，从没有出洞门一步。年八十岁去世。吾辈来时，去世还不久，可惜不及见，并不及一观她老人家手制的纪念品。这件事，人说是太夫人的精神结晶。吾说，这件事固然整个的表见太夫人的精神，若分析说来，这手制物品的精美，表现太夫人的艺术天才，而物品的坚固，从此可以知道赤城的泥土制陶，有特殊的天然效用。

入天台县政府，见神桂一株，井一口，相传，明朝某县官被难全家死这井中，每一县官到任，须加覆一方红布，否则作祟。但最近两任县官不照办，亦无恙。有图书馆在建筑中。上午九时顷别了赵县长和申屠科长，上民船，从始丰溪下水南行赴临海。路长一百二十里，十小时便到。若从临海赴天台，须经这溪逆流而上，十分艰险，所以孟浩然诗有“欲寻华顶去，不惮恶溪名”之句。吾们是下水，太便宜了。

《从天台始丰溪下水赴临海》：“天台惜别不胜情，两岸桃花若送迎。一日轻舟过百里，襄阳请洗恶溪名。”

晚抵临海。入城宿医院，院在山上。和张县长（寅）等谈渔业和械斗。

沿海一带地方治安，全看渔泛的丰歉。渔船出帆，壮丁若干名，船上不定期的粮食、渔具、其他用品，各壮丁相当的安家费，每一渔船，共须五百圆。“高利贷”人家借给渔户，遇到丰收，满载而归，本息全部归还；一遇歉收，两手空空，无面目归见江东父老，惟有加入匪党，从此匪额大增，地方不会安靖的了。

械斗的风气，台州各属最厉害。张县长到临海任，他说，二十多天里，出了六起。大都是轻微事件，例如张姓某甲，挑了东西在路上走，李姓某乙和他相碰了一下，要是张李两家都是大族，且有世仇的，就扩大起来，两方如临大敌，打个落花流水。追求扩大的缘故，因为两家各有一种人，仿佛是经理，有的称账房，这种账房利在事件扩大，如果我方械斗而败，向对方索赔，每死一人伤一人，都有规定的代价。要是胜呢，向本族征发犒赏金，每死伤人，也都有额定的犒赏。即使没有分胜败，一切械斗费用，总须照例征发，所有费用，一经账房手自必有利可图。所以这一辈人，是械斗构成的主要分子。现在当局知道了，先把这一辈人拘捕惩办起来，或者械斗可稍减。据说，台属械斗最厉害，要算仙居了。县东西一家姓张，一家姓王，以县政府为界，如张姓入王姓界，时时刻刻可以被王姓殴打致死。王姓入张姓界也是这样。县长一年到头做着中间调解人。

八日，天没有明，张了灯，下山出城，到轮船码头，天发晓了。坐轮船行三小时光景，经灵江，澄江（一名永宁江），椒江会合处叫做三江口到海门。行政专员罗时实迎到汽车站，改坐汽车到路桥，这里是黄岩县境了。公安分局长施继鲁出来招待。街道很长，可惜生意清淡，全市都是不景气的表现。午后一时，施局长、罗专员的代表林雪、同乡冯晋蕃一齐从东里街送上小汽船到大溪。这里是温岭县境。换坐山轿在夜景昏迷中到大荆，大荆就是雁荡东北角入山的大道。吾辈来游雁荡，全恃蒋叔南。叔南方带别组的游客，从金华，丽水，青田，永嘉上雁荡，依他的留嘱，招呼吾辈宿于伊弟季哲宅。季哲去年新故，遗挂在堂，他的女儿淑芬举止大方，殷勤招待。吾不及见季哲，还及见他的女儿，招待愈殷勤，愈不胜哀感哩！

雁荡第一天

雁荡全山大势——石门潭——灵峰道

天日晴朗，那天是四月九日，清晨整装出发，叔南侄鹏霄来领导。且慢，让我检出地图来看一下，须得把雁荡全山大势整个的明了才好。看吾摹出一幅略图来：

记好，吾们预定的游程，是从雁荡东北方，逐节逐节

图 40　雁荡山
（摄于 1934 年前）

向西南方进发的。

大荆附近，有石门潭。从平地慢慢儿斜上山坡，仿佛是龙门伊阙的缩影。一道不很高的山脉，到这里中断了。俯看中断处，是一个绿得像老翡翠一样的潭水。吾们已知道，这样的绿，是潭水深不可测的表示。潭两边像大门的石壁上，点缀着一丛一丛红得使人感觉凄惨的山花。恰和老翡翠色的潭水，合成一幅天然美丽的图画。上游几个装着菜蔬的竹筏，从石门里慢慢地流出来。接着一条雪白的溪水，名叫蒲溪。再向石门里一望，有水名叫淀川。两岸一塍一塍碧绿的田，有山叫五峰山，山下有村，叫淀奥村。元朝有位理学名儒李孝光号“五峰”住在这里（《元史》卷一百九十有传）。

闲话少说，闲事少管，快快上雁荡去。就为是鹏霄沿途说到民国十九年大荆剿匪的经过。那时候，雁荡一带地方，早给乐清来的匪认做征服地。一步一步进攻到大荆来，料不到大荆地方暗地里早有充分的准备。大荆全镇最高所在，叫培风阁，商会设在中间，有一警钟，失火时，怎样敲法，匪来时，怎样敲法，都有规定的。布防完了，匪毫不知道，还是大模大样的前进，警钟一敲，伏兵齐发，来一个，捉一个，杀一个，共杀了四百七十一个。从此全山安靖到现在。这是谁定的计划呢？就是鹏霄的伯父叔南。

鹏霄说得高兴，吾们听得高兴，人家都想上培风阁一观，折回大荆，上了阁，开窗一望，原来雁荡千岩万壑，仿佛都在目前，其实也不过是想象罢了。大家在高声嚷，快走！快走！

正想上山，忽然无数老小男女，向大荆集中，每人手里都拿着一种好像凉帽似的，四方八面涌上来，像潮水一般，这又古怪了。问鹏霄，才知大荆逢“三”“六”“九”有集，今日是阴历二月二十六日，各把所制草帽，向大荆来交卖。原来这种草帽的原料，上海商家从外洋买来，作价发给农村，编好后作价收买。编工很细致，须一两个礼拜，才成一顶。这种半制品，从前每顶卖一圆几角，多到两圆，现在仅卖一圆，所以村男村女平均一天所得工资，不过一角光景。还是争先恐后，这也是世界不景气，影响到山村的一个实例，同时也可以看出山村生计竞争的剧烈。

才出大荆，过一道溪，就是从石门潭流出的蒲溪。

不一会儿，路旁边很高的岩石，像一位老僧，正在那里迎客，又像耶稣基督，又像圣诞老人，尽你把脑海里所有的印象来摹拟，好在他横竖是呼牛便牛，呼马便马的。到卷螺岩远望上去，更相肖。过石梁洞，天然的石屋，中建一层一层的楼，有碑刻“白山叶叔平孝行纯笃工书善画居此六年出资重修殁后六年友人蒋叔南纪之”三十二个字。出洞西行，上谢公岭，大概是纪念一千四百六十年前的诗人谢灵运吧！吾暗地里想，鼎鼎大名的雁荡，如果只有这一些，未免使人大大的失望了。

正在这般想，忽然一个大转弯，来了一道溪，溪并不阔，也没有多少水，溪南溪北的山峰却奇怪了。鹏霄告我这溪叫鸣玉溪，这里就是灵峰道呀！溪南的山峰伟大而多连接的叫连云嶂，上边有两峰叫斗鸡峰，叫犀牛望月，又要把脑海里的印象来摹拟了。最高的叫朝阳峰。溪以北同样的伟大，而各各独立的，叫什么天冠峰、超云峰、果盒岩、半月洞，岩壁像蜂窠一样。这许多山峰，形形色色，把一条很宽广的灵峰大道，给两下逼住，像上海南京路先施、永安、新新多少高楼大厦遮蔽得不容易看见天日。而尤险怪的许多山峰都是上边肥大，下边瘦削，像没有穿着裙子的西洋胖妇。吾坐在鸣玉溪果盒桥上，左右顾盼，不免有些害怕起来。这几千万年里必定有一天，失掉了重心，天崩地坼，倒栽下来，这是很可能的事，好像只须有人用手轻轻一推，就会摇摆似的。却见那溪旁小片碧绿的山田，种的是芋，三三两两的牧童在那里过他们很幽闲自在的生活。芋每年丰收每亩可得三百斤，每百斤售两三元，他们这般说，好像很满意似的，却从来没有料到天崩地坼，大祸临头。

过了果盒桥，沿溪西行，得一亭，叫灵峰第一亭。亭的上头，山腰两个大石笋，叫做双笋峰，俗人叫做蜡烛峰，下边有个潭，墨绿色的水，叫照胆潭。上边有腾波岩，有金鸡峰，还有多少无名的山峰。诸位倘以为无名的山峰，定是比较平凡，那就错了。须知天下真雄奇伟大的东西，不一定有名呀！到灵峰寺了。寺后高峰，就是灵峰，亦称合掌峰。踏石级直上，就是灵峰洞，又名观音洞。一部分同人，转弯向西行，到了北斗洞天道院，那时候过中午了。

午餐过后，却回头沿鸣玉溪望东行，过响岭头，经睡猴峰下，度吉星桥，睡猴忽醒，变做老猴披衣了。到净名寺。

图 41　雁荡山灵岩寺
（摄于 1932 年前）

将由净名寺上灵岩，叔南带领游客赶到，乐清县长张叔梅亦赶到，招吾们回北斗洞晚餐，“却之不恭”，便折回，半路遇见叔南，重过灵峰道，鹏霄别去。叔南以雁荡中兴主资格，为吾们一一说明，才知无名的奇峰，都是我不认识的缘故，何尝真没有名呢？叔南很不赞成吾们匆匆过去，那夜北斗洞晚餐毕，同席蔡旅平，奏三弦《秋江夜泊》及《思颜操》各一阕。吾呢，为招待诸君写了不少屏联，赠叔南：“乡国安危容小试，名山管领亦奇才。”却并没有过誉呀！

夜深了。旅平导吾们坐了轿，张了灯，走一小时光景，到灵岩寺，敲门投宿。只觉得寺门外又高又大的黑影，在沉沉阴气里，参差地排列着，可怕得很。

雁荡第二天

灵峰——屏霞庐——大龙湫——能仁寺

昨夜倒头便睡，天明一匐醒来，才知睡在寺的西楼，起来从玻璃窗里向寺西一望，无数奇峰，把寺紧紧地抱着。天又下雨了，怪不得黑沉沉地老是不开明的。一时为好奇心所驱使，不及整衣履，也不及唤同伴，冒着雨急急出寺门，见一僧，打了招呼，站下来，四下探望，原来寺的对面是白云岗。左边是展旗峰，右边是大狮岩，岩上是天柱峰，昨夜黑暗中吓人的就是这左右两大怪物。天柱峰侧面是双鸾峰、卷图峰、卓笔峰，有小瀑一条，叫做小龙湫。下边是藏珠谷。卧楼窗外所见，就是这全景的一角。雁荡山峰的名称，绝大多数是人们用他的脑海里积下人情物态种种印象，来摹拟而成，属于这一类的，不知多多少少。但最贴切的要算灵岩寺前展旗卷图两峰。展旗像一面很高很大、高度和阔度成三与五比的旗，正展开着。卷图更妙。像一幅不知是什么图卷在一个大轴子上，好像没有卷好，也没有拴住时，为地心吸力所吸引，斜斜地望下宕着。这种形态，当时题名的，很亏他想得出来。寺的后身，紧靠着高岩，就是灵岩，也叫屏霞嶂。我们靠旅平引导，从寺的西北方面，冒着不大也不小的山雨，曲曲弯弯，向高处走，得一洞，叫龙鼻洞，据说从前很像真龙，六十年前，给游人毁掉，现在只存一爪了，叔南很爱惜它，特地装了栏槛，替它保护。再望上又得一洞，叫天聪洞，也没有石级，攀崖扪壁，一步一步斜上，到洞口，俯看不见底，读《徐霞客游记》，到过这里两次，第二次是洞里边爬上来的。大概后边另有路呀！沿山腰向右转，到着了屏霞嶂的正面，精舍三间，外题屏霞庐，是叔南、季哲兄弟建筑起来，纪念他们先人燧堂先生的。小坐一回，题诗三首。

《游雁荡，夜从北斗洞天至灵岩寺，题赠屏霞庐主人蒋叔南三绝》："星斗飘垂路百盘，夜游雁荡亦奇观。稍知古寺灵岩近，百丈奇峰耸影寒。""展旗天柱两峰开，寂寂禅堂堕劫灰。直上屏霞庐展拜，云山中有孝思哀。""子嗜名山若生命，名山倚子作长城。儒言广鲁于天下，佛法还须度众生。"

灵岩寺早给无赖的和尚卖掉。事为叔南所知，赶紧出资收买下来，选聘和尚名净圆的做住持。净圆募金重建，谛闲法师助他提倡，得了宁波方太太的捐助，建成现在的规模。正殿而外，东厢楼大概住和尚罢！西厢楼住我们旅客，这一篇灵岩寺近世史，是由现时当家和尚悟妙口授我的。

同游的叔贤忙的是摄影。一个人还在屏霞嶂摄天柱展旗两大怪物，忽然大嚷起来，且慢！待我下来。且慢！六十五岁老人周如立，从天柱峰最高巅，把长绳紧紧地拴住在山顶。两手紧紧地握着，腾身空中，仰望只见一黑点，渐渐放大了。现出两条雪白的腿，慢慢地宕将下来。一宕向着左边，一宕又向着右边，好像在天空打秋千似的。忽而作势一宕，用最迅速的动作，向峭壁上攫取药草，揣在襟里，早又宕向他方去了。那时候，雨已停止了。从雨后清疏的空气里，左一宕，右一宕，很慢慢地望下！望下！寺门前站了一大堆的人，怕有近百只的眼睛罢！一齐注射在空中的一点。将到地，怕还有十几丈高！动作快起来了。接触着最高的树顶，忽然丢掉了绳，从树顶上像猿猴样落下地来。大众一齐拍掌了，声震山谷。从劈拍的掌声中砉然一大声，原来还有人在山顶把这老人的生命线，初时一步一步放松，到这末了的时候，望空一掷，山鸣谷应，树枝摧毁了一大堆。大家齐向这老人家握手，他老人家却不慌不忙，从胸膊里掏出药草来分给众人，我和延平科长在人声嘈杂中，急忙验看他的生命线，原来是把特制的五根等长的麻绳接起的。每根量得实足一百五十尺，才知天柱峰，高度至少在七百五十尺以上。这老人家把这套本事招待游客，有四十年了。问明了土人，送他五圆，表示一些敬意。

雨又来了。冒雨再游响岩斗，下边一个潭水，上边一片岩石，叫晏坐岩。岩上是云霞洞。山顶有石，像一老叟侧着耳朵在那里听，叫做听诗叟。又有石，像一人端坐着弹琴，叫孔子抚琴。

午饭后兴高采烈地看大龙湫去了。出寺门，仍向西南行，过下灵岩村，可是雨越发大了。上马鞍岭，左方山势较平，右方黄岩洞、方洞，更奇的是玉霄峰，也叫观音峰，峰底下有相当伟大的宝座，叫做莲台嶂，仿佛几个圆形的短柱并列着，好像用大斧猛劈成功的。石头全是红黄色，碧绿的草树陪衬着，雄伟中显出壮美来。那时候，用伞遮着雨，站在马鞍岭上边，出神了多时，才走。问七贤书院、七贤祠在哪里，轿夫答，早已毁了。原来七贤都是宋元以来人物，就是王十朋、胡彦卿、朱希晦、章纶、谢铎、谢省，还有上文说过的李孝光。在连云嶂石壁上，发见两个洞凑起来成一张怪脸，叫做阎王鼻。南边就是剪刀峰，两峰的中间劈开着，从里边望出来，又像一道扯篷，叫做一帆峰。“峰回路转”，大龙湫到了。

大龙湫是山坳里一匹很大的瀑布。水从山顶上流下来荡成碧绿的深潭。这不足为奇的了。奇在瀑布出发的山头很高很高。峭壁成凹形,腹部中陷。瀑从高头流下,仿佛是楼高的檐溜,深谷里风不断的吹,瀑布悬空下来,下了几十尺,给风吹散一大半,又下了几十尺,给风吹散了一大半,等到着地,早已轻飘无力,几乎不成为水,所以落在潭面,不能发大声。只见挺高挺长的一条雪白的东西,团团滚滚,又像雾气,又像喷沫,不断的流动,眼睛注视一会儿,只觉石壁都在那里移动。那时候雨停止了,太阳从对面峰坳里发射有力的光线,反映出来,好像一匹五彩的绫罗,在空中飘扬。等到太阳下去了,变做一道惨白的长虹,在平地上挺直的站着。那时候,雨早停止了,但我们站在几十丈外,只觉一阵一阵的斜风细雨,扑在面上,使人一面不断的揩抹,一面周身发出寒噤来。旧有的观瀑亭正在修建。吾们散坐在未装配的木材上,精细的玩赏一回,又到潭边逼近着玩赏一回,可惜潭里还没有相当的布置,否则借此来一个"shower bath"岂不大妙?吾和延平科长还用目测法计算它的高度,一人注视时计,一人从顶高处注视瀑的一点,随它下来。到潭面,得六秒钟,延平是工程专家,依照坠物定率,计算得五百七十六英尺。他的算式如下表所示：

大龙湫高度计算法

S＝坠物之上下距离
g＝地球吸力致物每秒下坠之英尺数
t＝下坠时间之秒数
今大龙湫瀑自顶至地得六秒　则
$S=1/2gt^2=1/2\times32\times6^2=16\times36=576$ ft
即得五百七十六英尺

天晚了。到能仁寺，可化和尚领导我们看燕尾瀑，我虽略知世故，不便说不要看，实在吾心里“除却巫山不是云”了。寺里有一大镬，宋元祐七年壬申十一月造，到今是八百四十二年，据说重二万七千斤。

雁荡末两天

上马石探幽阻豪雨——黄金溪冒险渡惊湍

十一日，天还是雨，向西行。游西石梁，也是瀑布，也不错。要是没有看过大龙湫，尽可以使人叫好，吾们为什么不先到这里来，也算是西石梁的不幸罢！石洞里小楼三间，一位老婆婆伴着一位青年尼姑住在那里。拿“小吃”来分给我们，据说这位老婆婆享尽人间幸福，晚年把她圆满快乐的家庭轻轻地丢开，到深山里来终老。游梅雨潭，这里的瀑布，比西石梁还长还胖，妙处在下注潭心，适当一石，水冲在石上向四边飞溅，恰像梅瓣形。梅雨潭的名称，大概为了这点罢！

计算一下，照预拟游程，还有两处没有游到。一是全山最高处百岗尖，高一千一百五十公尺，合三千五百九十三尺。天台华顶峰高一千一百三十七公尺，合三千五百五十四尺，雁荡比天台还高着些。上百岗尖该从那里走呢？该在灵岩到马鞍岭途中，从方洞那边北行，经大鼋坑，红岩坑，上白云坳，路程较远，为时间所不许，牺牲了罢！一是雁湖。雁荡的名称，由雁湖得来。据说，有上中下三湖。中湖较大，约有三十亩。湖里很多草，雁宿在中间，所以名为雁湖。游雁荡而不到雁湖，仿佛读《水浒》而没有读到梁山泊，读《红楼梦》而没有读到大观园，岂不是笑话？那非去不可的。雨老是不停，旅平介绍今午先到上马石村他的亲戚胡仲侯家吃了饭，再作计较。

吃了饭，天似乎有晴意，正欲结束上山，主人方面都说上雁湖是没有路的。一经下雨，泥泞不可行。天既有晴意，不如今晚在这里宿一宵，明日清晨上山。倘若今天下午去，路既难走，还恐归来太迟，不方便。情意殷勤，说得有理，照办罢！

《下雁荡过上马石村赠胡仲侯》："朝发能仁寺，言寻上马石。轻云幕四山，不掩叠嶂碧。飞泉得雨肥，翻空五百尺。爱山不忍出，依依两游屐。重赖主人贤，为黍饷过客。家酿甘始升，杨梅紫新摘。殷勤见二子，欲别意还惜。明朝天放晴，雁湖探秘迹。"

不料宿到半夜，下雨了。而且雨来得大，竟是倾盆豪雨。天明（十二日）起身一看，四面的山，给云封得影都不见。游雁湖完全绝望了。大家气得面面相觑，半晌一句话都说不出，心里都在懊悔昨天没有下决心。主人方面又建议了：诸位！还是多住两天罢！明天许转晴的呀。吾们很客气的不好反驳他，这是谁能担保的呢？踌躇又踌躇，磋商又磋商，大家虽是游民，却都有公事，留在这里算什么？不如冒雨下山归去的好。中间经过梯云谷，闻也有瀑布，还有仿佛桃花源的景致，顺便游一会儿也好。溪水大涨，不得过，就算了罢！急急赴良园。那里是旅平的家，旅平昨夜先归准备招待。快到了，时已中午，雨还是下个不休。不料大溪当路，足足有六七十丈阔，原有一个一个石磴，每个相距二尺多，从溪的这边渡到那边，一步一步踏着石磴走。这时候，早把石磴淹没了，站在磴上，水淹过膝盖，而且水从上流，好像千军万马，直奔下来，立脚稍不稳，立刻给他卷下去，万无生理。怎么好呢？绝对没有别条路可绕过这溪的，回到上马石，不成一句话，也是不了。迁延下去，雨越发大，水流越发紧急，更不了，怎么好呢？赤脚下水走，这样急的水，没有经过长期训练的腿，那里站得稳呢？同行的轿夫、挑夫，有能走的，也有不能走，伏在他人身上过去的。好！下一个决心，挑一二位比较精壮的，准备驮着吾们走，行李轿子先尽数搬过去，做一个“破釜沉舟”。来！来！大家把心镇定一下，轻轻地伏在壮丁肩上，两脚紧紧夹住，他很郑重地踏着石磴，一步一步移动，到中流时水最急。亏得壮丁脚力真强，在急湍中居然渡过，上了岸大家回头一看，反而大恐慌起来。后来问旅平才知道这溪名黄金溪。中间有一点大可注意，这两位壮年轿夫，在许多伕子中间，单独地冒着大危险干下了非常工作，解决了几几乎绝对没办法的难题，在千军万马般的溪流中间过渡的时候，吾们自以为无上宝贵的生命，完全悬在他们的两条尊腿上，居然平安渡过，他们却绝不居功，绝不索酬，我又要天良发现了，很想把几块钱送给他俩，作为一笔奖金。后来一想，不好，送给这两人，反使别人眼红，从此他们懂得有奖金可图，对以后过客，不免生了一种新欲望，从此把他们浑漠的天真戳破了。不好，算罢！还是供吾一瓣心香，把他们的功绩，深深地刻在吾们心版上罢！

在旅平家，午餐毕，休息一会儿，作别下山，雁荡游程，从此结束。旅平家大厅还是一片白地，五年前匪祸，受累真不浅呀！

《雁荡行》："天台观云发奇趣，石梁双瀑雄可怖。若论峰峦绝世姿，所见无如雁荡奇。我从东北大荆入，市逢六日如云集。培风阁上纵遐瞩，千岩万壑秀堪挹。石门深深碧水潭，五峰曾此留茅庵。峰岭老僧状伛偻，俨然长揖迎客骖。斯时游侣气惊沮，谢公岭外峰无数。文章楔子此开篇，雄奇尚在云深处。峰回路转山阴道，前驱拍掌灵峰到。一溪鸣玉戛清妙，溪南列嶂连云绕。犀牛望月喘可笑，溪北天冠峰逼肖。洞开半月凿天窍，佐以超云意孤峭。自馀岩岩绝名号，如召巨灵对苍昊。如列笙镛会清庙，上插九霄掩七曜。溪桥小坐收清眺，更上灵峰第一亭。插天双笋何青青，腾波岩水清可听。碧潭照胆长渊渟，金鸡一声天下醒。北斗洞天通帝廷，故人置酒肝肠热。秋江一阕思高洁，秉烛夜游兴未歇。星斗飘垂路百折，不见灵岩古寺来。但看峰影峙双铁，灵岩奇出灵峰上。展旗天柱兀相向，巍巍寺后屏霞嶂。藏珠卓笔名之当，大狮岩与小龙湫。阴森幽怪莫可状，六十五翁老好奇。猱升天柱如履夷，长绳缚若倒绷儿。翻身翩翩惊鸿嬉，忽扪绝壁采兰芝。从容及地绝喘嘶，长绳蜿蜒吾度之。七百五十尺有奇，观者额汗惊淋漓。屏霞山半庐精绝，楼头栗主供先哲。燧堂先生魂可招，思亲泪共泉呜咽。二灵自昔萦客怀，吾爱马鞍岭亦佳。玉霄一柱耸天半，莲台列嶂青可阶。能仁寺榻何妨借，千年大镬今无价。七贤书院付荒榛，朱李王胡章二谢。横峰侧岭天下无，即论瀑布亦绝殊。碧泻雨潭梅五出，珠跳云谷桃千株。西石梁边清洗耳，琤琮亦颇雄一隅。小龙湫小燕尾短，俯拾即是姑舍诸。凡兹诸瀑佐游赏，大龙湫实为之长。奇峰双剪云门敞，白虹上贯天垂象。目测何只五十丈，壁凹岩凸恣奔放。团团滚雪下银潢，串串垂珠结珊网。因风翻空欲化烟，入池失势难成响。朝霞一色卷文绡，夕曛五采张罗幌。飘飘著润肌欲酥，津津滴腻魂全荡。持与石梁絜短长，此何精丽彼粗犷。彼如壮士拔剑雄，此如仙子出尘想。除却美邦衲割雷，神州吾见殆无两。百怪千奇不可图，一斑窥豹殊粗疏。归程阻雨上马石，怅望愁云幕雁湖。”

归　途

永嘉中山公园——瓯江孤屿——舟山宫井——李昌达殉国纪念碑

从良园走三十里，经过很大的一道窑奥岭，这里是海边，下了山，天也晴了。到虹桥，公安分局长应靖生（俊）、老友张云雷殷勤招待，当夜每两个人坐一个小划船，分坐四个船从银溪赴乐清，沿途听船家唱催眠歌，睡梦中心灵非常舒适，比听胡蝶在《姊妹花》银幕中唱摇篮歌还有趣。午前三时光景，到乐清入银溪饭店休息。天明，上小轮船走六十里经柳市、白象到馆头，换坐大轮船，从瓯江逆流上走三十里到永嘉了。

到永嘉是四月十三日，原定即日搭海轮回上海，不料船期不凑巧，一住，住了三天，直到十六才得上船。在这三天里又玩了多少风景，见了多少老的新的朋友。

每到一地必先登高一览地方形势，这是吾三十年来旅行惯例。行李安顿好了，急急忙忙找商务、中华去买永嘉地图看，才知永嘉城靠着瓯江南岸，东城有较高的华盖、积谷两山。一个人按图觅路，先上了华盖山，城郭人民，都收归吾的眼底。华盖、积谷两山间，开作公园，旁边有河道，东边还有更大的水，白茫茫一片反映着落日，包含不少诗意。瓯江对岸是一带山脉。瓯江中心两个宝塔，那里就叫孤屿。在华盖山周围眺览一下，走下山穿过公园，无数碧桃，好像含笑来迎接似的。有池，有桥，有亭，有楼，公园规模还算宽大，管理也算相当整洁。上积谷山，山头有亭，山脚下有飞霞观已毁坏了，老树仅存枯干。旁边还有永嘉词人祠，壁上无数诗词，全赖有蛛网保护着，满屋尽是凄凉空气。原来“词人祠”三字，已够凄凉了。何况在今日？公园中心有个碑亭，碑文是平阳刘绍宽所撰。写明朝戚继光平倭寇故事，拿来鼓励现时民众。但在民众教育馆里，多少青年，正在学习皮簧，发挥他们歌舞升平的兴趣。

《永嘉中山公园所见》："斜日江亭逝水沈，飞霞庭干饱霜侵。吟魂入地祠尘黯，战血回天碣意深。""红粟太仓因旧积，青衿城阙嗣新音。事功性学都何有，我欲千秋起水心。"

隔了一天，还雇了一个划船，渡到江心孤屿。江心寺、文信国祠、卓忠毅祠、谢公亭，像整队的排列着。左右两龙头，是龙翔兴庆两塔，大部分已荒废毁坏了！一部分保存得好些，还是海关洋员的力量。江心寺门外有联，相传是宋末王梅溪（十朋）卖弄他的小聪明，写来留赠后人的。"云朝朝朝朝朝朝朝散，潮长长长长长长长消。"读法似乎有几种。较合理的还是每联第一句一个字，第二句两个字，第三句三个字，第四句四个字。就是"云，朝朝，朝朝朝，朝朝，朝散。潮，长长，长长长，长长，长消"。朝，读朝夕的朝。朝，读朝廷的朝。长，读长短的长。长，读长幼的长。不过以"长长"代"常常"，未免有些牵强。

《瓯江孤屿，谒文信国祠，群鸥方集龙翔、兴庆二塔为戏》："孤屿江流急，荒祠夕照明。谁能解铃语，来与证鸥盟。"

永嘉一部历史，在学术上的荣誉姑且不论，单论它地势，是个海口，有水而又有山，有大水还有小水，水的中间有岛，水的外面有山，真是山环水抱，兼之人物俊秀，物产丰富，是多么可爱呀！可是不景气得厉害，我们住的是瓯汀第一旅馆，除掉我们以外，很少见他客。午饭总是瓯江菜馆，除掉我们以外，也很少见他客。浴是南园，除掉我们以外，更少见他客。

我们到温州，很想一概不让人知，做个"秋毫无犯"，结果还是见了许多朋友，且劳动了许多朋友。

十六早起上了轮船，从此文章结束了么？不料还来个"尾声"。

十七晨船过舟山，宣布停泊六小时，只得上岸游览游览。一群人随随便便的走，到了水产学校，时间尚早，不要惊动他们了，进城上了一座小山名锁山，一名镇鳌山，正席地高谈的时候，回头忽见山下一群学生在那里体操，精神饱满。下山不知不觉，进了一座民众教育馆，馆员告我馆后有成仁祠，进内一看，原来是民国初年建的。供着明鲁王监国时张肯堂等一百二十个神主，后进是鲁王妃嫔，神主两旁是明季殉难职官妇女及士民妇女神主。祠旁有井，碑刻“舟山宫井”四字，是明末鲁王妃等在此殉难处。清全谢山有《舟山宫井记》，祠壁悬有《明季诸先烈舟山殉国始末记》，都写得很详。祠前边是公园，公园内补建了一座雪交亭，旁种梅、梨各一株。忽然忆及上海刘鸿生曾托调查他所创办的定海中学，不知在何处，访问结果，方知刚才山顶所见学生体操的学校就是。可是时间不多，用一个半钟头的工夫，调查大概。匆匆上船，过仓河头巷，无意中从垃圾桶旁边，发见一块石碑，上刻“道光庚子六月英法军破舟山义民李昌达夫妇殉国故事，同治七年立碑纪念”。吾们此刻不是大家提倡爱国救国么？这样轰轰烈烈的眼前故事，在这国难声中，怎么让他躲在垃圾桶背边，不好好替他表扬呢？赶紧和叔贤，拉开了桶，细看一下，写一首诗。

《舟山半日游》：“吾游定海城，言登镇鳌山。山下弦歌声，列队皆童丱。寻声下访迷失道，道旁宫井埋青草。

三百年来碧血新，谢山一记犹堪考。雪交亭前双树肥，成仁祠外风满旗。摩挲栗主百二十，在昔何盛今何稀。徘徊周览兴未歇，仓河头巷碑留跋。道光庚子年六月，殉国义民李昌达。城可拔，地可割，匹夫有志不可夺。庶几强虏凶锋遏，嗟嗟东北好河山。亦有义民无义官，官不生降即生还。低徊今昔空长叹，咄哉诸生起起起，与子同仇雪此耻。”

街头巡礼

秋　田①

肥皂公司

这也许是温州的特征，每天，当我走到街上，在五马街的转角，我常要被那躁耳的铜鼓声所噤住。原来是那街角停着一辆黄包车，车上满装着肥皂，打起一面小白旗，写着“顶上肥皂大拍卖”的字样，旁边有两名鼓手敲着沙哑的铜鼓，那肥皂老板歪着鸟打帽，打着不像样的上海话撕破嗓子喊着：“喂！肥皂刮刮叫，一角洋钱买两条，要买豪爽买，再要长（践）来长勿到。”于是有许多乡下人聚拢来，伸长着脖子在看，从衣袋里摸出钱来买了

① 秋田，生平不详。本文原载1936年3月14日《浙瓯日报》“红尘”副刊。

两条所谓顶上等,其实不能用来洗衣的肥皂双脚走开去。

黄包车上开肥皂公司,倒是温州小贩想得出这条主意。

标准钟

在府头门,是装有一个标准钟的。因为,时计是人们生活上所不可缺的,加以中国人又是向来以不遵守时刻不爱惜时间著称。为了提倡遵守时刻爱惜时间,自有装设标准钟的必要。

可是府头门的标准钟,它是够不上"标准"的,它简直不及市上那一块钟的挂摆,不时要停着不走,就是与实在的时间差得很远。

卖膏药者

昨天,在南大街的那片广场上,每天总可看到走江湖的在那里卖膏药。他们招引顾客的技术高妙至极,把吃饭的饭店的担板一一卸下，先搬出许多变把戏的行头来，一件件摆着，便大敲破锣破鼓来，瞧那看热闹的人渐渐聚得多了，于是便开始登场表演，照例先要来一套“在家靠父母，出外靠朋友”流浪异地讨生活的口号。接着，脱去上身的衣服，用一条长丝带把小肚子捆扎得紧紧的，于是摆开架子，向观众恭一恭手，然后从地上拿起一条三节连环棍在手里，锣鼓急雨一般响着，那卖膏药挺直胸脯子，拿起连环棍猛击着肩膀边乳部的地方，一下、两下、三下……以至无数下，那块肉被击得红红的，他却一点觉不到疼痛，玩了一套，把棍棒丢在一边，再拿起一把白晃晃的戒刀来，舞着，先来一个“开四门”，舞毕，继着便做起神色来，伸直右臂，拿起刀砍在臂膀上，看的人有的替他捏把汗，深恐他的手臂会砍下来，有的在高声喝采。这时候，另外走上一个伙子来，夺下那口戒刀，看他红肿的胸脯与手臂，连忙拿两张膏药把他敷上。于是生意经来了，他说。凡是刀伤、打伤、跌伤、背痛、疯痛，以及一切无名肿毒等，一贴这膏药，便立奏奇功。说着点上一个火媒，把膏药烘了下子，当面试验这膏药的好坏给你看。观众中还有患外科无名肿毒病，或刀伤跌伤的，经他一宣传，都掉出钱来买了几张回去。

一下子做了几块钱的生意，他们几伙子一天的饭钱有着落了。

看热闹的渐渐散去，他们也便收场了，那演艺的把塞在裤腰边的毛巾抽出抹去脸上的大颗汗，这时，他感觉到真的有些吃力了，拖着疲乏的腿，与他们的伙子回到旅店去休息。

雁荡巡礼

钱约斯①

轻佻柔和的东南风，飘到了这滨海的名山——北雁，太阳分外温和地抚慰着曾受严冬虐待过的山峦，对着大地微笑。

在这个偏僻的山丛中，绿毡似的茵草，布满不平的斜坡，当你漫步在净名附近时，你可以看见夭桃虚处，那种绯红的色彩，会使你动情；道旁是一流清溪，可惜水已干涸了，不然，你一定以为置身桃源呵！沿溪到灵岩道上，则两边绿荫郁郁，使你仰头不见天日。

和风带来了象征着丰富生命的“绿意”和“暖意”，但并没有因此使这山乡人的生活，有得美满的解决！

---

① 钱约斯，生平不详。本文原载1947年5月7日《阵中日报》“新时代”副刊。

水田在北雁整个面积上的比例是小得很，约只是百分之二三以下，就是山地，也所罕见。辛勤的老农，正在忙着耕耘，但是天然的缺憾——山多岩石，水源易涸，形成这山乡的贫瘠。北雁的特产金银花，也负起经济上的责任，年产约五千斤光景，但所换得来的代价，实在太渺小了。

金银花，这不是一个生疏的名词吧！但是它的得名或许未甚清楚，据土人说，这是一种藤萝的植物，花开初银白色而后变为金黄色，故以“金银”名之；因大都集产于灵岩山上，所以也叫“灵岩花”；它的藤就是“忍冬藤”，是国药中重要的一分子。

北雁有少数土人，操一种冒生命大险的职业，叫做“飞渡”，表演地点是在灵岩寺前天柱和展旗二峰之间，一人握住粗索，从拔地千仞的峰顶，一荡一荡落到地表，万一不自主地翻个身，脚失了向峭壁抵抗压力者，那末就会赐他粉身碎骨。这叫做直渡，在直渡时，表演者顺便从岩壁缝中采些叫做“吊兰”一类东西；并且他还带着一柄短刀，这原来是对岩洞中巨蟒肉搏的武器。横渡就是一个人沿着绳索，从天柱峰顶渡向展旗峰顶，表演者到了中途，并且还翻几个筋斗，放几声爆炮，这样才博得观众的鼓掌和叫好，假使绳索一断，老天当然会赏他一副骨肉模糊的丑态。你若在那里看热闹，也许于心不宁，他自己的生命果然系在这条杀人的绳索上，而且，他的父母、妻子全家的命运都决定在系在这条绳索中可怜者的身上，于是，你会咒指使者的罪恶，憎鄙指使者的忍心……

北雁的文化事业，不算发达，一个雁荡小学和一个东西分立的淮南初中，同学并不多，而大多来自大荆白溪一带，但是文具书籍店是在距离二个学校十里路以外的白溪镇。

人民的教育水准虽然甚低，但他们的忠朴耐劳的精神，绝非别处人们所及，假使你向他们买几百元生仁，打些黄酒，你可不必担心他们会歪你的秤头。

有几个寺中在做“佛事”，在我们的眼光中，也许以为是一种乡间财主的娱乐场面，而他们则大以为不然，因为拜佛，求神，可以免除今生的罪恶，同时，还可以修修来世。

假使是深秋季节，你可以看到担担的柴草压住行人坚实的肩膀在石路上蠕动，这也是生产之一！可是，现在是没有了！

南风浴过春光中的一切，但只洗去了他们无告的一群心灵中的朗笑和欢畅，剩馀下的，是一层层久藏心腑的悲愁和不幸的沉甸。

青田半日

之　一①

昨夜,我仿佛踏到了故乡的土地,那一样的月亮,一样的江水,一样的青山……可是,就在那充满了异乡口音的客旅们中,我才发现了自己仍然是他乡的作客。青田,象征着青葱一片绿稻丛中的田园,它是多么美丽而可爱的地名,我因一些事要到青田去。

出发前,别人说,“青田无田”。意思是说青田多山,于是我又感觉到她是“有名不足实”了。

昨夜二时半,我被带到了拖着六七十只小船的汽油船上,因为好奇心,我一夜没睡,仔细地欣赏它的给予,以及被小汽油船拖着的小船。

这些小船怎么被拖着行进,这是我新鲜的所遇,这

---

① 之一,生平不详。本文原载 1946 年 11 月 11 日《温州日报》“笔阵”副刊。

些船狭而短，尖头尖尾吃水很浅，总之，一切的装束都和别地不相似。两广的船是平头平尾，阔大而矮；贵州的船是钝头钝尾，四川的船是头平小而尾巴大。勉强说起来瓯江上的这些小船还有点像湖北的船，不过湖北的船身很高而且尾多数分为两边，但又是不同的。

六七十只小船被拖着而行，每只船很简单地把自己的粗绳系在前面的船的尾巴上，在月朗的水天下摇曳地前进。这一晚月光特别好，“月光如水水如天”似的，加上了青山远树，幽逸的美景，自然映入诗人们的眼里，大可以赞美一番，说着多好的诗意呀。而在爱乡者的头脑里，自然也马上赞赏这大好的锦绣河山了。

整夜里，船是不停地行驶，深夜后一切静起来了，只听到轮机声，“扑扑”地不停叫着，及江流激撞着每一只船头发出“渍渍”的声响，也一样的从不间断。听到了这声音，你会感觉到科学的韧力及自然力的永生不灭，而人又是多么的渺小哩。

天亮了，船还是继续走着，寂寞的我除了不断地看着已经看倦的江景外，我不懂他们的言语，很少去聊天，只有望着风景而想着，有时想着故乡，有时想着自己的将来，有时想着……有时因为刚刚发生了一个在脑海上印过的景象，于是马上又想起“呵，这个地方真像那些地方啊”，诸如此类，不过，总体上说，这些景象去过钱江上游的人都会感到大致相差不远，不过长江上游的两岸的山峡峻得多，险滩也较多吧！

到了温溪，小汽船摔下了小船，让它们去自力各奔前程了。

我换上了青田拖船第十号，向前进。

离了温溪，山的重叠多起来，水已由黄浊色的变为碧澄的水了，可以看到江底的小石，甚为可爱，人们都纷纷地欣赏着，我很奇怪人为什么会这样敏感呢？这比同于我们住惯了污浊社会而不感到澄清的社会可爱又是怎样的解释呢？或者自然给予人们的爱憎的反映较简单容易吧。

由温溪到青田走了二个多钟头，经过了一个面积很广的浅滩，所有船夫们都下水了，有拉绳的，有推的，有给船头杠的，费了二十分钟才渡过。水流不十分急，也毫无危险，难怪船夫们自起至止都没有喊出了劳苦的呼声，这又是我所新遇的。

下午三时抵青田，市街小而窄，寂寞异常，一切如乡村一样。

办完了事，买了一些图章，走遍了也没有好的，友人们说青田的图章是有名的，这真是憾事。

在旅店休息，晚上两时下船。

夜三时，小船在月色朦胧中向温溪方向驶去。

八时抵温溪，小船又加入了小船阵，由小汽轮拖着回永嘉去。

邻船上载了一只四十多斤的老虎，关在竹笼里，恰好“老虎船”的邻船有人带了一只猴子，猴子远远地一见了这只“猫”，吓得“嘶嘶”狂叫起来，躲着，引动了许多人围看，有些好事者拿了猴子硬要将它靠近了竹笼，引起了猴子大叫，老虎在笼内走来走去，张牙舞爪，不久猴子也再不慌了，考虑仍然是狂燥着。由此，就可看到谁是聪明谁是愚蠢了，残酷强横的人们看了不知作何感想。

在船上又碰到了一个军校学生，都也谈得来，解去了不少的闷。

三时返抵永城。

青田，只走了两个钟头，印象不深。可是名字是永不会忘记的。听说县政府准备筹一万万元去建筑大岭埠的水利工程，现下已筹到三千多万元。若工程完成，可灌溉很多田园。我祝望它快完成。

若然，青田，它总有一天会成为“名符其实”罢！我祝福着。

三五年十一月八日

大若岩香市志盛

阳　柳①

大若岩是永嘉江北的名胜，位在碧莲区水云村的丛山怀抱中，相传南北朝时陶弘景隐居在此，周围有水仙洞、玉峰洞、流米洞、赤水井、登仙石、蟾蜍石、斗鹅石、虎岩、龟岩等胜迹，更有天台十二峰，尤为奇观。地人陈育慈先生为他描绘了一幅图画，直欲与雁荡山媲美。这样一个天然的环境，也就成为骚人墨客放浪形骸穷险寻句的好地方。前年春间，县城陷敌未复，永嘉名宿刘贞晦、黄仲荃先生等，他们共游历一回，做了不少的诗词，刘先生还著有《大若岩志》一卷，将要发刊，和名山同垂千古。

神仙们惯会领受清凉的福分，给村夫里妇们崇拜的一位“胡公大帝”——北宋名臣胡子正，就高踞在望仙台

---

① 阳柳，生平不详。本文原载1946年9月23日《温州日报》“笔阵”副刊。

上，此地不怕无数次烧焰，也不知秋老虎的厉害，安安然地等着这九月黄金时代的来临，真不愧为“天下第十二福地”！这时城乡进香还愿的善男信女们，应该都是吃斋来的，在沙头轮埠到大若岩的一段路上，熙来攘往，□□□□□□□。他们和她们，曾领受过秋老虎给予的滋味，简真是不会畏难的。

卖香烛的老板，一字儿摆在洞门口，向那批游人香客善男信女们，小心翼翼地大肆招徕的手段，他们的货色，是从城里整批购来，转手间赚了二三成的利润，在一个香市中，可以大发财源，卖点心杂货的倒也不少，这大概都是附近居民做的独注生意，真可以说是靠山吃山了。

胡公大帝面前灯烛辉煌，赶走了洞中的黑暗，香烟缭绕，人在五里雾中，但有时也能催人几行辛酸的猛泪，来代替伤时的感触。求签问卜的人，跪上蹲下，立左踞右，格格的摇签声和喃喃的祷告声，奏成了一部交响曲，胡公大帝居高临下，看上去是从容不迫的样子，照顾他们摇出了根“上上”或“下下”的竹签，道士照竹签号码交出印好的诗句，胡乱地解说一番，他们的神色顿时喜怒哀乐不一地起了变化，但是，道士们的手里，早已接着买签的洋钱，又向另一个人说话去了。据说这买卖签洋钱的收入，当地学校还要抽头作为教育基金呢！

望仙台下面，道士预备着数十间客房，满满地住着还愿的香客，道士做了临时旅馆的老板，确是生财有道。厨房里更是糟乱不堪，灶前灶后拢着猪头、鸡、鹅、鸭等一类祭礼，热气蒸腾，五味皆作，灶里塞满炷香残梗，算是惟一的燃料。道士们照前顾后，呼东应西，向香客打招呼，为檀越议香茗，收烛烬，添油灯……一个个忙得屁滚尿流不亦乐乎。但是他们靠佛力，忙在短短的香布中，此后可安逸地去过他们悠闲的岁月，正合着“一劳永逸”的一句现成语。

地方上的居民，家家也有客满之患，所谓地主之谊，他们是早有准备的了。此地各类土产，以山楂、栗为最多，来“还愿”的朋友们，每在公事完毕，高挑“长生花”灯笼耀武扬威列队归去的当儿，总是买了这两样东西，装入布袋带回去，当作求来的福果，但有时竟至有钱无货。想起了物价畸形高涨时的市况，当然是一个正比例。

盛大的香市，闹昏了溪的一角，这古旧社会留下来的流风遗俗，就是这么一年一度的永远流传着。

后　记

一个城市的民国记忆碎片，虽说串缀不起，但满怀兴趣去发掘、去整理、去研究的人不在少数，近二十年来，坊间就出现过上百种旧文选集。就我自己来说，就编过《吴门柳——名人笔下的老苏州》《姑苏斜阳》《桂林风烟》《昆明梦忆》《无锡纪行》等，都是以城市个体为范围的。我一直在想，如果能作更全面的观照，那就会更多地了解民国时期各地方的情形，借此再来做点城市情状、性格的比较，也是很有意思的事。南京师范大学出版社的这套“民国分省游记丛书”，至少可以作一个面上的概观。因此，当张元卿先生约我编浙江一册时，就欣欣然答应了。

我对民国浙江游记的情况，不算陌生，编选时才感到马二先生之所以不好做也，虽然颇费踌躇，但总算将它做完了。需要说明几点：一是各处的篇什多寡不均，如杭州、绍兴，珠玉琳琅，难以胜数，温州、湖州就寥若晨星，几乎无可遴选，只能点到为止，当然也不滥竽充数。二是约稿以罕见为要求，有的文章虽比较常见，如郁达夫、俞平伯的几篇，但写得实在是好，不忍割舍，因此还是以文章的可读为前提。三是全书析成省城、浙北、浙西、浙东、浙南五篇，省城杭州属浙北，因别有情形，单独成篇。四是规定字数仅十二万字，我找出的篇什不下六十万字，从中选取，考虑到文章的体裁、作者的视角和地域的全面，然而遗珠难免，清人裘日修诗云："只愁结就珊瑚网，别有遗珠可奈何"，只能以此解嘲了。

在编选过程中，得到孙中旺、张琦、上官消波、刘晓新诸君的协助，在此拱手谢过。

王稼句

二〇一七年七月二十七日